我らが緑の大地

荻原浩

角川書店

我らが緑の大地

1

予報では雨だったのに、今日も空はよく晴れていて、いまいましく青い。

だから野乃《のの》は五日連続で農場に出ることになった。しっかりしてよ、雨雲レーダー。

肩までの髪をきゅっと結んで黒いキャップを目深にかぶって両手に軍手とUVカットのアームカバーをはめて。顔と首筋には、もはや無駄な抵抗と知りつつ日焼け止めクリームをたっぷりと。

さて、じゃあ、いきますか。

まずは草取り。昨日はコマツナ畑までで日が暮れてしまったから、今日は大豆《ダイズ》畑だ。黄色いマルチシートに穴を開けて植えられた大豆たちは、一歳児の背丈ぐらいに成長している。お行儀よく列をつくって、卵みたいな形の濃緑色の葉を風にそわそわ揺らしていた。

今年の夏は馬鹿みたいに暑くて、草が伸びるのもおそろしく早い。先週草取りをしたばかりなのに、もう毛長絨毯《じゅうたん》のように畝《うね》の周りを覆っている。

こうして抜いては一輪車《ねこぐるま》に放りこんでいるあいだにも、にょこにょこ伸び続けているんじゃないだろうか。耳を澄ませば音が聴こえるぐらいの勢いで。ふいうちをかけて振り向いたら、地面からひょっこり飛び出した草が、驚いてするする土の中に戻る姿が見られるかもしれない。

大豆畑は三つに分かれている。長さ十五メートルの畝が二列。少し距離を空けて同じく二列。その隣も同じぶんだけ距離を空けてもう二列。2×3で計六列。けっこうたいへん。

大豆畑Aの一列目を終えたところで立ち上がり、曲げていた腰を伸ばす。

あぎうぎぎ。

両手を突きあげて背伸びをした。大豆畑の先にはコマツナ畑。右手にはブナや樫《かし》やヤマグリなどが生い繁った森が広がっている。幾種類もの緑色系の絵の具を全部使ったような風景だ。

緑の匂いの風が汗を乾かしてくれる。いい風。

けっして畑仕事が嫌いなわけじゃない。屋内での作業が何日も続くと、逆に農場が恋しくなったりする。でも、こう毎日だとな。やりかけの仕事もあるし。こうしている場合じゃない、と体の中のうずうず虫が、羽を生やして外へ飛び出しそうになる。

野乃の本業は農業ではなく、ここは農家の畑というわけでもない。スタートアップ企業、グリーンプラネットの研究農場だ。野乃はその研究員。まだ研究助手ではあるけれど。

助手とはいえ、野乃も自分の研究テーマを抱えている。とはいえ助手だから、仕事の大半は農場の作物の世話や他の研究員たちのアシスタント。そろそろ研究室に戻りたい。同じ外へ出るなら、最近行けてないフィールドワークをしたいのだ。

水筒の水を飲んでひと息ついていると、左手の研究棟のほうから、数人の男女が近づいてくるのが見えた。

先頭は真室《まむろ》さん。グリーンプラネットの社長。髪を後ろに撫《な》でつけ、髭《ひげ》をたくわえた姿は、すっかりスタートアップ企業の創業者風だが、もともとは野乃が三年前まで在籍していた大学の教授だ。いつもはデニムとTシャツの上に白衣を羽織っているのだが、今日は白シャツにネクタイを締めている。

その後ろから男性二人、女性一人。この暑いのに全員がスーツ。新しいスポンサー候補のようだ。

こちらに歩いてくる人々に頭を下げると、真室さんが手刀で挨拶《あいさつ》を返してきた。それから背後の人々を振り返り、講義で鍛えたよく通る声をあげる。

「ここが研究農場です。いまの季節は、大豆、ホウレンソウ、とうもろこしなどを植えています」

ホウレンソウじゃないよ。社長になってからの真室教授は会社経営のほうが忙しいらしく、研究は他の人間に任せてばかりだ。植物神経生物学の第一人者で、野乃たち多くの研究者の憧《あこが》れだったのに。

野乃は両手をメガホンにして訂正する。

「コマツナでーす」

「ああ、そうだった。コマツナです」

悪びれることなく素直に訂正して、コマツナ畑のとば口まで三人を導き、話を続けた。

「この畑では、コマツナと昆虫とのコミュニケーション、いわば、植物の他の生き物との『会話』について研究しています。彼女が研究主任の三井《みつい》――」

真室さんが野乃のほうを振り返って片手を差し出す。思わず胸を張ったが、

「――の助手を務める村岡《むらおか》です」

三年前に大学院の博士課程を修了してグリーンプラネットに入社した野乃が、研究主任のわけがない。真室さんが野乃をさし示した手を自分の胸にあてがった。

「あいにく三井は所用で席を外しておりまして、農場で行われている研究に関しては私が説明しましょう」

三井さんは、部外者に愛想を振りまくのが苦手だから、言いわけをつくって研究室にこもっているんだと思う。

「戸外で育つ植物には植食者がつきものです。昆虫、草食動物、鳥……。コマツナの場合、多くの虫に食害されます。動くことができない植物には植食者に抵抗する術《すべ》はない、殺虫剤などで防ぐほかはない。みなさんそうお考えですよね」

野乃は腰をかがめて草むしりを再開したが、耳は真室教授の講義を聴いていた。初めて聴いた学生の時には、目からコンタクトレンズが落ちそうになった。

「そうではないのです。植物には抵抗する知恵がある。たとえばコマツナの場合、虫に食害されると、全身に毒性物質をいき渡らせ、虫が嫌がる味に変えたり、お腹を壊させたりします。それだけじゃない――」

もう何度も聞いた話だけれど、やっぱり教授は間の取り方がうまい。いつか自分も学会で発表をする時には、こんなふうに話せるといいな。三人をほんのわずか焦《じ》らしてから、言葉を続けた。

「SOS信号を発して、助けを呼ぶのです。この時のSOS信号は、揮発性物質。わかりやすく匂いと言い換えてもいいかもしれません。匂いというメッセージを発信する。そうすると――」

なるほど。ここでまた間。三秒ぐらいか。

「救助隊がやってきます。コマツナの救助隊とは何者なのか――それは、食害虫の天敵。食害虫を餌にする肉食昆虫、寄生昆虫などです。コマツナはコナガの幼虫に襲われることが多いのですが、その場合、コナガサムライコマユバチと呼ばれる、まさにコナガの天敵そのものの名を持つ蜂が、コマツナのメッセージに応《こた》えて飛来します。そしてコナガの幼虫に襲いかかる。ボディガードへの報酬は餌です。植物は動かない。けれど、動かないままに、特定の生き物とコミュニケーションを取り、持ちつ持たれつの関係を結んでいるのです」

そう、肉食昆虫がしばしば遠くに――しかも繁り葉の奥や葉の裏に――いる植食虫の居場所をあらかじめ知っているかのように探し当てる行動は、長い間、生物学の謎だった。なにしろ複眼の昆虫は０・01以下の視力しかないのだ。肉食昆虫に特殊な感覚機能がある？　植食虫の何かの因子が天敵を引き寄せてしまっている？　どちらも違っていた。呼び寄せていたのは、被害に遭っている植物だったのだ。

もう何回も実験をくり返している。

実験のために研究センターでは、コナガの幼虫とコナガサムライコマユバチを飼育している（その世話も野乃とグリーンプラネットの母体である大学の学生たちの仕事だ）。大学院生の時からこの研究センターの手伝いをしている野乃は、コナガの幼虫を葉に乗せ、葉がかじられたかと思うと、遠くで開け放たれた飼育箱から小さな蜂たちがいっせいに幼虫めがけて飛んでくる──何度もその不思議な光景を目《ま》のあたりにしてきた。

昆虫に助けを求める知恵は、コマツナにかぎらずさまざまな植物に備わっている能力だ。野乃が専門の「森林学」で研究対象にしている森の樹木たちも、独自の救助隊を呼ぶ。虫だけではなく鳥を呼ぶ例もあるのだ。

見学者の女性が訝《いぶか》しげな声をあげた。

「そのわりには、どの葉も虫食いが多いですね」

大豆畑Ａの二列目で草むしりをしている野乃は背中で、真室さんがあわてることなく答えているのを聞いた。

「実験を重ねていますから」

研究農場の作物たちは、収穫が目的ではなく研究対象として育てられている。だから殺虫剤や農薬は撒《ま》かない。畑の地面を覆うマルチシートは、通常、黒か防虫効果のある銀色のものが良いとされているのだが、この畑ではわざわざ虫が好む黄色に彩色したシートを使用している。

野菜は植物の中でも、人間の都合で品種改良を重ね、本来の姿をねじ曲げられてきた、ひ弱な種族だ。動物でいえば、家畜。野乃がむしりとっている草たちの野生のたくましさはない。

本来は手厚い庇護《ひご》が必要なのだ。だが、ここには植食虫が、そこらじゅうにうじゃうじゃいる。そうした食害虫たちも研究材料だからだ。植物を研究する場所なのに、この研究センターは植物にとっては恐ろしい場所だろう。研究農場の種まきや苗の植えつけや維持管理を手伝ってくれている麓《ふもと》の農家の人たちには、「なんてかわいそうなことを」と嘆かれたり、「こんなことをするために教えたわけじゃにゃあ」と怒られたりする。

かわいそうに思う気持ちは野乃も同じだが、実験個体を擬人化して思いやったりするのは、研究のさまたげなのだ。かつて生物学の授業で教授の誰かが言っていた。「マウスに情けをかけちゃだめですよ」

真室さんの声がしだいに遠ざかっていく。研究棟へ戻るようだ。

「この匂いの成分を解析し、製品化すれば、天敵農薬として使うことができます。あるいは、とくにこの能力の高い種を選別して、ゲノム編集などにより効率的に品種改良を行えば、殺虫剤に頼らない、自ら抵抗性を持つ野菜が生み出せる。サステイナブルな農業が可能になるのです。おわかりいただけたでしょうか。植物は物体では――」

よく通る声も聞こえなくなってきたが、話の続きはわかっている。こうだ。

「植物は物体ではありません。約五億年前に人間と枝分かれした、人間や犬や魚や昆虫と同じ生き物なのです。脳はありませんが、視覚も聴覚も嗅覚《きゅうかく》も備わっているのです。動くことができないかわりに、環境を把握し、変化に対応する鋭い感覚や、自らを防御する戦術や、種子や実を他の生物に運ばせる戦略、仲間や異生物とコミュニケーションをはかる能力などを何億年もかけて進化させてきたのです――」

そして、こう続く。大学の講義でもおなじみだったくだり。

「植物は、考えているのです。すべてを知っているのです。人間や他の生き物と同様、知性を持っているのです。人間とは体の構造も生命を維持するシステムもあまりに違うために、我々がそれに気づけないだけなのです。地球人とはまったく違う環境で進化した地球外生物がもし存在するなら、それに匹敵するような知的生命体、地球内エイリアンだと言えるでしょう」

地球外生物のくだりは、イタリアの高名な植物学者の受け売りだ。

でも、本当にそのとおりだった。知れば知るほどわかる。植物には「知性」があることが。仲間同士や他の生物と親密に「会話《コミユニケーション》」をしていることが。大学の理学部に在籍していた時、真室教授の植物神経生物学の研究室に入ったのは、教授がかかげる「植物と会話をする」という研究テーマに心を引かれたからだ。

森の樹木たちもフィールドワークや実験を重ねていくと、他の植物や虫や動物とさまざまなコミュニケーションを取って、競争したり、助け合ったりしているのがわかる。まだまだ未知な分野である、植物の、樹木の、森の知性を解き明かすこと。それが野乃の研究者としての夢だ。遠い夢だ。とりあえず、草むしりするか。

B畑に取りかかったばかりの時、スマホから着信音が聞こえてきた。

第一研究室の石嶺《いしみね》さんからだった。やれやれ、ありがたい。ひさしぶりの室内仕事だ、と思う。

『チュウレンジハバチか、ヨトウムシの若齢を見つくろって持ってきて（ὤ｀）』

げげ。実験用の虫を取ってこいというご注文だった。変な顔文字はいらんから。

農場の用具小屋へ行き、ピンセットとビーカーを手にして薔薇《ばら》園に向かった。

薔薇園は、研究センターの入り口脇に設けられた、園芸種を植えた場所だ。都会なら一軒家が建つぐらいのスペースに、花の咲く植物が植えられている。

いまの季節だと百日草、トレニア、マンデビラ、ひまわりなどだが、名前のとおり半分は薔薇だ。たいていが四季咲きの薔薇だから、ぽつぽつと赤やピンクの花が顔を見せている。大きく育ってアーチに這《は》わせているイヌバラにはまだ青い果実《ローズヒップ》が実っていた。

来客を花で出迎える場所ではあるが、ただの観賞用というわけでもない。実験用の鉢植えの植物を育てたり、これまでの実験で育ちすぎた株をここに地植えしたりしているのだ。そして、ここの花々もあえて殺虫剤を使わずに育てられていて、実験用の害虫を手に入れやすくしてある。

石嶺さんのオーダーは、どちらも薔薇につく虫だ。薔薇の繁りを覗《のぞ》きこめば、何匹でも捕獲できるだろう。薔薇は植食者にとって三つ星レストランらしく、さまざまな種類の虫が集まってきて、暖かい季節は食べ放題バイキング状態になるのだ。

背の高い蔓《つる》薔薇の下でしゃがみこみ、見あげると。いたいた。全長1センチほどの緑色の芋虫が葉裏にうぞうぞ群がっている。ヨトウムシの若齢だ。

こうして集団で行動する葉っぱ色のちびすけのうちは可愛いものだが、ヨトウムシの幼虫は、成長すると全長4、5センチほどになり、夜闇に紛れる黒色になる。昼間は地中に潜って出てこず、夜中に出没し、作物の葉を盛大に食い荒らす。ヨトウムシは、漢字で書くと、夜盗虫。農作物にとって最強最悪の食害虫だ。大豆畑もすでにさんざん食い散らされていた。

一匹ずつピンセットでつまんで、くねくね身をよじっているのを、ビーカーに落とす。虫はとくに苦手ではないが、気持ちのいい仕事じゃない。ビーカーは当然蓋《ふた》付きだ。そうじゃないとすぐに這い登って脱走される。

チュウレンジハバチの幼虫は、若齢夜盗虫と似ているが、蜂の子どもだからか頭が黒くて、腹脚が長い。不気味さは三割増し。

サービスで足の生えたのも何匹か入れとこうか。コガネムシを見つけた。これは別のビーカーに収監する。

次は――

新たな獲物を物色して四つんばいで這いずり回っていると、薔薇園の向こう側、敷地の外の沿道から声をかけられた。

「精が出るねえ」

敷地の外と言っても、この山全体が研究センターの敷地のようなものだから、フェンスなどで仕切られているわけではなく、前面は腰高に刈り揃えられた植栽が外構だ。入り口には、門柱がわりに二本のイチョウの木が立っている。どちらも研究センターが出来るずっと以前からここで生きている老木。

正面から見て右手のイチョウの根もとに、二本の支柱で立つアルミプレートが掲げられ、社名が刻まれている。

グリーンプラネット
夜黒森《やぐらもり》研究センター

野乃に声をかけてきたのは、白髪頭でひょろりと痩せたおじいさん。

由井《ゆい》さんだ。

「おはようございます」

「ああ、こんにちは」

由井さんはゆっくりゆっくりした足取りでイチョウの門を抜け、センターへ入ってきた。

由井さんは社員ではないのだけれど、敷地内への出入りは自由だ。なにしろ、グリーンプラネットの研究センターと研究林のある、この山――夜黒森全体の持ち主だ。真室さんが大学に在籍していた時から、研究テーマに賛同して、山のほぼすべてを無償に近い条件で提供してくれている。

本人は山の裾野《すその》にある家に住んでいる。どうやってここまで来たのだろう。歩いて登ってくるとしたら、七十過ぎのお齢《とし》でなくても、とんでもなく時間がかかるはずだ。車で来たのだと思うけれど、由井さんの車は見かけたことがない。

「どうだい、研究は進んでいるかい」

「ええ、おかげさまで」どうなんだろう。進んでいるのかな。

コマツナ畑で進められている研究には、国からの援助があったのだが、期限がすぎたというだけの理由で、今年になってあっさり資金提供を打ち切られた。だから真室さんは柄にもなく営業活動に懸命なのだ。

石嶺さんが取り組んでいる研究には、種苗会社と玩具《がんぐ》メーカーが共同出資してくれているのだが、石嶺さんは頑固で安易に結果を出そうとしないから、成果が挙がるのはまだまだ先。

由井さんは野乃の泥だらけのオーバーオールと長靴を眺めて、細い肩をすくめた。

「なんだか研究じゃなくて野良仕事をしているように見えるけど」

手にしていたビーカーを背中に隠す。昆虫採集をしてたのか、なんて言われそうだったから。

「はあ、まあ、まだ助手なので、これも仕事でして」

「たいへんだね、あんた」

「いえ、それほどでも」

「がんばってくれないとね。私もそう長くないから。生きてるうちに成果を出しておくれよ」

「いえいえそんな、まだまだだいじょうぶ。これからです。まだお若いですよ」

と言ってから、これじゃあ研究が進んでいないことを白状するようなものだと気づいて口をつぐんだ。

「頼みますよ。真室先生にもよろしく」

去っていく由井さんの背中が思っていた以上に曲がっていることを知って、野乃は思う。ほんとうにがんばらないとな、微力ながら私も。


入り口から振り返ると、正面に見えるのが研究棟だ。

三階建てで窓が少ない長方形。運動部男子の弁当箱みたいなそっけない建物だ。

右手の研究農場の手前に見えるビニールハウスは、トマトなどを育てている温室。

左手には熱帯植物園。ドーム型の大きな施設だが、これは大学の所有物で、管理を委託されているだけ。グリーンプラネットは大学発のスタートアップ企業で、大学とはいまも協力関係にあって、学生も出入りしている。そもそもこの研究センターも大学の施設を譲り受けてあちこちを増改築したものだ。

研究棟は外から異物を持ち込まないように、ドアの外に置かれた靴箱の前で靴を脱いでスリッパに履き替えるのがルールだ。作業用のオーバーオールも用具室で白衣に着替えていた。

石嶺さんがいるのは第一研究室。虫ごとに分けてあるビーカーを入れた箱を抱えて一階の奥へ向かう。

ビーカーの中はすごいことになっている。とくに若齢夜盗虫とチュウレンジハバチの幼虫たちのビーカーは、上に這い登ろうとして、お互いの体を梯子《はしご》がわりにしてうぞうぞ蠢《うごめ》いて。地獄絵巻だ。蜘蛛《くも》の糸だ。背筋がぞわぞわしてくる。気味が悪いのについつい見てしまう自分が悪いのだが。

芋虫は草食でも共食いをすることがある。植物の中には、それを利用して、葉をかじっている虫を故意に共食いさせる能力を持っている種族も存在するのだ。

たとえばトマトがそうだ。野乃もそのおぞましいさまを目撃したことがある。研究用の温室で、トマトの防衛能力の実験に立ち会った時だ。

トマトは芋虫に葉をかじられると、複数の化学物質を生成して、食べるのに耐えられない味に変えてしまう。移動が遅く小さな芋虫にとって、トマト畑の中でそれをやられるのは、食べ物のない荒野に放り出されたようなもの。飢えた芋虫たちは、ほかに生きる道もなく、トマトの葉以外の唯一の食料に狙いを変える。自分たちの同類だ。

それを見た時には思った。植物の力は凄い。そして恐ろしい、と。

まだ共食いはしていないとは思うが、急いだほうが良さそうだ。野乃は滑るように廊下を歩く。

ビーカーを入れた箱をウエイトレスのように片手で捧《ささ》げ持ち——落としたら恐ろしいことになる。ここは慎重に——ドアの把手《とって》に手をかけて開け、足で閉めた。

石嶺さんの研究室のドアを開けると、等身大のゴジラの顔に出迎えられる（もちろん人間の等身大だ）。入り口すぐの棚の上に、顔だけのフィギュアが置いてあるのだ。

窓はあるけれど、閉め切られていて、中は薄暗い。三十畳近くあるのだが、機材に囲まれているから、部屋は狭く感じる。

「まいど」

「おお、ごくろうさん」

石嶺さんは安全キャビネットの前に座っていた。

安全キャビネットは、作業台の上に密閉された透明なボックスを載せた実験用什器《じゅうき》だ。ボックスの中には、鉢植えが置かれていた。高さ15センチ、直径17・5センチの黒いビニール鉢。薔薇の鉢植えだ。こんもりと葉をつけているが、樹高は三十センチに満たない。根本から幾本にも分かれた枝が進化系統樹みたいに上方に伸びている。

濃緑色の葉の頂上近くに、赤い花が一輪だけ咲いている。やや上向きに咲いている楕円《だえん》形の花は、なんだか唇みたいだった。

「茶そばお持ちしました」

「そういう冗談はやめて」

黒縁眼鏡の丸顔が振り返る。顔の下半分に伸びた髭は、真室さんのように手入れされているわけじゃない。単なる無精髭。昨日も泊まりこんでいたに違いない。

野乃が差し出したビーカーの中のうぞうぞに満足げに頷《うなず》く。

「うん、これだけあればじゅうぶん」

安全キャビネットの透明ボックスには、密閉したまま作業ができるように両端の下方に穴が開いていて、そこに手袋状のアームが設けられている。ここに手を入れれば、塵《ちり》や埃《ほこり》が防げ、湿度や温度を一定に保ったまま作業ができるのだ。

薔薇の葉のひとつには二つの電極が装着されていた。葉を傷つけないためにシートをクッションにして挟んだ、幅3ミリほどのごく小さな電極だ。

枝の一本にくくりつけられている細いガラス管は、エチレンガスの検知管。

透明ボックスの中の小さな薔薇は、集中治療室でチューブに繋《つな》がれた重病人のようだった。

石嶺さんはピンセットとビーカーのひとつを、ボックスの下部に設けられた猫扉みたいな開口部から中に入れた。それから宇宙飛行士のような手袋でピンセットをつかむ。手袋抜きでも太い指には似合わない器用さで若齢夜盗虫を一匹つまみ上げると、電極を装着した葉の上に落とした。

緑色の小さな夜盗虫は、突然放り出された場所から逃げ出そうともがいていたが、葉の縁まで這っていくと、ようやくここがごちそうの上だと理解して、艶《つや》やかな肉厚の葉を食べはじめた。

続いてチュウレンジハバチの幼虫も乗せる。二匹は競うように勢い良く薔薇の葉を蹂躙《じゅうりん》していく。

葉につけられた電極は、植物の生体電位を測定するものだ。人間で言えば脳波のようなもの。石嶺さんの左側に置かれたパソコンのモニターが、ゆっくりと山と谷を描きはじめた。上下をくり返しながら縦棒状のグラフが下降していく。

「どうです」

「うん、当然だけど、ご機嫌はうるわしくはないな」

エチレンガス検知管の体温計のような目盛りを読んで、これもパソコンに打ち込む。エチレンガスは、植物が食害を受けたときに発する警報シグナルのひとつだ。

石嶺さんはモニターと検知管の目盛りと二匹の芋虫の旺盛《おうせい》な食欲を、しばらく見比べていたが、再びピンセットを取りあげて、二匹をビーカーに戻した。

「このくらいにしとこうか。あんまり食べられちゃうと『東京ローズ』がかわいそうだ」

『東京ローズ』。

それがこの実験用の薔薇の名前だ。

実験のための個体を識別するのは本来は番号で、この薔薇にも、R-037という通し番号があるのだが、味気ないだか、覚えづらいだかで、石嶺さんは研究対象の薔薇たちにそれぞれ名前をつけている。

『ラビアン・ローズ』

『タフィ・ローズ』

『テキーラ・ローズ』
『ジプシー・ローズ』

昔の人名だったり、お酒の名前だったり。石嶺さんはまだ三十代後半なのに古いことをよく知っている。野乃が意味を知りたがると、いつも面倒くさそうに言う。「ウィキペディアで調べなよ」

石嶺さんが取り組んでいるのは、植物と人間の会話を実現すること。

文字どおりの会話だ。植物のさまざまなシチュエーションでの反応のデータを蓄積して、AIに解読させる。AIには人間の言語に翻訳するように指示を出している。

薔薇を研究対象にしているのは、草本類より樹木のほうが寿命が長く、同じ個体を長期間観察できるため。ただ樹木は際限なく大きくなってしまうのが欠点で、薔薇なら成長してもサイズが小さく、キャビネット内で研究しやすいことが理由のひとつだ。

そして、もうひとつ、じつはこちらのほうが大きいのだが、共同スポンサーの種苗会社と玩具メーカーが、「人と話をする鉢植えを売り出したい」からだ。「それには売れ筋の薔薇がいいだろう」と。

スポンサーたちは、とりあえず、すでに市販されている犬や猫語の翻訳機のような大衆受けするものを先に完成させたいらしいが、石嶺さんは頑《かたく》なに完全な「翻訳」をめざして譲らない。擬似的な模倣は排除するようにAIに指令を出してしまっているから、いまのところ東京ローズもほかの薔薇たちも、何も喋《しゃべ》ってはくれない。

「もうひとつやっておこうか」

手袋アームで鋏《はさみ》を取り上げ、齧《かじ》られた葉の残った一部を、1センチ角ほど切り取り、これも透明ボックスの中に用意してあったシャーレの上に置く。

被害に遭った隣の葉からも一片。

少し離れた葉からも。そして鉢をぐるりと回して、真反対の場所からも一片。

計四片をそれぞれ別々のシャーレの上に置く。

開口部からシャーレを取り出すと、葉の一片をひとつずつビニール袋に入れ、いままでの慎重な手さばきはなんだったのかと思うほど荒々しく揉《も》みほぐしはじめた。

グルタミン酸の計測だ。

グルタミン酸はたんぱく質を構成するアミノ酸のひとつ。植物は虫に攻撃されると、その危機を一枚の葉から師管を通じて全身の葉や枝に伝える。その時の伝達物質として使われるのがグルタミン酸なのだ。

石嶺さんは揉みほぐして破砕した葉を試験管に入れ、蒸留水を加え、おもむろに引き出しからコードリッパーと紙フィルターを取り出した。

コーヒーをごちそうしてくれるわけじゃない。葉から抽出した破砕液を濾過《ろか》するのだ。

野乃も作業に加わった。他の三つの葉片を順番に揉みほぐして試験管に入れ、きっちり量を揃えた蒸留水を注ぐ、ここまでの作業を担当する。

石嶺さんは、そのあいだに紙フィルターで濾過した薄緑の液体をスポイトで吸い上げ、四角い試料用容器《セル》に移し、試薬を加えたのちに、隣の作業デスクに置かれた恒温器《インキュベーター》にかける。

「さてと」

石嶺さんが両手をぱんと叩《たた》き合わせる。

「さてと」

野乃もぱんと手を叩く。ついでに揉み手をして、石嶺さんに愛想笑いを向けた。石嶺さんが大きな体をのけぞらせる。

「なに?」

「今日は声を聞かないんですか」

「いや、今日はいいかな」

「えーっ」

石嶺さんはまだまだデータ不足だから、となかなか翻訳を人に聞かせようとしない。確かに「まだまだ」ではあるようで、一か月ほど前に野乃が立ち会った時には、イルカの鳴き声みたいな声とも音ともつかないノイズが聞こえてきただけだった。

「東京ローズは外的刺激に敏感だから、そろそろ反応してくれるかもって、こないだ言ってたじゃないですか」

「そんなこと言ったっけ。でも東京ローズは無口だからな。君ぐらいおしゃべりだったら、いいんだけど」

「喋るきっかけを待ってるんじゃないですか」

うちの子、一樹《いつき》も、一歳半になるのにまだ喋らない。かかりつけの小児科の先生は「きっかけがあれば、すぐにでも喋るよ」と言ってくれているのだけれど。

早く植物の「声」が聞きたかった。水をあげた時には、気持ちがいいのか、おいしいと感じるのか。虫に食べられている時は、痛いのか、恐ろしいのか。花が咲く時には、嬉《うれ》しいのか。鉢に植えられたままでいるのは、つらいのか。もっと日を浴びたいと思うのか。

もし植物と「会話」ができたら、いろいろなことがわかるだろう。新しい世界が開けるはずだ。農林業はもちろん、この世のあらゆる分野に画期的な成果をもたらすに違いない。

なにしろ人間は植物なしでは生きられないのだ。

植物がいなければ、食べものが手に入らない。穀物、野菜、肉だってそう。家畜のための餌になるのは植物だ。

エネルギーもだ。かつて人類を支えた石炭は植物が成因だし、石油のもとになっているのも植物性プランクトンや藻類。そう、天然ガスも。

着るものもなくなる。木綿、麻。蚕がつくる綿だって桑の葉が必要だ。自分は化繊を着ている？　いえいえ、化学繊維をつくっているのは石油。プラスチックもビニールも。

植物がなければ車も走らない。ガソリンだけじゃない。タイヤもゴムの木の樹液からつくられている。

医薬品も、漢方薬はもちろん最新医療の薬だって、多くが植物由来だ。

そもそも、いまこうやって、私たちが呼吸をしている空気が存在するのも、植物が二酸化炭素を取り込み、酸素をつくってくれているおかげだ。

石嶺さんに囁《ささや》きかける。

「話の枕だけでも、聞きましょうよ」

「落語じゃないんだから」

「ねえねえ」

石嶺さんの背もたれをゆすると、ため息まじりに答えてきた。

「三十分かかるよ」

石嶺さんがインキュベーターに視線を走らせる。そうだった。グルタミン酸の測定をするには反応までの待ち時間が必要なのだ。

「三十分か……」石嶺さんの三十分は四十五分ぐらいだ。

「あ、じゃあ、結果が出るまで、1995年版のガメラ観る？　大怪獣空中決戦。ギャオスと闘うやつ」

引き出しからタブレットを取り出して、今度は石嶺さんが「ねえねえ」という顔になった。

「あ、だいじょうぶです」

「えー、面白いのに」

小一時間ほど作業に戻ってます、と言いかけて、今日の最高気温が38度になるという予報を思い出した。夜黒森は平地より涼しいにしても猛暑に変わりはない。ここ何年かの夏の暑さは異常だ。日本だけじゃなくて世界中の空気も海も煮えたぎっている。地球が壊れかけているのかもしれない。

「やっぱり、観ようかな。コーヒー買ってきます。アイスカフェオレですよね」

「おお、サンキュー」

「お金」

福岡ドームから逃げ出したギャオスが、海中から現れたガメラと遭遇したところで、石橋さんは再生を止めた。あ、ちょっとぉ。いいとこなのに。

石橋さんはビニール手袋をはめ、プレートリーダーで吸光度を測定すると、パソコンに向き直り、データを打ち込んだ。

「よし、いってみよう」

パソコン画面にR-037という文字と、東京ローズの画像が浮かびあがった。

「ひあういごー」

画面が切り替わる。

電源が落ちたような真っ黒い画面だ。

次の瞬間、画面の左右いっぱいに赤い横線が走り、中央部分でギザギザ模様になった。

ギザギザ模様は高くなったり低くなったり、横に広がったり、縮んだりしている。

が、それだけだ。

「なにも聞こえませんね」

石嶺さんが画面に目を凝らしたまま、唇にひとさし指をあてた。

「いや、なにか言ってる」

マウスを動かす。ボリュームを上げたようだ。

突然、聴こえた。

声だ――と思う。

人工的につくられた女の声とも男の声ともつかない甲高い声。

『ジギユギビドピボ』

二人で顔を見合わせた。

「いま、なんて?」

石嶺さんが無言で首をかしげる。

「外国語ですかね」

「いや、違うと思う。言語に変換する時には、日本語を最優先する設定だから」

『ババガガビポリボババビジ』

「いまのは?」

しばらく待ったが、パソコンは再び沈黙してしまった。

もう一回聞いてみようか。石嶺さんが録音を再生する。

『ババガガビポリボババビジ』

うーん。石嶺さんが両手を頭の後ろに組んで、体を反り返らせた。

「わからない。たぶん、ＡＩが問題解決の過程で、仮の解釈として創り出している『非ヒト言語』かもしれない」

「なんですか、それ」

「ＡＩ同士で会話をさせていると、そのうち人間には理解できない言語で喋り出すって聞いたことがあるだろ」

「感じ悪」植物とＡＩが人間にはわからないように内緒話をしているみたいで、ちょっと不気味だ。

「いままでのデータからの推測だけど、東京ローズは、不安に怯《おび》えているみたいだ」

「痛がっているんでしょうか」

「いや、植物は痛みを感じない――と思う。ただ体の消滅を恐れている」

外から救急車の音が聞こえてきた。

だんだん近づいてくる。

「どこだろう」

石嶺さんがたいして気にかけた様子もなく呟《つぶや》く。

「うちしかないでしょう」

なにしろこの山すべてがグリーンプラネットの研究林なのだ。近くに民家はない。

「交通事故かもよ。ほら、最近、鹿がよく出没するから」

サイレンが研究棟の前で止まった。

野乃は椅子から跳ねあがり、部屋を飛び出した。

さっきのスーツ姿の男女と真室さん、そして白衣姿の三井さんが階上から下りてくるところだった。正面入り口前に救急車が停まり、後部ドアを開けている。

スーツの女性は上着を脱いでいる。歩くのがつらそうで、三井さんに体を預けていた。男性二人は自分で歩いていたが、足取りがおぼつかないように見えた。

「どうしたんですか」

野乃の声に三井さんが振り返る。ショートカットの似合う端整な顔が引きつっていた。教授に訊《き》いて、というふうに視線を真室さんに走らせてから、女性と一緒に救急車に乗り込んだ。男性二人もそれに続く。


救急車を見送りながら、石嶺さんが訊《たず》ねた。

「あの人たちは？　何があったんです？」

「あの三人は浅井《あさい》化学の農薬部門の人たちだ。三井のスーパーダイズのプロジェクトを視察に来たんだ」

真室さんは珍しく動揺していた。けたたましくサイレンを鳴らしながら遠ざかる救急車を見つめる目が泳いでいる。

「感触はよかった。味を知りたいと言われて、大豆を茹《ゆ》でて枝豆として試食をしてもらった」

大豆が熟する前の青い豆は、茹でれば枝豆として食べられる。いまが旬だ。

「そうしたら全員が体の異変を訴えたんだ。女性はアナフィラキシーに近い状態だった。幸い意識はしっかりしているから、重症ではないと思いたいが……」

石嶺さんが訊ねる。

「大豆アレルギーだったんですか」

事前にわからなかったのだろうか。

「いや、もちろんアレルギーの人は誰もいなかった」

野乃も訊いた。「じゃあ、なんで?」

「三井は去年も枝豆として何回か試食をしたが、なにも問題はなかったと言っている」

「ええ、私も食べました。おいしかったですよ」

「今年、大豆を試食したのは初めてだそうだ。村岡はなにか気づかなかったか」

「いえ、何も」もしかして……「茹でたのは誰ですか」

「俺」

「それかな」

石嶺さんが呟き、野乃も頷く。

「ちゃんと茹でました? レクチン中毒では?」

レクチンは生の大豆や白インゲンに含まれる糖タンパクだ。加熱すれば毒性が消えるが、生や加熱が足りないまま食べると、吐き気や嘔吐《おうと》、下痢を起こす。

真室さんが両手をワイパーのように振る。

「いやいや、待て待て。三井にも言われたよ。ちゃんと茹でたのかって。もちろん茹でた。もぎたては短い時間でいいと言うが、お客さんに出すものだからな。念のために柔らかくなりすぎるまで茹でた」

「現物を見せてください」

「全部、食べてしまった。私もひと莢《さや》。量が少なかったからかな、私だけは無事なんだ」

鉄の胃袋の人だからだろう。このあいだも賞味期限が半年もすぎたカップ麺《めん》を知らずに平気な顔で食べていた。

「大豆畑に何か異変がないか、確かめてきてくれ。それと、いくつかサンプルを採ってきてくれないか」

「もう一度、試食するなら、俺は遠慮しときますよ」

「いや、三井が成分を調べたいと言っている」


ほんの一時間のあいだに外気温はますます高くなった。天頂に昇った太陽が炙《あぶ》る地表は、立ちのぼる熱気に黄色く霞《かす》んでいるように見えた。

研究棟を出て、すぐ左手が温室。温室の角を曲がれば、その先に農場が開ける。

畑の大豆たちは、細い茎も、虫食いの穴だらけの丸い葉も暑さにうなだれさせている。まるでどこかから逃げてきた、いやここから逃げ出そうとしている避難民の行列のようだった。

どうしてアレルギー反応が出てしまったのだろう。確かに大豆はアレルギーの原因食品のひとつだが、誰も大豆アレルギーではなかったそうだし、大豆の場合、アナフィラキシーショックに至ることはまれだ。

大豆にも農薬や殺虫剤は使っていない。安全な作物だ。人間に、という意味では。

大豆畑では、コマツナと同様、天敵を呼び寄せる実験をくり返している。つまり、他の生物とどのくらい、どのように「会話」をするのか――たとえば、アブラムシの被害の多い大豆はテントウムシにSOSを発信する。そのテントウムシがどのくらい集まるのか、夜盗虫の天敵である鳥も呼べるのか、などなど。

だが、それだけじゃない。二畝ずつ三区画に分けて育てているのは、別の目的のためだ。植物は食害に遭うと、全身に警戒信号を発するが、その時に、近くの別の株にも危機を伝えようとするのだ。

植物同士のコミュニケーションの可能性は、植物学者のあいだでは、ずいぶん前から研究されてきた。

2018年には、埼玉大学の研究チームが、可視化に成功している。高感度実体蛍光顕微鏡を使ったその実験映像には、虫に食害されたとたん、情報物質(グルタミン酸)が明るく輝き、光が植物の全身に巡る様子が克明に記録された。成果はそれだけじゃなかった。遮蔽《しゃへい》された場所に置かれた別の株も光り出す姿が、映し出されたのだ。

植物同士のコミュニケーションは、揮発性物質が使用されることもあれば、根や、根に共生する菌糸を通じて行われることもある。

この大豆畑でも、たとえば、A区画にだけ食害を発生させ、B区画は温室用ビニールで密閉し、C区画はそのままの状態で、それぞれの大豆にどれだけA区画のシグナルが伝わったかを調べている。

B区画のみ光合成ができないように遮光布で覆い、他の区画が光合成によって得られた栄養を地下のネットワークを利用してどれだけ分け与えるかも実験した。

結果はこれまでの数々の研究が示してきたとおり、あきらかに情報伝達や養分の譲渡が行われていた。

それだけでなく、植物にも個性があり、伝達能力や譲渡性が高い、言ってみれば「おしゃべり」な株、「気前のいい」株が存在する一方で、「無口」な株や「ケチ」な株があることもわかった。

どうしてその違いが出るのかは、まだわからないが、センターでは、とくにコミュニケーション能力に優れ、利他的傾向の強い株を特定し、α《アルファ》と名づけている。そう、狼の群れのリーダーを意味するαにならった命名だ。

もしα株同士を交配し、ゲノム編集を行ってα株を増やすことができれば、いま人類が直面している食料危機を打破する一助になる――と真室教授は言っている。

大豆畑のこの研究には、地元のJAからの資金提供があるのだが、まだまだ足りないらしく、真室さんは浅井化学の人を招いたのだろうが、サービスしすぎが仇《あだ》になったようだ。

大豆畑の前に立つと、一輪車《ねこぐるま》の中の抜いた草の匂いが鼻をついた。この青臭さも仲間に危機を伝えるシグナルのひとつなのだ。

〝気をつけろ！　人間がくるぞ〟

〝根まで抜かれないように抵抗しろ〟

〝たすけてたすけてころされる〟

警告というより悲鳴かもしれない。

Ａ畑に関しては、草むしりをした時にはとくに変わりはなかった。真室さんは、Ｃ畑から収穫したと言っていた。左手のそちらに回って、まだ青い枝豆の莢を場所を変えていくつか、元気そうな葉っぱと萎《しお》れた葉、虫食いの葉をそれぞれ集めることにした。新しく下ろしたゴム手袋をはめ、収穫鋏も丹念に消毒してある。

Ｃ畑のほうも食害は激しい。莢にも虫食いの穴が空いていたりする。

ひとつめの莢を、採集した場所を書き記したメモと一緒にビニール袋へ入れていた時、黄色に塗られた特製のマルチシートの上に、点々と何かが落ちていることに気づいた。

なんだろう。

最初は落莢《らくきょう》かと思った。研究農場の大豆はなぜか落莢——成熟する前に莢が落ちてしまうことが多いから。

違う。莢じゃない。動いている。

浅黒い大きな芋虫。

夜盗虫の老齢幼虫だ。

この虫は日中には土の中に潜んでいる。なにしろ夜盗だ。活動時間は真夜中で、明るいうちに土の上に出てくることはめったにない。あるとしたら、死にかけている時ぐらいだ。そう、いまみたいに。

芋虫は身をくねらせていた。苦悶《くもん》に身を攀《よ》じるように。

少し先にも、夜盗虫。一樹の中指ほどの大きさ。こっちはまったく動かない死骸《しがい》だ。

寄生バチのしわざ？

いや、コナガサムライコマユバチはコナガの幼虫専門の天敵と言っていい。彼らにとっては巨大だろう夜盗虫の老齢幼虫を狩る姿など見たことがない。

カメムシの死骸もある。コガネムシも見つけた。背中を下にして脚を宙に浮かせて、力なくもがいている。

大豆の下にたくさんの虫たちが転がっていた。まだ蠢いているものもあるが、たいていは死骸だ。

なんでこんなに？

パートタイムの農家の誰かが見かねて殺虫剤を撒いた？

いや、この五日間は、野乃のほかには誰も研究農場に来ていないはずだ。

なぜ？

何が起きたんだ？

2

何をやっているんだ、あいつらは。

あんなことをしていて、ほんとうに植物と話ができるのか。

他にすることもなく、居間で新聞を読んでいたのだが、一行も頭に入ってこなかった。焦燥と、誰にぶつけたらいいのかわからない怒りにまかせて、どうせくだらない記事ばかりに決まっている新聞の一枚をぐしゃぐしゃに丸めて放り投げた。

壁まで投げつけたつもりが、届かずに畳に落ちた。認めたくはないが、自分の体は自分が考えているより老いている。早くしてくれ。私には時間がないのだ。

一人には広すぎる家を出て、夏草に覆われた斜面のあいだの石段を登る。杖《つえ》を忘れてきたことに気づいたが、なんのこれしき、たかが三十段ほどだ。急斜面というわけでもない。山育ちだ。足腰はまだ大丈夫だ。昔は石段どころか、その先の道のない斜面を峠まで駆けあがったものだった。ああ、膝《ひざ》が痛い。薬を飲み忘れたせいだ。

最後の一段を登り終え、しばらく膝に手をつき、荒い息を吐き続ける。登り切った先には、五十坪ほどの平坦《へいたん》な土地が開けている。

敷地の奥にはアカシアの木。四年前に苗を植えたばかりだが、成長は早く、もう見上げるほどの高さになった。四季咲きだから、夏のいまも黄色い綿帽子のような花を咲かせている。

目を閉じて、その小さな花と、風にそよいでいる杉綾《すぎあや》模様の可憐《かれん》な葉の香りを、抱きしめんばかりに両手を広げて、体に沁《し》み込ませるように吸い込んだ。

あいつらの言葉が本当なら、植物と会話ができるというなら、きっと郁美《いくみ》とも話ができるはずだ。

あの会社に山を貸しているのはそのためだった。

このアカシアの木の下には妻の郁美が埋まっている。死んだ時のままで。

文字どおり死んだ姿のままだ。

ありもしない宗教上の理由を盾にして、土葬の許可を得て、土葬が認められている数少ない遠くの墓地へ埋めた。翌日の夜には土中から郁美を救い出して、ここに移し替えた。

そして郁美の真上に、彼女が好きだったアカシアを植えたのだ。

血色を失ってしまった顔の上に根を広げて、物言わぬ口や、塞《ふさ》いだままの耳に、郁美が痛がらないようにそっと、根の先端を挿し入れた。

アカシアの根もとの地面に耳を押し当ててみた。

這い登っている蟻の行列を払い落として、アカシアの幹にもそうした。

何か聞こえはしまいかと。

花を手折る。香りを嗅《か》ぎ、口に含んだ。

愛撫《あいぶ》するように舌でころがし、奥歯で嚙《か》みしめた。かすかに甘い蜜《みつ》の味がした。

あの日、郁美は病院のベッドの上で目を閉じて、なすすべもなく死を待っていた。

私が呼びかけても答えてくれなかったのだが、ベッドの脇のモニターの数字がゼロに近づいたその時、彼女の唇だけが動いた。

人工呼吸器はもう外されていたからそれがわかった。

私に何かを伝えようとしている。そう思った。

だが、懸命に絞り出そうとしていた声は、あまりに細く小さく、いくら耳を近づけても、聴き取ることはできなかった。

郁美は私に何を言おうとしていたのだろう。

彼女が人生から消えてしまった瞬間から、由井はずっと考え続けている。

毎日。

毎日毎日毎日毎日毎日毎日毎日毎日。

答えはこのアカシアが教えてくれるはずだ。

3

野乃はまばたきを忘れて目の前の光景を眺め続け、それから首をかしげた。

不可思議な光景に遭遇した時、人が首をかしげるのは、目の前の現象を視点を変えて見ようとするからかもしれない。

視点を変えたところで、疑問は解けはしなかったが、両目がまばたきを取り戻した拍子に、一時停止していた頭も再起動した。

連絡しなくちゃ。

白衣からスマホを取り出して、真室教授を呼び出す。

「大豆畑で…C畑で、虫が死んでます……いえ、でも、普通じゃない数です…はい、大量に……見にきてください。ええ、そうすればわかります」

風が吹いてきた。小さな虫の死骸が黄色いマルチシートから転がっていく。おっとっと。現場保全しなくちゃ。教授にこのままの状況を見せないと。

軍手で虫を拾って畝に戻しているうち、束ねた髪のうなじの残り毛が、ちりりと逆立った気がした。

まただ。さっきスマホを取り出した時も、真室さんに電話をしている最中にも感じた、誰かに見られているような感覚。研究農場の中で、近くに誰もいるはずがないのに。

ざわ。

どこかで音がした。

左手から?

音がした方向に首を振り向ける。

B畑の中ほどで、大豆の葉が、風とは反対方向に揺れていた。

何かいる。

C畑の端を回ってB畑を覗き込む。

揺れる繁り葉の中から黒い影が飛び出した。

影は跳ぶように歩き、A畑とB畑のあいだの畝でうずくまる。

カラスだった。

なんだ。町でもよく見かけ、森の中のこのあたりにも多い、大型のハシブトガラスだ。肉食だから、落ちている虫をめあてに舞い降りてきたんだろう。

証拠の虫を食べられては困る。野乃は畑を守るために、カカシのように両手を広げて立ちはだかって、カラスを睨《にら》みつけた。

カラスはこちらに向かってよたよたと歩いてくる。

と思ったら、ふいに左に短く飛び、野乃から遠ざかる方向に向きを変えた。立ち止まって地面をくちばしで突《つつ》いている。

だいじょうぶそうだな。いや、わからない。せわしなく何かをついばむふりをしているが、地面には何も落ちていない。黒い木の実のような目をちらちらとこちらに向けてくる。隙をうかがうように。

カラスの知能は、人間の六〜八歳と同等と言われている。一歳六か月の一樹の嘘泣きにも騙《だま》される野乃にとって、侮れない相手だ。肩からリュックを下ろす。いざとなったら、振りまわして追い払うつもりだった。

野乃に見られているとわかったからか、カラスがくちばしを開いて、威嚇の声をあげた。

ガ——グァーガ——。

本性を現したな。カラスを睨み返すと、騒々しく鳴きながら、翼を広げた。大きなカラスだ。翼開長は一メートルを軽く超えるだろう。

アー。

ひときわ甲高い声をあげると、大ガラスは土ぼこりを巻き上げて飛び立った。

あきらめたようだ。人間をなめるな。野乃が溜《た》めていた息を吐き出して、リュックを背中に戻した、その時、

遠ざかっていった羽ばたきの音が背後で再び大きくなった。

音はあっという間に野乃に迫ってきた。振り返るより早く、後頭部に衝撃が走る。

一瞬何がおきたのかわからなかった。カラスに蹴《け》られたのだと気づいたとたん、間近からの鳴き声が耳に突き刺さった。

ガアアァァア。

肩に、とまって、いる——

今度は頬に鋭い痛みが走った。くちばしで突かれたのだ。

うわ。うわわ。両手で目と頭をかばいながら、カラスを振り払うために、体を揺すった。

急に肩が軽くなり、羽ばたきの音が遠ざかる。

が、逃げたわけじゃなかった。まただ。いったん遠ざかった羽音が、大きく旋回して戻ってくるのが背中越しにわかった。

野乃は首を縮めてうずくまる。

「うおーうおおっ」

真室さんの声がした。オールバックの髪をなびかせて駆け寄ってくるのが見える。何か叫んでいた。

手をあげろ、と聞こえた。

「手をあげろ。高く」

言われたとおり、両手を頭上に差し上げる。

羽音が間近に迫ってくる。それが野乃の頭の脇をかすめるように通過していった。

真室さんの声が真上から飛んできて、ようやく立ち上がった。

「だいじょうぶか」

「はい」たぶん。

頬に触れ、指先を眺める。

血に染まっていた。

4

鏡の前で頬の絆創膏《ばんそうこう》を剝《は》がしてみた。

痛《い》つつっ。けっこう深い傷だ。一日経っても、まだ疼《うず》いている。

新しい絆創膏を貼り直していたら、レゴブロックで遊んでいた一樹がとてとてやってきた。ショウロンポーのような拳《こぶし》を突き出して、ポークビッツみたいなひとさし指で野乃の太ももをつつく。

「ああ、そうだね、一樹も痛い痛いだったね」以前、切り傷をつくった時に、アンパンマンのキズテープを貼ったところだ。またアンパンマンを貼って欲しいらしい。「でも、もう治ったでしょ。よかったね」

「ぷう」

「さ、朝ごはん、食べちゃおう」

ベビーチェアに一樹を座らせて、野乃もダイニングテーブルにつく。

離乳食はほぼ卒業して、野乃と同じものを食べたがるから、今日は一緒のメニューだ。目玉焼きと、くたくたに煮た野菜。豆腐とわかめの味噌《みそ》汁。ロールパン一個。牛乳を子ども用カップに一杯。

野乃はロールパン二個。一樹に合わせた薄味だから、煮野菜には塩を（これもまねしようとするからこっそり）ぱらぱら。目玉焼きはソース派だ。

「うーあ、ああーあうあ、あああああうあ」

一樹はスプーンで目玉焼きをつつきながら歌を歌っている。アンパンマンのテーマだと思う。

「一樹、じょうずだね。アンパンマンのうた?」

「あ?　あーむ」

一歳半を過ぎても、一樹はまだ言葉が出ない。頭と体の発達には問題がないと思う、小児科の先生はそう言う。「おそらく」とつけ加えつつ。だけど、保育園の同じぐらいの生まれ月の女の子はもう「イツキちゃん、いいこにしなさい」なんて大人みたいに喋ったりする。この時期の子どもの成長は比べるものではない、とは言うけれど、やっぱり心配。

親子二人暮らしだからいけないのかもしれないと思って、二人ぶん話しかけるようにしている。擬音語を使って話しかけるといい、という話をママ友から教わったから、やってみることにした。

「鳥さん、鳴いてるね。チュンチュン」

「む」

顎《あご》を二重にして、寡黙なおっさんみたいに頷いただけだった。

野乃が一樹と暮らしている家は、夜黒森の縁《へり》。里から森に入ってすぐの木立の中だ。小さな平屋だけど一軒家。グリーンプラネットに就職が決まった時に、空き別荘だったここを借りた。その時にはまだ逸郎《えつろう》がいたから、あちこちを自分たちでリニューアルしている。周囲にほかの家はなく、背後も両側も森だから、朝はたいてい鳥の声がかまびすしい。梅雨が明けた先週からは、蝉も鳴きはじめている。

「セミの声もするよ。ミーンミーンミン」

「ほお」

昭和のじいちゃんか、あんたは。

カラスも鳴き出した。カラスは案外に早起きだ。野乃は頬を撫でて、昨日のことを思い出す。


ハシブトガラスは、あのあともしばらく上空を旋回していた。だから真室さんと二人、両手を高く差し上げ続けた。カラスが人間を襲う時には後頭部を狙うから、こうしていれば、翼が傷つくのをなにより恐れるカラスは、翼が腕にひっかかるのを嫌って襲ってこなくなるのだそうだ。

バンザイをしながら、真室さんはアカンベーの顔をした。吹き出した野乃に真顔に戻って言う。

「変顔をつくれ」

「なぜ?」

怯えている野乃をリラックスさせようとしているのだと思ったら、違った。

「カラスに顔を覚えられないためだ」

カラスは記憶力がよく、一度見た人間の顔は忘れないのだそうだ。

「嫌です」

「一度覚えられたら一年はつけ狙われるぞ。あの一羽だけじゃない、カラスは仲間と情報を共有する。この一帯のカラス全部を敵にまわしてもいいのか」

ひえ。野乃は両手をあげたまま舌を出し、白目を剝《む》いた。一樹の前でこの顔をしたら、泣き出すだろう。

カラスがようやく空から消えると、下ろした両手を揉みほぐしながら、真室さんが笑いかけてきた。

「驚いたよ、村岡がカラスにさらわれるかと思った」

「私の体重じゃ、十羽ぐらいいないと無理でしょ」

「いや、ハシブトガラスの持ち上げ能力は体重の一・五倍程度だから、五十羽は必要かな」

そんな馬鹿な。ギャオスじゃあるまいし。

失礼な。こんなところで生物学の知識を披露しなくていいですよ。

「で？　なんだっけ」

ああ、そうだった。C畑を真室さんに見せる。ひと目見るなり、軽口を叩いていた顔がこわばった。

「どうしたんだ、これ」

「わかりません、突然です」

「地虫が地上に出るってことは、よっぽど苦しかったんだな」真室さんはコガネムシの幼虫を素手で拾い上げて、てのひらの上で転がす。生物学に目覚めたのは、昔、昆虫少年だったから、と聞いたことがある。「お客さんの体調不良と関係があるんだろうか」

ないわけがない、と思う。だが、研究助手とはいえ、科学者のはしくれ。検証なしでは、なんともいえない。

「あのカラスは虫を食べたのかな。あいつの腹具合はだいじょうぶなんだろうか。変なものを食った腹いせに村岡に八つ当たりしたのかも」

真室さんのジョークには冴《さ》えがない。大豆畑に関するスポンサー契約はおそらく破談だ。ところでハシブトガラスは本当に虫を食べに来たのだろうか。野乃が遭遇した時にはそんなそぶりは見せていなかった。最初から野乃を標的にしていた気がする。

近くに巣でもあったのか。いまはカラスの繁殖期で、巣を守ろうとするカラスは人間も攻撃する。でも、それも違う気がした。あの時のカラスは巣を守るというより、大豆畑を守ろうとしているように野乃には見えた。


「カラスさん、カアカア」

「む」

「セミさん、ジージージー」

「ぽっぽ」

一樹との会話をあきらめて、時計がわりにテレビをつける。情報バラエティ番組が俳優夫婦の離婚話を報じていた。なぜか一樹が身を乗り出す。チャンネルを替えようと思って再びリモコンを取り上げると、芸能ニュースが海外の話題に変わった。

「先頃、WMO、世界気象機関が気になるデータを発表しました。地球の酸素濃度の減少が急激に早まっているという内容です。地球温暖化により二酸化炭素の濃度が上がるのにしたがって、酸素濃度が減少していることは以前から指摘されていましたが、これまでは、人類の生存に影響を及ぼす18パーセント台に減るのは、5000年ほど先であるとされていました。しかし、この報告では、それが大幅に修正され、このまま減少ペースに歯止めがかからなかった場合、今世紀中に大気中の酸素濃度が0・5パーセント減り、二十二世紀中には、20パーセントを割り込むことになる、と予測されています」

「なんか最近息苦しいと思ってた」

女性アナウンサーの棒読みを、元お笑い芸人のコメンテーターがちゃかし、MCが手早く話をまとめた。

「やはり地球温暖化は私たち全員に課せられた宿題ですね」

「あぴぃ」

一樹が牛乳のカップをひっくり返してしまった。テーブルと床を拭《ふ》いているあいだに画面は洗剤のコマーシャルに切り替わる。

二十二世紀。少し前の野乃には、はるか先に思えていたけれど、一樹が生まれてからは、それほど遠い未来ではないことに気づかされている。

野乃も三つ上の逸郎も、もう死んでいるだろうが、2027年生まれの一樹は、二十二世紀にも生きているはずだ。二十二世紀の景色を眺め、SFの世界に思える二十二世紀の日々をごくあたりまえに過ごすのだ。

子どもは人生のものさしだ。自分の先々の年齢を考える時には、子どもがいくつになっているかを考えてしまうし、子どもが何歳の時に、自分はいくつなのかを計算してしまう。

一樹たちの世代に、自分たちの負の遺産を背負わせたくない。きちんとした社会や、きれいな地球を残してやらなければ。一人の母親で、研究助手の自分になにができるのかはわからないけれど、心からそう思う。

テレビの時刻表示が、7：25になった。そろそろだな。

リビングスペースの座卓にパソコンを置いて立ち上げた。やっとこ食事を終えた一樹は、レゴブロックのタワー建築を再開している。

洗面所に行き、髪を整え、眼鏡をはずしたら、着信音が鳴った。

スカイプの画面に、

『逸郎』の文字。

顔が現れた。細長い顔だから、あんまり近寄ると、上下が切れてしまいそう。長く伸ばしている髪を今日は後ろで束ねている。

「一樹ー、パパだよ」

声をかけると、レゴを放り出して駆け寄ってきた。危うく転びそうになった体を、野乃は両手で抱きとめる。

「おーい、いつきー」

「だー」

「おはよーぐると」

逸郎がおじぎをすると、一樹もこくんと首を折った。

顔を戻した逸郎の手には、ヨーグルトの容器が握られていた。『よーぐると』とひらがなで書かれた紙が貼られている。「だいじょうぶ、俺も言葉を喋るの遅かったらしいよ。五歳まで、か行が言えなかったって」なんて一樹の言葉が遅いことを気にもかけていないふうに言うが、やっぱり気にしているようで、テレビ電話に出るたびにあの手この手で、一樹に言葉を喋らせようとする。

「おはよーぐると」

「ほあ?」

ちょっと難しかったみたいだ。

「アメリカのヨーグルトじゃわかんないよ。一樹が食べてるのは、プチダノンだもん」

逸郎はカリフォルニアにいる。工科大学に客員研究員として派遣されているのだ。向こうはいま、午後三時半だ。

「じゃあ、これはどうかな、いつきくん」

逸郎が画面の下で両手をもぞもぞさせていたかと思うといきなり、

「こんにちわに」

片手にワニのパペット。

「やあ、あさごはんたべたかわに?」

「きゃは」

こっちは受けたみたいだ。

「おーい、いつきくーん。ぼくはわにだよ。わにわにわに」

逸郎が誘いかけるようにワニの口を開閉させると、一樹は画面のワニに指を伸ばして、唇をひよこみたいに尖《とが》らせた。おっ。野乃と逸郎は画面の向こうとこちらで視線を交わし合う。が、一樹の唇から漏れたのは、ワニに触れて満足したらしい吐息だけだった。

「ふわぁ」

逸郎が机の上につっぷしてしまった。

「言葉はゆっくり覚えればいいさ。じゃあじゃあ、にらめっこしようか」

にらめっこ。これは一樹となんとかコミュニケーションを取りたい逸郎が「スカイプでもできるゲームを思いついた」と得意気に始めた遊びだが、一樹はまだルールを理解できなくて、覚えたのは、「あっぷっぷ」と声をかけたら、頬をふくらませて口を閉じることだけ。

「いくよ～あっぷっぷ」

一樹はぷくりとほっぺたをふくらませたけれど、それだけ。画面の向こうでいっしょうけんめい変顔をしている逸郎を、気味悪そうに眺めている。

逸郎がまた机につっぷす。なぜかそれを一樹が笑った。子どもはむずかしい。

顔をあげた逸郎が、今度は野乃に声をかけてきた。

「ねえ、ほっぺた、どうしたの」

「カラスにやられた」

「カラス？　動物学にくらがえしたの？」

「違うよ」

研究農場で作業をしていたら、いきなり襲ってきたことを説明する。

「カラスって飛べなくなる状況を怖がるから、ふつうは飛びながら脚で蹴ってくる。くちばしで攻撃したり、肩に止まったりなんてしないんだけどな。よっぽど興奮状態だったのかなあ」

　カラスに蹴られたことがある口ぶりだ。フィールドワーク派の生物学者である逸郎ならありそうだ。

「ねえ、夏休みは取れる？　帰ってこれるの？」

「いやぁ、無理かも」

「早く来ないと、一樹、こどもスピーチ大会に出るようになっちゃうよ」

　去年の暮れにアメリカに旅立った逸郎は、一樹が初めて歩く瞬間を見られなかったことを、とても悔しがっているのだ。

「一樹、ほら、パパに歩くとこを見せてあげて」

　スピーキングは苦手でも、ヒアリングと動作は日々めざましく発達している。一樹は両手を大きく振ってパソコンの前を右から左にてけてけ歩く。くるりと回って、今度は左から右へてけてけ。

「うわ。うわわ。good job《グッジョブ》！　可愛いの帝国だ」親バカ魔境だ。

「だったら、帰ってきてよ」

「わかった。教授に交渉するよ」

　一樹やお互いの日常について手短に会話をする。逸郎の専門はネイチャーテクノロジー。生物の持つメカニズムを手本にして、科学技術や産業製品に生かす試みのこと。たとえば、ヤモリの足裏構造を研究して壁を垂直に歩ける靴をつくったり、フクロウの羽根をヒントに消音装置をつくったり。いまはコウモリの血液を調べて人工冬眠装置の開発をめざしているそうだ。

それにしても、どういう研究室？

一樹の近況はあれこれ報告したが、グリーンプラネットでの仕事に関しては、あい変わらず、とだけ話した。あい変わらずであって欲しいと願いながら。

「一樹、パパにバイバイしよう」

歩きまわるのが面白くなったらしく、キッチンシンクの下で行進していた一樹を抱いてパソコンの前に連行すると、画面に片手を伸ばして声をあげた。

「ぱあ」

「あ、野乃ちゃん、聞いた？　いま、パパって言った」

「違いますよ。いまのは、ただの喃語《なんご》」ママって言わないうちに、パパなんて言わせるものですか。

「そうかなあ」


パソコンを閉じて、一樹のおむつを替えた。鉢植えに水をやる。森の中に住んでいるのに、家の中で鉢植えの世話をするなんて、なんだかえこひいきしているみたいで変だけど、どれも大学近くのアパートで暮らしていた時から育てている鉢だ。ペットと同じで、お別れはできない。

職場用と保育園用、二つのバッグを両肩にかけ、一樹をだっこして外へ出る。蝉の声がいちだんと高まった。

家のかたわらには大きな樫の老木が立っている。樫の木のかたわらに家が建っていると言ったほうがいいかもしれない。

夜黒森に多いシラカシだが、高さは二十メートル近くあるだろう。五十メートル級の針葉樹も存在するこの森では驚くほどの樹高ではないけれど、広葉樹としてはかなりな大きさだ。象とかサイの皮膚を思わせる灰褐色の幹は太く、胸高直径は、野乃が両手を広げたぐらいある。

野乃たちの小さな家は、この木の根もとに生えるきのこみたいなもの。太い枝が四方に伸びて盛大に葉を繁らせているから、まるで野乃たちの家に傘をさしかけているかのようだ。

家の前に停めてある軽のワゴンのドアを開ける。後部座席のチャイルドシートに一樹を座らせてから、助手席に荷物を放りこんだ。

「さあ、出発進行～」

「こ～」

お、一語文だけど、いま、私の言葉を反復した、と思う。一歩前進。逸郎に聞かせてあげたかった。

まず森の端っこの家から、民家のある里へ下りる。

木立に囲まれた緑色のトンネルのような坂道を、車はゆるやかに下っていく。ほどなく道が平坦になり、左右の緑の壁が途切れ、畑や田んぼが現れる。大きな欅《けやき》の立つ三叉路《さんさろ》を右へ曲がると、人家がぽつぽつと並ぶ通りに出る。赤い屋根の建物が、この界隈《かいわい》で唯一の保育園だ。

「一樹、着いたよ。到～着っ」

「ぽっぽ～」

さっきのはまぐれか。これじゃあ、東京ローズたちのほうが先に喋りはじめてしまうかもしれない。

「よろしくお願いします。一樹、ばいばいきーん」

別れぎわ、一樹に手を振る。笑ってくれたのは保育士さんだけで、一樹は野乃の言葉を待たずに保育室にてけてけ歩いていった。少し前までは「じゃあ、行くよ」とか「また、あとでね」と言ってしまうと泣いて背中にすがりついてきたから、違う言葉を使うようにしているのだが、もう必要ないみたい。助かるけれど、ちょっと寂しくもある。


保育園から来た道を戻って、再び森へ入った。

今度は緩やかな上り坂が続く。道の両側では、夏の光を照り返した木々の葉が、金の粒を振りまいたように輝いている。鳥の目から見たら、野乃の赤い車は、サラダボウルの中のプチトマトだろう。

夜黒森は南北最大7キロ、東西最大9キロ。広葉樹や常緑針葉樹がほとんど手つかずで残っている広大な原生林だ。しょっちゅうフィールドワークに出かけている野乃でもときおり迷う。森の奥深く、地上からは見通せない高木の樹上の繁りに、ギャオスの幼生が潜んでいたって驚かない。いや、驚くか。

グリーンプラネットの研究センターは道を上った先の峠にある。下に開いた扇形をした森の要《かなめ》の位置だ。野乃の家からは、二十三、四分。

まだ午前八時半だが、太陽はすでに眩《まぶ》しい。サンバイザーを下ろした。今日も暑い一日になるだろう。もう一週間は雨が降っていない。朝一で畑に水撒きをしないとな。

大豆畑を思い浮かべたとたん、また昨日の救急車がやってきた騒動と、カラスのことを思い出してしまった。

絆創膏を貼った頬をさする。野生動物に傷を負わされた時には、感染症を疑うべきなのだが、昨日はどたばたしているうちに、一樹のお迎えの時間が迫ってきて、病院へ行くことはまるで頭になかった。

逸郎はアマゾンまで生物資源調査に行った時、寝ている最中にコウモリに咬《か》まれて、死線をさまよったことがあるそうだ。「狂犬病だったら死んでたよ。生きて帰れただけでラッキー」

額に手をあててみる。熱はないみたいだ。あ、でも、まだ潜伏期間かも。

カラスに突かれた場合の感染症は何になるんだろう、などと考えていたから、目の前を横切っていく何かに気づくのが一瞬遅れた。慌ててブレーキを踏む。

その大きな茶色の何かは、身をくねらせ、衝突寸前でワゴンのボンネットをかわしていった。

鹿だ。

枝分かれした大きな角を持つ雄鹿。

鹿はブレーキ音に驚いて振り返ったが、すぐに何事もなかったように道の反対側の木立に姿を消した。

危ない危ない。気をつけないと。

夜黒森ではこのところ鹿が人の領域に出没するようになった。昼間はまだいいが、彼らの活動が活発になる夜には、いきなり闇から飛び出してくるから防ぎようがない。

山に囲まれたこの地域には、さまざまな動物が棲《す》んでいる。鹿、ニホンカモシカ、ニホンザル、ノネズミ、ツキノワグマ、キツネ、タヌキ、イノシシ。

たいていは夜黒森よりさらに標高が高く、森も深くなっている北部の連山が棲息地《せいそく》で、里まで下りてくることはめったになかったのだが、日本全国で深刻化しているのと同様に、動物たちの行動範囲が年々人間の生活域に近づき、トラブルを生みはじめている。

ここ何年も夜黒森でフィールドワークをしている野乃にとって、野生動物と出くわすのは日常茶飯だが、今年に入って、遭遇率が急に高くなった。

森で鹿や猿に出会うと緊張する。野生の彼らはけっこう凶暴だ。

秋に雄の鹿と鉢合わせしたら、けっして目を合わせちゃならない。野乃の故郷の山で木こりをやっていた祖父《じい》ちゃんに、子どもの頃、そう言われた。「ふだんは臆病《おくびょう》だが、繁殖期には別の動物になる」。逃げないで、いきなり角で突いてくることがある。蹴られて死んだ人間もいる、と。

ニホンザルも、油断できない小さな猛獣だ。家の近くで見かけるようになったから、一樹を家の外で遊ばせる時は、警戒を怠らない。

一頭だけだろうか。おとなの雄鹿は群れに入らず単独行動していることがほとんどだが、念のためにしばらく車を停めたままにしておく。それで気づいた。

左にカーブした道が山腹に消える手前、ガードレールの向こう側に見える遠くの低木のあいだで、何かが動いていた。

鹿じゃない。

二足歩行をしているように見えた。

ニホンザル？　にしては大きい。

人間？

ガードレールの向こうは小さな谷になっている。その谷が上り斜面になったところを、下から上に人が歩いているのだ。

道のないあんなところを、いったい誰が？　不思議に思って目を凝らした。

細いシルエットだ。灰色っぽい服を着ているようだった。

人影は機敏とは言えなかった。あんなところを登っている大胆さとは裏腹の、ゆっくりした慎重な動作。もたついているとも言える。

由井、さん？

いや、まさかね。

七十代後半で、脚も悪いらしい由井さんが、若い人間だって手も使わなければ登れないような斜面を登れるはずがない。

でも、もしかして。

よく見ようと車を降りてガードレールに近づいたら、灰色の人影は、低木より高い木立の中に呑《の》み込まれて、姿が見えなくなった。

研究農場に出ると、もうすみ子さんが来ていた。

「おはようございます」

「ああ、ののちゃん、おはようさん」

川村《かわむら》すみ子さんは、この土地の農家の女性。農場の作物の世話を手伝ってもらっている。いや、素人の野乃たちが指導してもらっていると言ったほうが正しいか。

すみ子さんは車輪付きのホースリールを転がしていた。研究農場は作付け面積が小さいし、予算も少ないから、本格的な農家が使っているような灌水《かんすい》システムなどはない。水は遠くにある立水栓《りっすいせん》からホースを引っ張ってきて、人力で撒く。

「あ、私がやりますから」

「だいじょうぶだよ」と言われたが、野乃は走り寄ってホースリール車の把手に手をかける。ホースリールを転がすのは、けっこう重労働なのだ。小さな車輪は草や地面のでこぼこにはばまれてすぐ動かなくなる。すみ子さんは、八十三歳で、かがむと大豆畑の中に隠れてしまう、とても小さなおばあさんだ。達者で働き者とはいえ、こういう仕事は、力だけはある若い野乃がやらなくては。

「ありがと。たすかるよ」すみ子さんは、曲がった背中に両手を回して、スケート選手みたいにすいすいと野乃の先に立つ。「だいぶ虫食いが酷《ひど》いけど、ほんとうに農薬はまかなくていいのかい」

「ええ」

「かわいそうに。大豆が悲鳴をあげてるよ」

すみ子さんは、耳を澄ます表情になる。大豆たちの声が聞こえているかのように。長年愛情をこめて野菜を育ててきた人たちにとって、野乃たちがやっていることは、虐待に等しいだろう。

「すみません」そういう場所なので。かんべんしてください。

「あれかい、有機農法とかの研究？　大《お》っちい大豆がとれなくなるよ」

「いえ、はい、新しい農法のためです」

ホースリールを大豆畑の前に置き、放水ノズルを構えながら野乃は話題を変える。

「あ、そういえば、ねえ、すみ子さん、昨日なんですけど——」

虫が大量に死んでいたことを話した。

「佐々木《ささき》さんが殺虫剤をまいたかね」

佐々木さんはシルバー人材センターから派遣されている元庭師さんだ。温室や熱帯植物園の世話をしている。

「いいえ、佐々木さんもここ何日かはこっちにはいらしてないと思います」

「はて」すみ子さんは、腰に両手をあててお天道様を仰ぐ。まぶしそうに目を細めて言った。

「じゃあ、それは、暑さのせいでにゃあかい」

「へ？　暑さのせい？」虫って暑ければ暑いほど元気なんじゃないのか？

「ん。この頃は昼になると蟬の声を聞かなくなるら」

「そういえば」

「あんまり暑いと虫だって熱中症になるだよ。昨日も暑さで蟬が落ちて、地面でぱたぱたしてた。蚊もそう。ほら、最近、蚊が少ないら」

「たしかに」家から一歩外に出ると、蚊が寄ってくる。体温が高い一樹は集中攻撃を浴びてしまうのだが、昼間はなぜかあまり刺されない。

なるほど。そうか。

そうなのだ。生物学者より農家のおばあさんのほうが、よっぽど生き物にくわしかったりする。真理は研究室で見つかるとはかぎらない。フィールドにたくさんころがっているのだ。

交替で水やりをし終えると、すみ子さんがぽん、と手を叩いた。

「さて、草むしりでもしようかね」

「よろしくお願いします。私は大豆畑のほうをやりますので。原因は何にせよ、もしまた虫が死んでいたら、報告しなくちゃならないので」

「あんた、若いのに、よく働くねえ。感心だよ。うちの甥《おい》っこの嫁にこないかね。末の妹の子だもんで、まだ五十前だよ。どうだい」

「いえ、あの、じつは私もう嫁なので」

5

真室教授が三井さんの言葉をオウム返しにした。

「アルカロイド?」

信じられない、と言っているように聞こえた。

「アレルゲンではなくて?」

「はい、ピロリジジンアルカロイドと思われます」

「どういうことだろう」

真室さんが腕を組んで中空を見上げる。そこに答えが書いてあるかのように。

昨日の大豆による体調不良に関する検証結果だ。場所は研究棟の三階にある社長室兼応接室。野乃と石嶺さんも呼ばれている。

「原因はまだわかりません。とりあえず検査結果だけをお知らせしています」

白衣の下にダークブラウンのワンピース。真室さんの向かいに座っている三井さんは今日もおしゃれだ。社長室といっても立派なものじゃない。社長用とは思えない簡素なデスクと椅子が一脚、その手前にローテーブルを挟んでソファーが二脚置かれているだけだ。余ったスペースは物置になっていて、窓のない側の壁には、段ボールが山積みになっている。

アルカロイドは、植物に含まれる有機化合物だ。有名なのはケシから抽出されるモルヒネ、つまりアヘン。医薬品にもなるが、言ってしまえば、天然毒素だ。

野菜や山菜のイメージがあるから、食用ではない植物の葉や実も、味はともかく食べられないことはないだろう、おおかたの人はそう思っているかもしれないが、じつは体内に毒を持つ植物は多い。野菜は人間にとって害がないように品種改良が加えられた植物だし、山菜は多くの命がけの失敗や経験から、食べられるものだけを選別したものだから、危険が少ないだけなのだ。

とくに毒性が強いのは、彼岸花《ひがんばな》、福寿草《ふくじゅそう》、スズラン、スイセン、アジサイ……スイセンはニラと誤食して死亡する例がたびたびあるし、花瓶に挿した時の水でさえ飲むと危険だといわれる。

野菜にしても、たとえばジャガイモの芽を食べてはいけないのは、グリコアルカロイドが食中毒を引き起こすためだ。トマトにもアルカロイド系のトマチンが含まれている。人間の致死量にはならないが、トマトの葉や茎、青い実を食べるとお腹をこわす。

大豆にももともとアルカロイド属の神経伝達物質が含まれてはいるが、通常はごく微量で、人に害を与えるほどの含有量を持つことはない。

真室さんが片手の指で目頭を揉みほぐして、ため息をついた。

「農場での実験と関係があるのかな」

三井さんが表情を変えずにきっぱりと言う。

「あるとしか思えません。植物が突然変異するのは、ストレスを克服するためですから。私たちは農場の子たちに、ストレスをかけすぎたのかもしれません」

植物が他の生き物と違う大きな特徴のひとつは、簡単に突然変異できること。自らDNAを組み換えてしまうことも可能だ。そして、その引き金となるのが、多くの場合、環境ストレスや物理的ストレス。つまり植物は、生きのびるために、自分の体をつくり変えることができるのだ。

アルカロイドは、植物が他の生物から体を防御するために使われる。確かに畑の作物には無理なストレスを与えすぎた。自分たちが植物だって生き物だと主張しているにもかかわらず。いや、生き物だとわかって、実験動物として扱っているのだ。「かわいそうに。大豆が悲鳴をあげてるよ」すみ子さんの言葉が耳に痛い。

「ただ、すべての大豆から検出されたわけではないのです。村岡さんが何カ所か場所を変えてサンプルを採取してくれたのですが、大量のアルカロイドが検出されたのは、この個体とその周辺の――」

三井さんがノートパソコンをひとしきり叩き、モニターを反対方向に向けて、みんなに見せた。

画面には大豆畑の配置図が呼び出されている。ひとつひとつの株に記号や数字が振られた様子は、野菜の作付け図というより、産業機械の設計図のようだ。

「ここです」

爪を真珠色に塗ったひとさし指で一点をさす。石嶺さんが声をあげた。

「α-1《アルファワン》か」

α-1は、譲渡性や伝達性に優れたα株の中でも、揮発性物質の放出量が多い、つまり天敵を呼び寄せる能力も高い、エリート中のエリート。いわば大豆畑のリーダーだ。

「確かに、俺はここから莢を採った。なんてこった、よりによってわざわざ危ないところから採取しちまったのか」

不運を嘆く真室さんのかわりに石嶺さんが訊ねた。

「αの能力が高くなりすぎたってことですかね」

三井さんが細い顎で頷く。

「予測を超えている」

「昨日、虫が大量に死んでいたのもそれが原因だったのかな」

真室さんの問いかけに、三井さんより先に、野乃が言ってみた。

「あれは熱中症かもしれません」

「え？　なにそれ」石嶺さんが興味しんしんと言った感じで身を乗り出してくる。

「あの、川村さんによれば、虫も熱中症になるのだと」

だが、野乃がおおいに納得した、すみ子さん説は、昆虫小僧の真室少年に一蹴《いっしゅう》されてしまった。

「確かに温度が高すぎると活動が鈍くなるけれど、地中に潜む虫を殺虫するには、摂氏60度は必要だと思うよ。幼虫は成虫より丈夫だから、外気温では死なない」

あらら。「お茶淹《い》れましょうか」

「いや、自分でやる。ホウレンソウのほうは、だいじょうぶなのか」

「コマツナです」

「そうそう、コマツナのほうは？」

三井さんが答える。

「いちおう調べてみますが、先週試食したばかりですから、いまのところ問題はないかと。大豆のプロジェクトは中断しますか？」

三井さんの言葉にはほんの少し怯えが混じっていた。スーパーダイズは三井さんがいまいちばん力を入れているプロジェクトだ。農場の大豆を「うちの子たち」と呼んでいる。

「いや、続行しよう。もし原因が毒性物質の放出にあるのなら、うちのスーパーダイズの防御能力が急激に高まったっていうことだ。つまり、ある意味、研究は成功したってことだろ」

まあ、そう言われれば、確かにそうだが、真室さんの言葉には（たぶん三井さんでも）素直に頷きかねた。

「これからは、いままでと逆に能力を抑える方向で育成していけばいい。人体に影響のないレベルの防御能力を備えた大豆をつくるんだ」

真室さん自身も自分の言葉を信じ切っていない気がする。いまに始まったことではないけれど、グリーンプラネットの経営は、順調とは言いがたい。

コマツナを研究対象にしたのは、研究素材として適していたからだが、大豆を選んだのは、真室さんの大人の判断。病害虫を既存の殺虫剤などに頼らずブロックできる、大豆用の新薬や品種の商品化をめざしていたからだった。大豆がこれからますます重要な農産物となって、需要が増すのを見越してのことだ。

世界の大豆の生産量と耕地面積は、急速に増加している。生産量は五年前の2023年の1・3倍に増大した。背景には搾油、飼料用といったこれまでの主要用途に加え、世界的な潮流となっている、家畜肉からの脱却、代替肉需要の拡大があると言われている。

植物性の代替肉市場はここ数年、飛躍的に大きくなっている。野乃が利用しているこんな田舎のスーパーにも専用コーナーがあるくらいだ。石嶺さんは「ヴィーガンやベジタリアンたちは、野菜も牛や豚と同じ生き物だとわかっているのか。トマトやジャガイモはかわいそうじゃないのか?」と言っているのだが。

「三井、もうひとふんばりしてくれ」

三井さんが真珠色の爪で、優雅にこめかみを押さえながら答える。

「わかりました」

「スーパーダイズの開発は、遠回りをすることになりそうだ。となると――」

真室さんが石嶺さんに、睫毛《まつげ》の濃い目を走らせた。

なぜ自分がここに呼ばれたのかという顔をしていた石嶺さんが、殺気を感じたのか、真室さんの視線から体をのけぞらせる。

「な、なんですか」

「どうだ、『植物語翻訳プロジェクト』のほうは」

「そろそろ…」と石嶺さんは言いかけたが、真室さんがにんまり微笑んだのを見て、おそらく言葉を変えた。「まだまだですかね」

「急いでくれ」

「はあ、でも」

「妥協したくないのは、わかっている。だから、こだわりつつ、臨機応変に。慎重かつスピーディに進めてくれ」

「ブラック企業だ」

「ブラック上等。研究者がちゃんと飯を食える場所をつくるためだ」

真室さんは言う。グリーンプラネットは、国の補助金や大学の援助に頼らない研究集団をつくるために立ち上げた、と。「まあ、俺が金儲《もう》けが好きなのも理由だけど」と自虐的につけ加えることも忘れずに。

「頼むぞ、グリーンプラネットの命運は、君たちの双肩にかかっている」

大学の学生や内外の研究者や契約スタッフも働いているが、グリーンプラネットの正社員はいまのところ、三井さんと石嶺さん、そして野乃だけだ。

「おう」

野乃は拳をつきあげた。石嶺さんは「残業代ください」と呟く。真室さんの起業時からのパートナーである三井さんは、聖母像みたいに微笑んだだけだ。

6

森の中に足を踏み入れると、あれほど強烈だった日射しが木洩《こも》れ日となって淡い光の柱をつくり、まとわりついていた熱気がひんやりした空気に変わった。

三百六十度が緑。見上げても、緑。野乃は大きく伸びをして、森の匂いを深呼吸する。今日は久しぶりのフィールドワークだ。

うん、やっぱり森はいいな。農場ではなく研究所でもなく、ここが自分のホームグラウンドだと野乃は思う。

夏落葉をさくさくと踏みしめて森の奥へ進む。下を向いて歩いた。今日の目的は菌根菌の採集だ。

菌根菌は樹木や草の根に共生している微生物。

代表的なのは、きのこだ。

きのこが微生物？　学生だった頃、最初に聞いた時には意外すぎて、頭の中にツイストバルーンみたいな大きな？マークを灯《とも》したものだ。

きのこは微生物がつくるごく細い糸状の「菌糸」が集まって塊《かたまり》になったものだ。そして、きのこといえば、誰もが傘と柄のある、シイタケやマツタケ、少し変わったところでマイタケなどの姿かたちを思い浮かべると思うが、じつはあの姿はキノコのほんの一部なのだ。「子実体《しじつたい》」と呼ばれる胞子を飛ばして子孫を増やすための部分。

森できのこ採りをしたとする。どうせならマツタケがいいね。森でマツタケを見つけたら、はやる心を抑えて、もぎっとマツタケをもぐ。だけど、それはマツタケという菌類の先っぽを採取したにすぎない。

マツタケの下の地面には、糸状の本体、菌糸体が隠れているのだ。菌糸は草木の根と違ってとても細くて——最大でも0・1ミリ程度で——しかも子実体をもいでも、ほとんどくっついてこないから気づかないだけ。

風が森を渡って、頭上の梢《こずえ》をさわさわ鳴らす。今日も暑い一日になりそうだが、風が強く吹くと、森の中は涼しいぐらいだ。もう何日も雨が降っていないから、森の風も乾いていた。

なにを考えていたんだっけ。そうそうきのこのこと。

きのこの下に隠れている菌糸体は、ときにとんでもなく広がる。世界一巨大な生物はきのこだと言われているぐらいだ。アメリカ、オレゴン州のオニナラタケの地下の菌糸体は単体で、大きさが10平方キロ近くあるそうだ。3キロ四方の面積だ。総重量は3万5000トン！

陸上の植物の八割から九割には、きのこやカビなどの菌根菌が共生していると言われている。菌根菌には葉緑素がないから、植物の根の中に入りこんで、光合成で得られる栄養（糖分）をもらう。かわりに植物は、自らの根よりきめ細かく、広範囲に及んでいる菌糸から足りない水や栄養（リンなど）を手に入れる。菌根菌を持つ樹木は、持たない樹木よりはるかに育ちがいい。

文字どおりきのこは「木の子」。マツタケが松の根もとに生えているのはそのためだ。ああ、マツタケご飯が食べたい。

野乃はまだ若い樹木の前で立ち止まる。この下を掘ってみようか。黒っぽいいい感じの腐植土だ。リュックを下ろし、折り畳み式のスコップを取り出した。きのこにかぎらずカビも菌根菌だから、森の中の樹木の根もとには、たいてい菌根菌が存在する。土がよく乾いているだろう今日は、絶好の菌根菌掘り日和だ。

土からはいい匂いがした。土に還《かえ》ろうとする落ち葉の匂い。鼻につんとくる刺激臭を嫌う人もいるが、野乃は好きだ。ワインみたいにかぐわしい。この土はちょっと酸味も感じられる、ふくよかな香り。夜黒森は肥沃《ひよく》な森だ。

「少しもらうね」

若木のまだ柔らかい根を露出させて、根っこの一部と周辺の土をいただく。これを持ち帰って丹念に水洗いすれば、直径コンマ数ミリの菌根菌の胞子が手に入る。

菌根菌のサンプルを集めているのは、森のネットワークを解明するためだ。

森の樹木たちも会話をしている。彼らは、お互いの存在をちゃんと認識し、競い合ったり、栄養や日光を譲り合ったりしている。虫や草食動物の来襲、雨や日照りなどの警告を仲間に発することもできるのだ。

彼らのコミュニケーションの情報網となっているのが、木の根だけでは繋がらない樹木同士を結びつけている菌糸だ。サンプルから菌根菌の種類を特定すれば、何と何がどこまで繋がっているかがわかるはずだ。

そしてその先の目的は、マザーツリーを探しあてること。森に張りめぐらされているネットワークを解き明かせば、そのおおもとであるマザーツリーに行きあたるはずだ。

マザーツリー。

森の女王。

菌根菌を通じて森の樹木が「会話」していることを科学的に証明した、カナダの森林生態学者スザンヌ・シマード教授が命名した、森の木々のコミュニケーションと共生の中心に存在する樹《き》のことだ。マザーツリーは、若い木たちのために菌糸ネットワークを通じて自らの養分を送り、成長を助けたりするそうだ。

地道で、気の遠くなるほど長くかかりそうな作業だ。

でも、がんばろう。森の中に居るのは、楽しいし。真室さんが言うように、グリーンプラネットの成功をきっかけに、研究者が安定的に生活できる環境を、もっともっと増やすのだ。

二カ所ほどの土を掘ってビニール袋に収める。

お、テングタケだ。

立ち上がった視線の先、すぐそこの大木の根もとに、きのこの群生を見つけた。

テングタケは、夜黒森に多く棲息する、ブナ科の樹木と共生するきのこだ。菌糸ネットワークも森の広範囲に及ぶ可能性がある。採っておこう。

シイタケにちょっと似た、平たくて茶色い傘を持つキノコだ。白い斑点が散っているところも似ている。

でも、テングタケは毒きのこなのだ。石嶺さんが残業の時に鍋《なべ》にしてしまわないように、有毒薬品用の髑髏《どくろ》ステッカーを貼っておかなくちゃ。

手で触るだけなら害はないのだが、手袋でつかむのにも、つい慎重になってしまう。指先だけでつまんだテングタケをビニール袋に収めてから、周囲の土も採取した。

よし、オーケー。次はどこへ行こう。

森のさらに奥へ歩く。周囲に高木が多くなってきた。このあたりに来ると大きな樹木の枝葉が頭上を覆い、光もほとんど差さない。

クルミの木が密生している場所に入り込んだ。

クルミ農園などでは収穫しやすいように高さを抑えて育てているが、野生のクルミの木は大きい。このクルミの一群もどれも樹高が十数メートルある。

木洩れ日がリング状の不思議なまだら模様になっていることに気づいて頭上を振りあおいだ。

驚いた。

クラウン・シャイネスだ。

高木が密集しているわりに樹間が狭く、それぞれの木にはたっぷり枝が繁っているのに、お互いの枝葉がほんの少しずつの微妙な距離を空けていて、まったく触れ合っていない。だから見上げると、寄り添い合う梢のすき間に、空色のひび割れができたように見える。

触れ合う寸前で、お互いが成長を止めて空間を譲り合い、日光を共有しているのだ。人間でいえば、ソーシャル・ディスタンス。この現象も森の木々たちがコミュニケーションを取り合って、共生している証《あかし》のひとつ。にしても夜黒森では初めて見た。

野外活動用のカメラで、クルミたちの美しくも、おくゆかしい生態を撮影する。

葉は健康そうに繁っているけれど、この時期にはもう膨らんでいるはずの青いクルミの実が見あたらなかった。今年は不作なんだろうか。

アングルを変えて何枚も写真を撮っている時、妙な匂いを嗅いだ。

土や草葉や枯れ葉の匂いとは違う、森ではあまり嗅ぐことがない匂いだった。

こげ臭い。

ひとさし指を舐めて、宙にかざし、風の方向を確かめる。左側にかざした時に、指の腹が冷たくなった。

こっちか。

登り勾配《こうばい》を下草を掻《か》き分けて歩くと、その先は下りになり、木立のあいだに視界が開けた。

見下ろす先に、この森では数少ない人工物、携帯電話の基地局のアンテナが立っている。

匂いの正体はそのすぐ右手だった。

オーストラリア原産のユーカリを植林してある一帯。

そこから煙が上がっていた。灰色の煙が、青い空に細い雲のように立ち昇っている。キャンパーが無断でたき火をしているのだろうか。

すぐに違うとわかった。

煙の下、梢を舐《な》めるように動くオレンジ色が見えたからだ。

森が燃えている。

山火事だ。

野乃は斜面を駆け下りた。

ユーカリが植えられたのは、大学が夜黒森の一部を研究林として借りていた七、八年前だと聞いている。

成長の早いユーカリは、もう十メートル前後に育っている。炎が上がっているのは、幹の上方、樹頂近くだ。幹は白くてひょろりと細いから、ろうそくに火を灯しているかのようだ。

火は同じような高さに育ったユーカリの木のてっぺんからてっぺんへ、風に煽《あお》られて次々と燃え移っている。松明《たいまつ》のリレーみたいに。

風が吹くたびに勢いが増し、禍々《まがまが》しいオレンジ色が踊る。炎自身も風を起こしているのか、燃えながら枝が揺れていた。

駆け下りながら、スマホを取り出した。三桁《けた》の番号をプッシュする。１１９にかけるのは、じいちゃんが突然倒れた時以来だ。

――火事ですか、救急ですか。

「火事です……場所は夜黒。グリーンプラネットの研究林です」

またお前らか、という舌打ちが聞こえてきそうだった。

「山火事です……はい。燃えているのは木です……」

斜面を降りきった。ユーカリの林まではまだ距離があるのに、炎を仰ぎ見ている顔が熱かった。

――近くに目印はありますか。

メジルシ？　めじるし？　ああ、目印。

「えー、ユーカリの――」いや、ユーカリの林なんて言っても、研究センターのスタッフでさえ正確に場所がわかる人間は少ない。目印、目印。なにしろ森のど真ん中だ。目印と言ったって――

ああ、そうだ。斜面の上から見たときには、携帯電話の基地局が見えたはずだ。でも、どこだ。斜面の下に降り立ったとたん、場所がわからなくなってしまった。

「あの、えーと、確か、携帯の――」基地局があったはずなのに。近くに見えたが、遠かったのか。

落ち着け落ち着け。周囲を見まわす。いつのまにか燃えるユーカリ林に近づいていた。まるで炎が呼んでいるように森に風が吹き渡り、また炎が高くなり、すぐそこから火の粉が降り落ちてくる。後ろに飛び逃げた拍子に、炎と煙の向こう側にアンテナが見えた。

「――携帯基地局があります。車道からは五、六百メートルのところです」

斜面の下に降り立つと、背の高いユーカリに隠れてしまううえに、環境に配慮したデザインだとかで、アンテナの下の支柱は樹皮を模した円形のパネルに囲まれているから気づかなかった。基地局はほんのすぐそこだった。しかも炎がどんどん近づいている。炎のリレーは、まっすぐ基地局に向かっているようにすら見えた。

「火が基地局に迫ってます」

野乃は切迫した声をあげてしまったが、電話の向こうの声はあくまでも冷静だった。

――お名前と電話番号を教えてください。

答えると、通話が切れた。

今度は研究センターに連絡する。

真室さんにかけたが、コール音が続くだけだった。そういえば今日は東京に出張しているのだっけ。

三井さんをプッシュ。通話中を示す間延びした音が虚《むな》しく響いた。

あとは石嶺さんか。とにかく誰かに来てもらいたかった。何をすべきか教えて欲しかった。

こうしているあいだにも火は広がり続けている。そうしたところで何もできないとわかっているのに、野乃は踏みとどまって、火のゆくえを凝視し続けた。逃げたら森を見捨てるような気がして。また火の粉が飛んできた。

石嶺さんは期待薄だ。研究室にこもっている時は、ほぼ電話に出ない。手もとに携帯を携帯していないのだ。繋がるのは、向こうがこっちに用事がある時だけ。

ダメもとでかけようとした時、煙にむせて咳《せ》きこんでしまった。熱い煙だ。スマホを取り落としそうになる。

あわてて握り直したスマホが鳴った。

――どうしたの?

三井さんからだ。いつもののんびりした声。

「火事っ、火事、火事です」

張りつめていた緊張の糸が、三井さんの声を聞いて安心したとたん、ぷつんと切れてしまった。119に通報した時よりうわずった声をあげる。

——火事？　いまどこにいるの？

「基地局が近くにあって——えー森で、森で、火が迫ってます。すごく燃え燃え——」

——落ちついて。いったん、深呼吸。はい。

ふううぅぅぅっ　はぁぁぁあっ。生木が燃える煙にまたむせた。

「森の中です。ユーカリの植林エリア。119には電話しました。すごい炎。すごい煙。げほ」

——野乃ちゃん、まだ火の近くにいるのなら、危ないから離れなさい。

「でも、ここにとどまっていないと。消防の人に場所と状況を教えなくちゃ」

また連絡すると言って通話が切れたのだ。目を離したら、森が燃え尽きてしまう気がして、恐ろしかった。

——すごい煙なら、遠くからでも見えるから、だいじょうぶ。それより、道に出て。消防車が来たときに、案内ができるように。早く。

珍しい三井さんの早口と炎と煙に追われるように、野乃は斜面を這い登る。

あちっ。風向きが変わったのか、火の粉がここまで飛んできた。煙が目に沁みる。片手で口と鼻を押さえながら、もう一方の手にあるスマホを耳から離さず、すがりつくように訊ねた。

「どうやって火を消すんですか」

消防車が入れるような場所じゃない。道からは直線距離でも五百メートル以上離れている。もちろん消火栓なんかどこにもない。

——質問はあと。道へ出たら、里の方向に歩くの。

足を滑らせかけて、灌木の枝にすがりつく。斜面がきつくなってきた。草や小枝をつかんで登り続ける。それでもスマホは握り続けた。

「里ですか」研究センターの人間は麓の町のことを「里」と呼ぶ。

――だって、消防車が来るのはそっちからしかありえないでしょ。

確かに。

――消防車が見えたら、手を振って停めて、ユーカリの林への最短ルートを教えてあげて。

「車は入れないのに？」

――徒歩のルートでいいの。いちばん歩きやすい道を教えてあげて。

ようやく登りきり、野乃は森の中を走った。木の根が野乃をつまずかせようとし、ふかふかの腐葉土がトレッキングシューズを足から奪い取ろうとする。森を助けようとしているのに、まるで森が火を消すのを妨害しているかのようだ。

走りながら考えた。

なぜ、火事になったんだろう。出火原因は、研究林にもぐりこんだキャンパーのたき火の不始末でも、たばこのポイ捨てでもなさそうだ。火災現場のすぐそばまで行ったから気づいた。燃えていたのは、ユーカリの樹冠の上のほうだけだ。地表部はまったく無事で、下から上に火が這い上がった様子はなかった。

そもそもユーカリの林の下には、ほとんど草が生えない。燃えそうな枯れ草だけでなく、青々とした草も。夏の森では、たったいまの野乃が行く手を阻《はば》まれているような、丈の高い夏草がみっしり繁っているところが多いのに。

ユーカリがアレロパシーと呼ばれる、自分以外の植物や虫、動物を排除する作用を持っているからだ。

アレロパシーを持つ植物は珍しくないが、ある種のユーカリの場合とくに強く、他の植物の発芽や成長を阻害する物質《アレロケミカル》を放出し、自らの周囲に草木が生えないようにしてしまう。帰化植物のセイタカアワダチソウが、在来種のススキを駆逐してしまったのも、アレロパシーが強力だからだ。大学が研究林に植樹したのは、ユーカリのアレロパシーを研究し、除草剤の開発に役立てるためだったと聞いている。

だとしたら、自然発火か。

自然発火は、樹木の葉が風でこすれあった摩擦熱で発火するもの。だけど、いくら何日も雨が降っていないとはいえ、日本で、まして湿度の高い夏に、自然発火が起きるなんてまずない。もし起きたとしても、その自然発火は地面に落ちた枯れ葉同士の摩擦によるものだ。

ようやく車道に出た。野乃が車を停めた場所だ。三井さんに言われたとおり、そこから里のほうへ下っていく道に進む。

遠くからサイレンの音が聞こえてきた。

野乃は道の真ん中に立ち、大きく手を振った。

目の前で、二台の消防車が停まる。降りてきたものものしい装備の消防士に声を張り上げた。

「こっちです」

言うまでもなかった。振り向くと、ここからでも煙がはっきり見えた。

消防士が訊ねてきたのは、出火場所じゃなかった。

「川はどっちですか」

「川、ですか？」

夜黒森の中を流れる黒石川のことか。町のほうから登ってくると、川はしばらく車道沿いに続いているのだが、このあたりまでくると川幅が狭くなり、少し森の中に入った、地元の人でもわかりづらい場所を流れるようになる。そうか、川の水を使うのか。

「案内します」

野乃の背後を消防士たちがついてくる。

驚いた。すぐ後ろの四人全員が包帯みたいに平たく巻きこんだホースを、体に装着した器具に吊《つ》るしたり、手で抱えたり、人力で運んでいる。

さらに後ろでは、二人がかりで赤色の機械を抱えて走っていた。耕運機から車輪を除いたような形の機械が二台。ポンプだと思う。

森を歩くのには慣れているはずだが、消防士たちはホースを抱えているのに、早足だ。走りづめだった野乃は、すぐについていけなくなった。

「このすぐ先です」

あっというまに野乃を追い越していく。

野乃が遅れて川に到着した時には、すでにホースが投下され、給水が始まっていた。赤い機械はやはりポンプで、そこから伸びたホースを摑《つか》んで隊員たちが森の奥へ走っていく。野乃もあとを追った。

ユーカリの林の手前の斜面までくると、ホースを抱えた消防士たちが、次々と滑り落ちるように駆け下りていった。

野乃も斜面の下に降りようとしたら、隊員の一人に制止された。

「ありがとうございました。もうだいじょうぶです。危険ですから、ここから離れてください」

そう言われて素直に引き下がる野乃さんではない。

隊員たちが斜面の下に降り立つと、野乃も山火事が見通せる位置まで下った。ユーカリを植林したのは大学だが、いまではここはグリーンプラネットの研究林だ。この森を職場としている人間として、事態を見届けなければ。何かアドバイスできることがあるかもしれないし。

燃え盛るユーカリに向かって、水が放たれた。

もっと激しい噴射を期待していたのだが、消防車が使えないからやむをえないのか、火の勢いに比べると、放水の威力はいかにも頼りなく思えた。離れたここからだと実験農場の水撒きと大差ないように見えてしまう。

二本のホースが使われているが、炎の勢いが弱まる気配はなかった。二本のうちの一本が狙っているのは、むしろこれから火に晒《さら》されようとしている、まだ燃えていないユーカリの木だ。火を消し止めるより、拡大を防ぐことを優先しているようだった。ホースを持たない消防士たちは、基地局近くの、まだ炎からは多少距離があるユーカリの木を切り倒しはじめた。

ばさばさばさ。鳥のはばたきのような音を立てて、ユーカリの木が倒れていく。

「ああ」

山火事が拡大してしまったら、とんでもないことになる。必要なことだとわかってはいるのだが、まだ無傷のユーカリが倒されていくのを見るのはつらかった。山火事で焼けたとしても、木は死ぬわけじゃない。樹皮が焼けただけで本体は無事であることが多いのだ。でも、切り倒されたら、木はいったん死ぬ。

激しい葉擦れの音が、ユーカリたちの悲鳴に聞こえた。ユーカリの植林エリアはそう広くはない。もうユーカリは半分も残っていなかった。

「野乃ちゃん」

突然声をかけられて、その場で飛び上がりそうになった。

いつのまにか三井さんが後ろに立っていた。ブルーグレーのパンツ。白衣をビッグシャツみたいに着こなして、ナチュラルカラーの丸襟をちらりと覗かせている。今日もおしゃれだ。ただし、慌てて出てきたようで、足もとは研究所の中でしか履かないサンダルのまま。

「だいじょうぶ？」

「ええ」

「どうせ火のそばまで行っちゃったんでしょ。危ないから、およしなさい」

三井さんはなんでもお見通しだ。

「なぜわかったんですか」

三井さんの洞察力が鋭いのか。私の行動パターンがわかりやすいのか。結果がわかりきっている実験サンプルみたいに。

「だって、『すごい煙』って言ってたから。そのあと煙にむせてたし」

ああ、なんだ。

そのうちに新たなポンプが運ばれてきた。折り畳んだ布テントみたいな機材も斜面の上に現れる。

「あれは、なんでしょう」テントの設営？

野乃が布製の機材を指さすと、三井さんが即答した。

「水槽。広げると、すごく大きくなる」

「よく知ってますね」

やっぱり三井さんはなんでもお見通しだ。さっきも消防隊の行動を把握していたみたいに、野乃に指示を送ってきた。

「以前、森林火災の防火訓練をお願いしたことがあったの。だってこの森全体が、私たちの実験場だから、山火事は研究室が燃えちゃうのと同じだもの」

三井さんが燃え続けるユーカリをまっすぐ見つめながら、言葉を続ける。

「なかでもユーカリはとくに危ない気がしていたし。ユーカリの木が燃えやすいことは知っているでしょ」

「ええ」

ユーカリの葉は油分が多い。その油にはテンペルという揮発性の高い物質が含まれていて、気温が高くなると、葉からのテンペルの放出量が多くなる。風が吹くと、まだテンペルをたっぷりふくんだ落ち葉が触れ合い、摩擦熱で燃えはじめる。火が幹を伝って上に昇れば、繁った葉がガソリンがわりになって一気に炎上する。

「そういえば、塔子《とうこ》さん、変だったんですよ。燃えていたのはユーカリの上のほう。枯れ葉が発火したんじゃない。樹上の葉っぱ同士の摩擦で火が起こったとしか思えないんです」

「うん、ここから見ても、地面からは火が出てないものね。オーストラリアでは珍しいことじゃないみたい」

オーストラリアで山火事が多発するのは、乾燥した気候のためなのだが、ユーカリをはじめとする森林を構成する樹木に、油分をたくさん含むものが多いことも一因といわれている。

落ち葉から火が出るだけでなく、枝と枝や葉と葉の摩擦でも発火するケースがあることから、ユーカリが故意に自然発火をしているのではないか、という説がある。つまり自ら山火事を起こしている——

山火事は森林の動物を死滅させてしまうが、耐火性の強いユーカリは樹皮が焼けるだけで、内部までは燃焼しないために、木そのものはほとんど生き残る。種子も熱に強く、山火事で他の植物が焼失した広々とした土地で、灰を栄養にして芽吹き、育ち、土地と日光を独り占めにする。

同じくオーストラリアに棲息するバンクシアと呼ばれる樹木は、もっと極端だ。硬すぎる果実は、山火事で焼けた時にだけ裂け、種をばらまくことができる。つまり山火事がないと繁殖できないのだ。このバンクシアもやはり揮発性の強い油分をたっぷり含んでいる。

ユーカリもバンクシアも、ある意味、山火事というチャンスを待っていると言える。山火事を、ライバルとなる周囲の植物や、食害する生き物を始末して環境を一新させ、自らの子孫を有利に残す手段にしてきたのだ。

三井さんがぽつりと呟いた。

「これは、コアラ殺しかもしれないね」

コアラ殺し。ユーカリの故意の自然発火をそう呼ぶことがある。植物学的に証明されているわけではないが、ユーカリが山火事を起こす理由のひとつは、コアラを殺すためではないか、と言われているのだ。

ユーカリの葉は強力な毒性を持っていて、普通動物は食べない。例外がコアラだ。コアラだけがユーカリの毒への耐性を持っていて、むしろ主食と言っていいほどユーカリの葉ばかり食べる。

だからユーカリは唯一の天敵であるコアラを焼き殺すために自ら発火するのではないか――コアラ好きの野乃としては、信じたくない説ではあるのだが。

つまり出火原因は、ユーカリ自身。ということは、この山火事の責任は、そうした樹木を植えてしまった研究センター――当時はまだ大学所属の研究所だったが――私たち研究者にある。

命がけで消火活動をしている消防士さんたちに、なんだか申し訳なかった。みんな怪我だけはしないで。

火の手の風下のユーカリの木がすべて倒され、行き場を失った炎がようやく鎮まってきた。水槽に溜めてから放水したほうが効果的なのか、放水の威力も増している気がする。

三井さんが、黒こげになってもまだ立っている、卒塔婆《そとば》のようなユーカリと、伐採されたかつてはユーカリだったひょろりとした倒木を、悲しげに眺めて言う。

「でも、ユーカリを警戒していたのは、失火した時に燃えやすいだろうということぐらいで、オーストラリアとは気候の違う日本では、自然発火が起きるはずがない。ずっとそう思ってた」

「温暖化のせいでしょうか」
七、八年前、２０２０年代に入ってから、世界各地で山火事が急速に増えている。もちろん森林火災には、人によるもの、落雷など、自然発火以外にも、さまざまな原因はあるのだが、地球温暖化や気候変動の影響で、異常な少雨や乾燥が起こりやすくなったのも一因だと言われている。
「それもあるかもしれないけれど、もうひとつ――」

「もうひとつ？」

「もうひとつ考えられるのは、この森のユーカリが日本の気候に順応して、テンペルの量を増やしたり、放出力を高めたりしたのかもしれないということ」

「……進化してしまったということですか」

「それを進化と呼ぶのかどうかはわからないけれど」

「そんなことって――」

三井さんが研究者らしい慎重さで言う。

「可能性としては、ないとは言えない」

彼女の口ぐせのひとつだ。

「ここでの自分たちの勢力範囲を広げるためでしょうか」

森の木々たちはお互いに助け合う。森林を研究している野乃には、それは確かに感じられる事実なのだが、同時に森は植物たちの競争の場でもある。クラウン・シャイネスのような日光の譲り合いばかりでなく、光と養分の奪い合いもあたりまえのことだ。

同種同士は結束が固いが、自分たちを害するもの、自分たちの遺伝子拡散の邪魔になるものは、排除してしまうこともあるのだ。セイタカアワダチソウがススキを駆逐してしまったように。ユーカリが日光や養分をめぐるライバルたちを焼き尽くしてしまうように。

考え込んでしまった三井さんが答えてくれないから、自分で言葉を重ねた。

「もしそうだとしたら、このあいだの大豆といい、今日のユーカリといい、異変が続きますね。研究センターにとって、いいことなのか、そうではないのか」

山火事がいいことであるはずがない。ほんとうはもっと違うことを口にしようと思っていたのに、それ以上考えをめぐらすのが怖くなって、ついのんきな口調になってしまった。

「うん。これで済めばいいけれど」

三井さんがぽつりと呟く。なんだか、怖い。三井さんの予言はよく当たる。そこいらの占い師より。

「また何か起きるかもしれない?」

「可能性としては、ないとは言えない」

笑っていると思って顔を振り向けたのだが、三井さんは真顔だった。

野乃は、煙が緑を霞ませて、モノトーンに見せている森を見渡した。

いつもは耳に心地よい、風がさわさわと梢を騒がす音は、いまの野乃の耳には、大勢の何者かが交し合うくすくす笑いに聞こえた。

大好きな森が、なんだか急に、自分が居るべきではない場所に思えてきた。

7

石嶺さんの研究室のドアを、カフェオレの缶を握った手の甲で叩く。

ドアのすぐ先に飾られた人面大のゴジラの顔は、ぜったいわざとだと思うのだけれど、ちょうど大人の顔の高さぐらいに置かれている。野乃も初めてここを訪れた時には、まんまと驚かされた。いまはもうすっかり慣れっこだけれど。いまでは頭をなでなでしてやってから中に入る。

「どうぞ」

ドアを開ける。

ぎゃあ。

両手に持ったアイスカフェオレを、思わず取り落としそうになった。

目の前に人間の生首があった。恐ろしい形相をしていた。

ゴジラの顔があったはずの場所に、新しい顔面フィギュアが置かれているのだ。

「どうしたの、入りなよ」

ぜったいわざと置いたな。なんだっけ、このお面。見たことはある。石嶺さんのことだから、どうせ古い特撮映画のモンスターだろう。

「なんですかこれ、鬼瓦《おにがわら》？」

「大魔神《だいまじん》。夏だから模様替えしてみた」

いや、前より暑苦しいぞ。

「こんなのどこで売ってるんですか」

「メルカリ」

石嶺さんは研究室の真ん中、ステンレス製の大きな作業台の前に座っていた。

作業台の上には、簡易温室が据えられている。

POフィルムに覆われた温室の中には、プランターが置かれていた。植物の根や菌根観察用の透明なプランターだ。深さは三十センチ、幅は七十センチほどある。

プランターの片側には鉢から植え替えられたR-023、ラビアン・ローズ、もう片方にはヤマザクラの若木。

ヤマザクラは野乃が森から採取してきた。二か月前、石嶺さんにこう持ちかけられたのだ。

「ローズたちを森の木と会話させてみようと思うんだ」

「は?」

「ほら、前に村岡が言ってただろ。子どもを喋らせるには、とにかく語りかけること、言葉のシャワーを浴びせること、子どもの言葉の発達には外部からの刺激が必要だって」

「ああ、そんなこと、言いましたっけね」言ったっけ?

「植物にも言えるかな、と思ってね。ここの外部といえば、森。これ以上の外部の刺激はないと思う。異文化交流だな」

というわけで、話し相手にはヤマザクラを選んだ。ヤマザクラはバラ科だから、相性がいいと思ったのだ。

石嶺さんからは「お相手は、森の事情にくわしそうなやつがいいな。うちの箱入りたちの見聞を広められるような」というリクエストがあった。

植物語翻訳プロジェクトのためのローズたちは、ふだんは栽培室にいて、午前の日光浴の時だけ薔薇園に出される。確かに箱入り。揮発性物質を介しての植物同士のコミュニケーションに触れる機会は少ないし、菌糸のネットワークとも無縁だ。

研究室で実験できるサイズには限りがあるから、今年の種がこぼれて芽吹いたばかりの若木を選んだが、この若木は、夜黒森でも指折りの樹齢を誇る、ヤマザクラの巨樹の根もと近くに、ひこばえのように生えていたものだ。おそらくこの若木は、巨樹の種から生まれた直系の「子ども」だ。若くても、巨樹の持つ「情報」や「知性」は受け継いでいるはずだった。

ヤマザクラとラビアン・ローズを、ひとつのプランターに植えることを提案したのも野乃だった。葉から葉に揮発性物質で伝える情報より、根と根が菌糸で伝達し合う情報のほうがより濃密である気がしたのだ。

だからラビアン・ローズには、ヤマザクラから採取した菌根菌を接種し、二か月かけて菌根を形成させた。土の下ではもう、両者の菌糸が接触しているはずだ。

ラビアン・ローズは、このあいだ実験に立ち会った東京ローズよりひとまわり大きい。艶々とした濃緑の葉を繁らせているが、いまは花がなかった。

ヤマザクラは二か月前に採取した時には、葉がほんの数枚の小さな苗状だったのだが、この二か月で、ラビアン・ローズより丈が高くなっている。こちらは若木だからもちろん花はなく、樹頂近くにだけみっしり生えた楕円形の葉を、ドレッドヘアみたいにやんちゃに垂らしていた。

「さて、いってみますか」

「あ、アイスカフェオレ、お待ちっ」

財布を取り出そうとする石嶺さんを、片手で制する。

「ふっふっふ。今日は私のおごりで」

「お、サンキュ」

まだデータ不足だから。実験の時には一人で集中したいから。石嶺さんはなにかと理由をつけて、実験に他人を立ち会わせないのだが、なぜか野乃は呼んでくれる。そのお礼だ。

今回はこの実験に全面的に協力したからだろうが、「あの人、最近、ブラック企業のパワハラ経営者っぽくなってきた気がする」と石嶺さんをぼやかせている真室さんや、時に辛辣な意見を口にする先輩研究者の三井さんより、呼びやすいからだと思う。

いい結果が出そうな時には、やっぱり誰かに一緒に、植物の「声」を聞いてもらいたい。その瞬間を共有したいと思うのだろう。

む。ということは、今日の石嶺さんは、結果に自信があるのかも。

よし、助手、がんばろう。


実験の手順は、ローズたち単独での場合と変わらない。

ラビアン・ローズとヤマザクラ、両方の葉に電極をつけ、生体電位を測定する。

少し株間を空けて植えられたそれぞれの枝に、エチレンガス検知管をつける。

葉から抽出した破砕液を恒温器《インキュベーター》にかけて、グルタミン酸を計測する。

それらのデータをパソコンに打ち込む。

野乃の仕事は、グルタミン酸を計測するために、葉片を揉みほぐして試験管に入れ、蒸留水を注ぎ、フィルター（コーヒーを淹れる時のペーパーフィルターでオーケー）で濾過することだ。

温室の開口部を最小限の幅だけ開けて、葉に電極をつける作業をしながら、石嶺さんがぽつりと言った。

「このあいだは、大変だったみたいだね」

先週の山火事のことだ。

石嶺さんはあの時も研究室にこもっていて、騒ぎにはまるで気づいていなかったそうだ。

山火事は結局、ユーカリの林だけの被害にとどまった。携帯基地局のすぐ近くまで火は迫っていたが、寸前で消し止められ、基地局は無事だった。もし延焼したら、付近一帯で携帯電話が使えなくなっていたところだ。もちろん研究センターの全員も。

夕方、出張から戻った真室さんが消防署から事情聴取を受け、原因は「自然発火」ということで落ち着いた。

真室さんはユーカリが故意に発火させた可能性があることを、ユーカリの特性を講義しつつ説明したらしいが、火事のスペシャリストである彼らにも、理解しがたい内容だったようで、大学がユーカリを植林したことは、まるで問題視されなかったらしい。

現在はグリーンプラネットが管理している研究林だから、ユーカリは新しく植えない、基地局の周囲十メートル以内の樹木はユーカリも含めて処分し、火災に備えた防火帯をつくる、真室さんが自主的にそう決めた。

「自然発火が原因だってね。ユーカリの自作自演、炎上を狙ったたってやつか」

「それ、笑えないです」

「あれ、そう?」

森林学の人間としては、森の一部が消えてしまうことは、体のどこかを削られるみたいに、痛い。

石嶺さんがなぐさめる口調になった。

「でも、ユーカリなら、また芽吹くよ。たくましいからね」

焼けたユーカリはそのままにしてある。そこからまた新芽が出てくるからだ。伐採されてしまった切り株からも。時間はかかるだろうが、いつかはまた復活する。ただ、それがいいのかどうかはわからない――

「石嶺さんもユーカリが自分で発火したんじゃないかって思いますか」

野乃もそう考えるのが自然に思えていた。

「自分のために発火する植物はけっこう多いよ。ユーカリやオセアニア固有種の専売特許っていうわけじゃない。南ヨーロッパのゴジアオイもそうだ。ユーカリと同じで種子は耐火性が高い。だから自らを燃やして、周囲の植物も巻きこんで、自分の種だけを生存させる凶悪なやつだ。花言葉は『私は明日死ぬだろう』だ」

「ねえ、石嶺さん、なんだか、研究センターの植物たちが、急に変化しているように見えるんです。別にいい意味というわけではなくて」

「心配するな。俺の研究室のローズたちは、なんも進化してないよ」

野乃の言葉を笑い飛ばすように言い、ぱしんと手を叩き合わせる。

「さて、準備完了。後は待つだけだ」

インキュベーターにかけたグルタミン酸の測定結果が出るのには、三十分以上かかるのだ。

「このあいだの『大怪獣空中決戦』の続き、観る？」

「観ました」続きが気になったから、動画配信で観ちゃった。一樹は怪鳥ギャオスがいたくお気に入りで、お風呂《ふろ》から上がると、バスタオルを翼にして飛びまわっている。

「じゃあ、今日は『大魔神怒る』にしようか。シリーズ二作目。傑作だよ」

「あ、だいじょうぶです」

「まあまあ。面白いから」

湖畔の鳥居が倒れ、湖面が禍々《まがまが》しく泡立ち、いよいよ大魔神が登場か、と身を乗り出したところで、石嶺さんは動画を停めた。

「じゃあいきますか」

えー、いいとこだったのに。

石橋さんが測定した数値をパソコンに打ち込んでいく。

「さて、まず、ラビアン・ローズ。いってみよう！」

パソコン画面にラビアン・ローズの画像と、R-023という識別番号が浮かぶ。少しののちに真っ暗になり、そこに赤いジグザグの横線が現れた。

赤い線が上下に躍り、そして、聴こえてきた。女の声とも甲高い男の声とも思える、金属的な音だ。

『ジギュウギビドビヲ』

赤い線がさらに大きく上下する。

『ワベガガビボビノババビジ』

「これって……」野乃は画面にかたむけていた首を元に戻しながら言ってみた。「前に東京ローズが喋っていたのと同じ言葉じゃありませんか」

心なしか前回より意味のある言葉に聴こえている気がするが、気がするだけで、やはり意味不明だ。

「そういえばそうだな」

石嶺さんが眼鏡のブリッジを押し上げて、赤い折れ線に顔を近づける。

「あとで聞き比べてみよう。ローズたちは同じ栽培室で育成しているから、揮発性物質を交換し合って、情報を共有しているのかもしれない」

「東京ローズは、あのあとどうですか？」

ローズたちの中でも喋り出す可能性がいちばん高いと、あの時は言っていた。

石嶺さんは首を横に振る。

「あれからは、ぜんぜん。何も喋らなくなった。食害虫を使った実験に嫌気がさして、黙秘権を行使しているのかも」

植物が「嫌気がさす」「黙秘権を行使する」。グリーンプラネットの研究や実験を知らない人が聞いたら、呆《あき》れ果てる会話だろうが、野乃は大きく頷いた。ありえそうな話だ。植物には確かに心と呼べるものがあるのだから。

続いて、ヤマザクラの結果を確かめる。

「ヤマザクラには名前がないんですか」

「ある」

「なんていう名前?」

石嶺さんが野乃からそっぽを向いて、アイスカフェオレを手に取った。

「教えない」

「どうせ桜木花道《さくらぎはなみち》とかでしょ」

「げほ」

あたったらしい。

画面に今度は、YZ001という文字と、いまより小さかった頃のヤマザクラの写真。

「ひあういごー」

画面が暗くなり、ラビアン・ローズの時と同じ、赤いジグザグ線が浮かび上がる。

横に走る稲妻のような動きがしばらく続いたが、何の音も流れてこない。折れ線の動きもしだいに小さくなっていった。

「だめか……」

石嶺さんが呟く。

「あきらめたら、そこで試合終了ですよ」

「はい、村岡先生」

石嶺さんがマウスを動かしてボリュームをあげた。

最初はノイズだと思った。

泡が弾《はじ》けるようなその音は、とぎれとぎれに言葉を吐き出しているようにも聴こえる。

「なにか言ってます」

声だとしたら、ローズたちのものより低い、呻《うめ》くような声だ。石嶺さんが眼鏡の中の目を細める。獲物の匂いを嗅ぐ猟犬みたいな顔になった。


……ト……

……キ……

オ…

マ……

……テ……


「なんて言った?」

「わかりません。でも、いつになく日本語っぽいですね」

『ト……キオ

……マ……テ』

二人で顔を見合わせた。今度は確かに意味のある音の連なりに聞こえた。

ヤマザクラはそこで沈黙してしまった。

しばらく待ったが、赤い折れ線も水平に戻ってしまった。

「よし、もう一度聴いてみよう」

石嶺さんが録音を再生する。


『ト……キオ……マ……テ』

『ト……キオ……マ……テ』


「時を待て、でしょうか」

「だね」

どういう意味だろう。

「なんか抽象的ですね」

植物の話す「言葉」というのは、子どもが初めて喋る言葉のような、もっとういういしいフレーズなんじゃないか、と勝手に思っていた。

「しかも、偉そう。ヤマザクラは樹齢四か月ぐらいの子どもなのに」

「まあ、実際に言語化してるのは、AIだから。生成AIは、結果が出ないと、脚色するようになるからね。データを送っているのはこっちで、分析の信頼性が高いのは確かだけれど、正直、何を根拠にこの言葉をチョイスしたのかは、AIしか知らないブラックボックスなんだ」

「不気味。AIが人間じゃなくて植物と仲良くなろうとしているみたい」

野乃は「時を待て」「時を待て」と口の中で何度か呟いてみた。そうか、偉そうなのは、ヤマザクラの巨樹の思考を代弁しているからか。

「あれですかね、ラビアン・ローズに対して、アドバイスを送っているとか。ヤマザクラはまだ子どもですけど、巨樹の知恵のようなものを受け継いでると思うんですよ。だから、もう少し我慢すれば、夏が終われば、涼しくなるよ。また花が咲くよ、みたいな」

石嶺さんは腕組みをして天井を見上げた。

「うーん、かもしれないし、違うかもしれない。たとえば――」

「たとえば？」

「いや、いいたとえが思いつかないけれど、もうすぐ何かが起こる、それまでは自重しろ、的な？」

「ヤマザクラの予言？　予知？」

三井さんだけじゃなくて、石嶺さんまでそんなことを。

野乃は、ごつごつした黒くて太い幹から、ヤマタノオロチみたいに何本もの大枝を宙にくねらしている、ヤマザクラの巨樹の姿を頭に浮かべてみた。人間よりずっと長生きをしている老木だ。いかにも言いそうな言葉ではある。

ひりつく喉《のど》をなだめようとして、カフェオレの缶を手に取ったが、とっくに空だった。

「何にしても、植物の『声』を聞いたのは、初めてじゃないですか。これ、ビッグニュースですよ」

うん、いいほうに考えよう。そうとも。

「喋ったのは、薔薇じゃなくて、ヤマザクラだけどね」

「確かに」植物翻訳機の実用化はまだ遠そうだ。

とは言っても、石嶺さんはまんざらでもない様子だった。重そうな黒縁眼鏡を支えているちいさな鼻が、ひくひくしていた。

「まあ、真室さんにはいちおう報告しておくけれど」

ふいに思いついて言ってみた。

「ねえ、石嶺さん、一度、森に行って、大きな木の声を聞いてみませんか。樹齢の長い木なら、語る言葉も多いんじゃないかな」

「うーん、屋外じゃ精度が心配だな」

「でも聞いてみたいでしょ。菌根が交換している情報を言語化できれば、翻訳機の開発にも役立つかもしれないし」

なにより野乃が聞きたかった。「森の声」を。良い言葉であることを信じたかった。

「考えてみるよ。きのこなんて、いったい何考えてるのか、聞いてみたい気もする」

ほんとうに植物は何を考えているのだろう。

私たちが思っているほど、素朴でシンプルなことではないかもしれない。

8

暑さが始まる前の早朝に起き出して、近くを散策するのがここ何年もの夏の日課なのだが、どうにも齢には勝てない。

この夏は起きるのがつらかった。目を覚ました瞬間から、もう酷く体が疲れている。ようやく起き上がっても、節々の痛みやら、筋肉痛やらで、立って歩くのも億劫《おっくう》だった。ろくに体を動かしていないのに、まるでどこかで激しい運動をしてきたようなありさまだ。だからついつい朝寝をしてしまう。なんとか起き上がるのは、暑さに炙られるか、尿意が我慢しきれなくなるからだ。

午前八時過ぎ。独りの寝床からようやく這い出し、小便を済ます。

台所から郁美が葱《ねぎ》を刻んでいる音が聞こえたが、もちろん空耳であることはわかっていた。台所に行くのは、蛇口をひねって水を飲むためだけだ。朝飯は食わない。食事の支度は郁美にまかせきりで、台所には足を踏み入れなかったから、まともなものが用意できないのだ。そもそも食欲がまるでなかった。最後に飯を食ったのはいつだろう。確か昨夜は疲れ果てて夕飯も食べずに寝てしまった。昼は……忘れた。

どうにかこうにか身づくろいをして、玄関に出る。

ふむ。靴が酷く汚れている。泥だらけだ。昨日は遠出をした覚えはないのだが。

医者が処方する痛み止めが効きすぎるのか、年齢のせいか、最近、ときおり記憶が曖昧《あいまい》になる。まあ、どこかへ出かけたのだとしたら、この膝の痛みも、誰かにのしかかられているような疲労感もいたしかたあるまい。

家を出た由井がまず足を向ける場所は、ひとつしかなかった。

裏手に回り、杖を頼りに石段を登る。三十段ほどの途中で一度休んでからまた登り、上の畑に着いた。

上の畑は、五十坪ほどの平地で、由井の両親がかつて兼業農家だったころの名残だ。ほかの田畑は由井の代で手放してしまったが、ここだけを残したのは、定年退職をしたら、妻の郁美と家庭菜園を楽しむつもりだったからだ。

結局、ろくに使わないうちに、郁美が病に倒れ――菜園どころか病院のベッドから起きられなくなり――そして――

いまは何もない。

一本のアカシアの木が立っているだけだ。

四季咲き種だが夏の盛りになったためか、花はあらかた落ちて、枝先のところどころに点々と小さな黄色が残っているだけだ。

アカシアに向かったとたん、由井の足取りは速くなる。途中で杖を振り捨てた。

胸が高鳴った。アカシアの幹に蜜が噴き出ているのがわかったからだ。

植えてから知ったことだが、アカシアの幹からはときおり蜜が滲《にじ》み出る。正しく言えば、蜜というより樹液か。樹皮の表面に透明な液体を水玉のように浮かびあがらせるのだ。

いつものことだが、蜜には蟻が群がっていた。

どけ。両手をはたきにして手荒く蟻をこそげ落とす。これは俺のものだ。

このアカシアに葉を食うような虫がつくことはないが、やたらと蟻が寄ってくる。あとからあとから登ってくる黒い行列もすべて払い落とし、靴裏で踏み潰《つぶ》す。くそくそくそ。なんでこの木にはこんなに蟻が多いんだ。

いつのまにかどこかから涌《わ》いてくる。まるでこの木が蟻を呼んでいるかのようだ。殺虫剤を撒いて一時的に退治をしても、少し経つとまたどこぞに巣くって、ぞろぞろと地面に点線をつくってやってくる。

アカシアの下に眠る郁美を汚される気がして——根の真下に巣をつくられた日には、それこそ本当に郁美が蝕《むしば》まれてしまう——見つけしだい殺すために、蟻駆除スプレーをいつもここへ持ってくるのだが、ああ、今日は忘れてしまった。

記憶がおぼつかなくなるのは、会話が足りないせいだ。誰かと話をしろ、かかりつけだった藪《やぶ》医者はそう言っていたが、誰と話せというのだ。話をしたい人間などいない。研究所の所員たちにはっぱをかけるぐらいしか思いつかなかった。

蟻をすっかり払ってから、水玉になった樹液を舌で舐める。野ネズミの鳴き声のような音を立てて吸う。まだ植えて四年だが、小麦色のアカシアの幹はちょうど若い頃の郁美の二の腕ほどになっている。その幹を両手でかき抱くようにして、木から溢《あふ》れる蜜をたんねんに舐めとる。

蜜といっても甘くはない。少し乳くさい。だが、由井にとっては甘露だった。こいつがあれば、食事はいらない。腹もふくれる気がする。

舌の届くかぎりの蜜を舐めきると、尻《しり》ポケットを探った。うん、こっちは忘れてはいない。ナイフはちゃんと持ってきていた。

牛革の鞘《さや》から、アウトドアナイフを抜き出す。樹液が足りない時には、幹に少し傷をつけて、泌みだしてくるのを吸うのだ。傷痕《あと》を何日か放置すると滲み出た蜜が琥珀《こはく》色の塊になる。これもうまい。

ダマスカス模様が浮き出た刃渡り十四センチのナイフで、樹皮に横に傷を入れる。

幹に傷をつける時には、いつも「ごめんよ」と言葉をかける。木肌を撫でながら。できるだけ優しく。昔、郁美につい手をあげてしまった時、悔恨とともにそうしていたように。

怒ると、自分を抑えきれなくなるのは、昔からだ。郁美には申し訳ないことをしたと、いまは思う。

そうしてみると、あいつが最後に口にしようとしたのは、私への恨み言《ごと》だったのかもしれない。それでもかまわないから、もう一度、会いたい。声を聞かせて欲しい。

樹皮からとろりと新鮮な蜜がこぼれ出た。

ナイフにこびりついた蜜を舌を伸ばしてすくいとる。ふむ。美味。

幹を抱き、傷口にそっと唇を近づけ、音を立ててすすりあげる。

その時、ふいに、頭の中に言葉が響いた。

おお。

ずっと待っていた、郁美の声だろうか。

そうだとしても、生きていた時の声とはまるで違う。高音だが、男の声とも女の声ともつかない。複数の声が合成されたように聞こえる。

声はこう言っていた。

〝時を待て〟

9

「一樹、でかけるよ～」

でででででで。一樹が玄関に駆けてくる。この夏のあいだに、走ることを覚えたのだ。背中にはリュック。自分でリュックを背負って走りまわるのが最近の一樹のマイブームだ。

とはいえ、まだまだ危なっかしい。途中でころんでお尻をソリにして滑ってくるのを、三和土《たたき》に落っこちる寸前でキャッチした。

「きゃきぃーっ」

けたたましい声。泣くのかと思ったが、興奮して歓声をあげただけだった。さすが逸郎の息子。

ドアを開けると、朝の光が四角いかたまりになって飛びこんできた。今度は光の向こう側に走り出した一樹の後を追った。森を渡る風が頰を撫でる。ひんやりした風だった。酷暑続きだった夏が、そろそろ終わろうとしているのだ。

よしっ、いくぞ。野乃は両手をあげて大きく伸びをする。

今日は真室さんと三井さんを交えて、ローズたちの「言葉」を聞く日だ。ついに本格的に喋りはじめたのだ。昨日、廊下ですれ違った時に、石嶺さんがこう言った。

「明日、真室さんと三井さんは、こっちにいるかな」

二人とも大学へ講義に行ったり、講演やシンポジウムで出張したり、真室さんはスポンサーのところへ出かけたりで、研究センターにはいないことが多いのだ。

「明日なら、たぶんだいじょうぶだと思いますよ。どうして」

「ふふ」

「なに？」

「そろそろローズたちの『言葉』を聞いてもらおうと思って」

「ああねえ……え？」突然だから、頭がついていかなかった。いままで『言葉』を喋ったのは、ヤマザクラの若木だけ。薔薇たちは『喋って』はいたが、どれも意味不明だった。「ということは――」

「そ、ようやく解読できる言葉で喋るようになったんだ」

「やったあ」

廊下で跳びはねてしまった。ハグしようかと思ったほど嬉しかった。けど、石嶺さんの白衣が汚れていたから、やめた。

「明日の時間、何時にしよう。真室さんと三井さんにアポとっておかないと」

「それ、私がやっときますから、ちょっと聞かせて、さわりだけでも」

「カミングスーン。明日を待て」

トラブルが続いていたグリーンプラネットにとって、ひさびさのグッドニュース。植物たちが喋ったのは、どんな言葉だろう。わくわくがとまらない。野乃は眩しい日射しに向けてあえて顔を上げ、車のキーのホルダーをひとさし指でくるくる回した。

一樹が樫の木まで走り、タッチをして戻ってくる。どういう意味なのかは、母親でもわからない。

「カア」

頭の上でカラスが鳴いた。野乃はリモコンキーを構えて軽のワゴンに近づく。一樹は野乃のふとももにタッチしてから、また樫の木へ走っていった。樹上のどこかでまたカラスが鳴く。今度は騒々しい声だった。

「ガアガア、グアアァ」

鳴き声に続いて羽ばたきのような音。カラスが飛び立ったわけじゃなかった。

樫の木から枝が落ちてきたのだ。羽ばたきに聞こえたのは、たっぷり葉をつけたその小枝の落下音だった。

枝は野乃の目の前、ほんの数歩ぶんのところに落ちた。一樹が驚いて立ち止まる。野乃は枝が落ちてきた先を見上げた。

聳《そび》え立つ樫の、地上五、六メートルあたりの繁り葉の中に、黒い影が見えた。カラスもこっちを見下ろしていた。

わざとやった？　齧りとって落としたのかもしれない。カラスはそういう悪さをすると聞いたことがある。箒《ほうき》の先ほどの枝だったけれど、もっと大きくて太い枝だったら？　もし真下に一樹がいたら？

このあいだのカラスがまたやってきたのだろうか。カラスは記憶力がよく執念深く覚えているそうだから。

だが、見たところ、あの時のカラスより小さい気がする。別のカラスだ。

真室さんの言葉を思い出す。「カラスは仲間と情報を共有する。この一帯のカラス全部を敵にまわしてもいいのか」

カラスが私の個人情報を他のカラスに流出させているってこと？　いや、まさかな。真室さんは大げさに言っているだけだろう。そうに決まってる。きっとそう……そうであって欲しい。

カラスに向かって拳をふりあげて叫んだ。「カアー」カラス語であっちへいけ、と言ったつもりだ。

その効果かたまたまか、カラスは捨てぜりふみたいにひと声鳴いて、樫の木から飛び立った。

一樹も声をあげた。

「かあ」

いいよ、まねしなくても。あ、でも、いまのはいちおう喋り言葉、かな。違うか。

一歳七か月になったが、一樹はまだ喋らない。研究センターのローズたちよりは先に、とひそかにライバル心を燃やしていたのだけれど。薔薇の花に負けたぞ、一樹。

「ねえ、一樹、カラスさんのまね、もう一回やってみて」

一樹が首をかしげる。カラスという言葉は理解できているはずだ。

「もか?」

まぐれだったか。

「しゅっぱーつ」

「おぉーつ」

惜しい。もうひと息だ。がんばれ一樹。薔薇に負けるな。


一樹を保育園に預けて研究センターに向かう。いま現在ワンオペの母親としては、ほんの短いあいだだが、つかのま一人になれる貴重な時間だ。水筒につめた手製のカフェオレを飲み、ラジオをつけて、ニュース番組を探した。気になるニュースがあったからだ。定例報告みたいな戦争のニュースに続いて、それが流れてきた。


『ブラジル北部、アマゾン奥地のマナウス市で猛威をふるっている新種のウイルスによる死者が、十五人を超えたと発表されました』

昨日のテレビでも取り上げられていた。その時の死者は九人で、ごく短い扱いだった。

『感染源は熱帯性のきのこの一種で、突然変異によってヒトへの感染力を獲得したものと専門家は分析しています。このきのこの胞子を吸い込んだ人間の肺で増殖をしている可能性が高く、新たなパンデミックに繋がらないか、と各国の医療機関からは懸念の声があがっています
――』

薔薇たちの言葉への期待でふくらんでいた胸が、しゅるしゅるとしぼんでいく。植物由来の

ウイルスが人間に感染するのは珍しい。しかも、きのこが媒介だなんて。昨日のニュースでは、致死率四十パーセントと言っていた。

　植物学者のはしくれとしては、ほうってはおけない。何をどうすればいいのかもわからないけれど、情報だけは集めておかないと。外国の話だからなんて言っていられない。九年前のコロナだって、最初は海外で原因不明の肺炎による死者が出た、という新聞の片隅の記事だった。


　研究センターの駐車場に車を入れて外に出る。生け垣の手入れをしている佐々木さんに歩み寄って挨拶した。

「おはようございます」

　佐々木さんは、研究農場の作物や、温室、熱帯植物園の世話をしてくれているスタッフだ。元庭師だそうで、植物の手入れに関しては、研究者よりずっとくわしい。年齢は六十代後半ぐらい。小柄で頭がつるりと禿《は》げあがった、お地蔵さんみたいな笑顔の人だ。

「あっと、気をつけて」

　近づいた野乃に片手を差し上げた。

「どうしたんですか」

　晴れているのに、佐々木さんはレインウエアの上下を着ていた。暑いだろうに足にはゴム長靴を履いている。

「いつのまにか蜂の巣ができてて」

　そう言って西洋かなめもち《レッドロビン》の生け垣を指さした。

「蜂？」

「うん、スズメバチ」

生け垣を覗きこむと、赤い葉の奥に、薄黄色のパイナップルみたいなものがぶら下がっているのが見えた。けっこう大きい。佐々木さんはそれを自分で片づけようとしているらしかった。ゴム手袋をした右手には殺虫剤が握られている。

「だいじょうぶなんですか、そんなかっこうで」もっと本格的な装備をしたほうがいいのでは？

スズメバチは興奮させないかぎり、むやみに人を刺すことはないが、涼しくなってエサが少なくなってくると、攻撃性が増す。もし刺されたら厚手の服ぐらいじゃ防げないほど長い毒針を持っているのだ。

「まあ、いつもこれでやってるでね」

佐々木さんは厚い布マスクをつけた顔に、ゴーグルを装着して、両目を笑い地蔵みたいな括弧マークにした。

素人が蜂の巣の駆除をするなんて危険。都会の人はそう言うだろうが、田舎も田舎の、こんな山奥で暮らしていたら、自分でやるしかない。駆除業者なんて近くにいないし、役所の人もすぐに駆けつけてくれるわけじゃない。子どもの頃、山の中に住むじいちゃんと暮らしていた野乃は、それをよく知っている。じいちゃんも、煤《すす》払いでもするように、自分で退治していた。

田舎には、きれいな空気や美しい風景、新鮮な食べものがあるけれど、楽しいことばかりじゃない。不便や不快と常に隣り合わせだ。蜂にかぎらず、人間にとって不都合な虫や生き物がうじゃうじゃいる。都会にはあるけれど、こっちにはないものもたくさんある。じいちゃんが山の家で倒れた時も、街中で暮らしていれば、もっと早く救急車が来て、運ばれる病院も近くて、命が助かったかもしれない。

野乃も逸郎も、こうした自然の中で暮らすことに満足していたし、ここで一樹をのびのび育てたいと考えているのは確かだけれど、それがほんとうに人間らしい暮らしだ、なんてきいたふうなことを言うつもりはない。親の仕事の都合で、都会に比べたら不便で、退屈で、危険だってあるかもしれない場所で暮らしているのだから、一樹のことだけは、何かあったら、何がなんでも守らなくては、と思っている。

10

第一研究室にグリーンプラネットの四人が集まった。

「ついに招待してくれたね。石嶺くんはいつも、もう少しもう少しばっかりだったから。シャンパン用意しようか。村岡、くす玉準備した?」

真室さんは上機嫌だ。お酒が飲めないくせに、本当にスパークリングワインで乾杯しようなんて言い出しかねないほど。

三井さんは、ゴジラから代替わりした研究室のマスコット、大魔神のお面が気に入ったみたいで、両手に持ってあちこちの角度から眺めている。前をはだけた白衣の下は、ブルーのデニムパンツにブラウンのニット。あのデニム、どこで買ったんだろう。かっこいい。あ、それなのに、大魔神のお面をかぶるのはやめて。

石嶺さんは安全キャビネットの前にいる。キャビネットの透明ボックスの中には東京ローズが置かれている。小さいけれど、進化系統樹みたいにこんもりした繁りの左右に、二輪の赤い花を咲かせていた。

東京ローズにはすでに生体電位測定用の電極が装着され、エチレンガスの検知管がくくりつけられている。作業デスクでは恒温器が作動していた。十分前に野乃がここへ来たときには、もういつもの作業はあらかた終わっていて、真室さんたちを待つだけになっていた。石嶺さんは昨日も泊まりこみだったのか、無精髭が濃い。

「録音した音声もありますが、まず、いましがた採ったデータを解析しますので、それをリアルタイムで聞いてください」

石嶺さんの言葉に真室さんが頷き、ようやく大魔神のお面を脱いだ三井さんの顎もこくんと動いた。野乃は首振り人形みたいにかくかく首を振る。

「発語を促すために、いくつか刺激を与えています」

植物の『言葉』というのは、言い換えれば『外的刺激に対する反応』のことだ。何度も実験してきた虫による食害もその外的刺激のひとつ。

「今回はデータを採る前に、温室で摂氏35度の明るい日射しの中にまず二時間置き、その後、保冷庫で光を遮断した摂氏15度の環境に二時間置いています」

外的ストレスがなければ植物は「喋って」はくれない。この実験は植物にとっては虐待だ。喋り出したというのが、呪いの言葉でなければいいけれど。

石嶺さんが掛け時計に目を走らせる。

「あと十五分ほどお待ちください」

真室さんが答えた。

「おお、長い間待ち続けたんだ。十五分くらいなんてことない」

「それまで、うちの子のピアノ発表会の映像でも観ます?」

「いや、また今度な」

「あ、そう」


パソコンの中にデータが打ち込まれていく。三人が石嶺さんの背後に立ち、モニターを覗きこんだ。野乃は人数分の飲み物を買っておいたのだが、テーブルに飲みかけが置かれたままで、もう誰も手をつけようとしない。

画面にR‐037という文字と、東京ローズの画像。いまとは違って、花は一輪だけ樹冠の上のほうに赤い唇のように咲いている。

石嶺さんが演奏を始めるピアニストさながらに、指をキーボードの上で構えたまま、重々しく宣言した。

「では、始めます」

黒い画面に稲妻みたいな赤い折れ線が走り、線が上下に躍りはじめる。心なしかいつもより動きが激しいように見える。そして、いきなり聴こえた。

『チクユウニミボリヲ』


甲高い性別不明の声。電子音より人の声に近いが、血が通っていない人工的な声だ。

「ん？」真室さんが眉根《まゆね》を寄せる。

三井さんも首をかしげた。「え」

二人の顔には「これが言葉？」と書いてある。野乃にも意味のある言葉には聴こえなかった。でも、確かにこれは、いままでに何度も聞いている「言葉」だ。以前、東京ローズが夜盗虫やチュウレンジハバチの幼虫に食べられていた時にあげていた声と、よく似ている。ラビアン・ローズがヤマザクラに向けて喋っていたのも、こんなふうな音の羅列だった。

もう一度、聞き直せば、頭の中で理解できる言葉になる気がしたが、石嶺さんはいつもみたいに同じ「言葉」を再生しようとはしなかった。真室さんたちの反応は想定どおりだったようで、またキーボードを叩きはじめる。

「じゃあ、一昨日《おととい》録音したものを聞いてください。R‐037に食害虫ストレスを与えた時のものです」

画面にもうひとつのウインドウが表示された。同じく赤いギザギザ線が映し出されている。線の動きは似ているようで少し違う。いちだんと大きく振れたその時、

『チキウニミボリヲ』

「ちき……うに……みぼり?」

真室さんの眉間《みけん》には縦じわが寄ったままだったが、今度は野乃には、わかった。三井さんも気づいたようだ。

「地球…って言っているみたい。地球に………緑を、かな」

野乃は大きく頷く。「私にもそう聴こえました」


『地球に緑を』


薔薇たちはずっとそう言い続けていたのか。でも、他のどんな言葉でもなく、なぜこの言葉なんだろう。

石嶺さんが片手を上げて、三人の声を制した。

「続きがまだありそうです」

リアルタイムの東京ローズのデータ解析のことだ。ウインドウが消え、また最初の画面だけになった。一本線になりかけていた赤い折れ線が、上下に振れ出している。

石嶺さんがモニターに顔を寄せた。真室さんは右から首を伸ばし、三井さんは左から覗きこむ。野乃はトーテムポールみたいに三井さんの頭の上から顔を覗かせた。考えてみれば、モニターを見ていなくても、声は聴こえるのだけれど、そうせずにはいられなかったのだ。野乃もたぶんほかの二人も。

耳を澄ましていたら、聴こえてきた。さっきより小さくてか細い声だった。

『ワゲガガミボリノダヒチ』

これも意味は不明だけれど、ラビアン・ローズがヤマザクラの若木と「会話」していた時のものと語感が似ている。以前聞いた東京ローズの発した言葉にも似ていた。薔薇たちは、ずっとこうして私たちに同じ言葉を語りかけていたのだろうか。あるいは仲間同士で声をかけあっていたのか。

石嶺さんが声をひそめて言った。

「まだ喋っています」

『ワレラバミボリノダイジ』

同じフレーズだろう。さっきよりだいぶ言葉らしい。何度も聞いているうちに、耳が慣れてきた。真室さんが腕組みをする。

「我らは…緑が……大事、かな」

野乃も言ってみた。

「あるいは、我らが緑の大地、と言っているのでは？」

石嶺さんはキーを叩き続ける。

「じゃあ、今度はこれを聞いてください。これも、これまでに録音したサンプルのひとつです」

『ワレラガ……

似ているが、ちょっと違う。同じ人工音声風だが、東京ローズが女性的な印象を受けるのに比べて、こっちは同じように甲高くても、男性が声を裏返したような感じ。

……ミドリノダイチ』

今度ははっきりとわかった。こう言っていた。

『我らが緑の大地』

真室さんが呑んでいた息を吐く。なんだかため息に聞こえた。

「これが植物の言葉か……」

口にすべきせりふに迷ったふうな間《ま》のあとに続けた。

「正直、想像していなかったな」

「どんな言葉を想像していました？」

三井さんが訊ねる。三井さん自身への問いかけに聞こえた。

「『暑い』とか『寒い』とか、『暗い』『光が欲しい』、そんな言葉かな。植物は苦痛を感じないと言われてはいるけれど、もっとシンプルな、生理的な言葉を予想していた。予想というより願望だったかもしれないけどね」

野乃も同じことを考えていた。植物には知性と呼べるものがあっても、苦痛や不快を感じる能力はない、とされている。苦しみや痛みを感じるのは脳だからだ。そして植物に脳はない

――

それがわかってはいても、やっぱり思ってしまうのだ。葉を齧られた時に、仲間に危険信号を送ったり、天敵の虫に助けを求めたりするのだから、「気をつけろ」「助けて」「いやだ」って叫んでいるのではないかって。石嶺さんも、データを人間の生理や感情になぞらえて言語化しているって言っていたし。

「ええ、ちょっと意外。なんだか緑化週間のポスターのフレーズみたい。どういう意味で言っているのでしょうか」

三井さんも、結果に拍子抜けしているようだった。確かに喋った言葉はわかったものの、それをどんな意味で使っているのかはわからない。

「植物を大切にして、と言っているようにもとれるし、自分たちの領域の広さを自慢しているようにも思えますね」

野乃はとりあえずそう言ってみたが、なんの根拠もない、ただのあてずっぽうだ。

真室さんが訊ねる。

「石嶺くんがこういうふうに設定したのか。文学的に喋らせようとか、時代がかった物言いに

してみようとか」

「まさか」石嶺さんが尖った声を返す。

「そうだよな。ごめん、言いすぎた」

「ＡＩには、日本語をベースにした言語生成を命じているだけです。データが示す状況や変化を人間の反応になぞらえて言語化していますから、結果的に多少擬人化的な表現にはなります。そういうコマンドを出さないと、いつまでも意味不明のＡＩ語を聞かされ続けるはめになりますから」

ふだんは何を言われてもへらりと受け流す石嶺さんが、珍しく気色ばんでいる。研究者としたらあたり前だ。自分自身は何を言われてもいいが、長いあいだ取り組んできた研究のことは守らなくちゃならない。

「確かにＡＩが何を考えて、こうした言葉を選択しているのかは、ブラックボックスですが、生成ＡＩシステムは古い文献や歴史上の人物の語録なども収集していますから、大げさな言い回しにも、なにかしらの意味があるはずです」

「ということは、植物は思索的、抽象的思考の持ち主ってわけか。哲学者だな。まさに考える葦《あし》、いや、葦は考える、かな——」

取りなそうと軽口を叩く真室さんには取り合わず、石嶺さんが言葉を続ける。

「最後の音声はＲ-０３７、東京ローズではなく、Ｒ-０２３、ラビアン・ローズの声を録音したものです。薔薇たちは同じフレーズを口にしています。もう一個体、Ｒ-０４１でも試してみました。こちらは正確には聞き取れませんでしたが、やはり似たパターンの発語をしています。同じフレーズを発している可能性が高い」

「みんなが同じことを喋ってる？」

三井さんが腕組みを解いて、ミルクティーのボトルを手に取る。

「やっぱり、人間と同じ感覚は持っていないということなのかな。植物には『個』の感覚がない、あっても希薄、ということですね」

ボトルに口をつけるわけでもなく、ただ手の中でくるくるもてあそんでいる。

「個人ではなく、集合体として生きているとすれば、暑い、寒い、暗い、明るい、と感じてはいても、それは個の問題であって、種全体に影響を及ぼすものではない」

結局、飲まないままミルクティーをテーブルに戻して、さらに言葉を続けた。

「会社で考えてみれば、わかりやすいですよね。組織のメッセージとして語られるのは、社員一人一人の暑さや寒さではなくて、経営状況とか社のモットーとかでしょう。家族でたとえれば、仕事に出かけている親がエアコンの温度を寒がっていても、校庭にいる子どもは暑いかもしれない、だからそのことは問題じゃない。家族で考えるべきは、今夜の夕飯は何にしようか、今度の家族旅行はどこへ行こうか、そんな問題のほうだから」

さすがは三井さん。講義慣れしたわかりやすい推論だ。さっき大魔神のお面をかぶって石嶺さんの背中をつんつんして驚かせていた人とは思えない。

「植物は私たちとは異なるシステムで思考している、人間とはまったく違う知的生命体――って、教授ご自身がいつもおっしゃってる言葉じゃないですか」

真室さんは自分のことを「社長」と呼ばせたがっているが、社員三人はみな同じ大学の教え子や後輩だから、教授と呼ぶくせが抜けない。

「なるほどな。植物にかぎらず、コロニーを形成している生き物には個人の感想なんてないだろうしな。蜂が『女王蜂きらい』なんて考えているとは思えないし、働き蟻は『もう働きたくない』なんて言ったりしないだろう。いや、言うか」

石嶺さんが言った。「もう働きたくない」

真室さんの軽口は話をまぜっかえしているように聞こえるが、じつは自分がよくわからないふりをして意見をはさまず、聞き役に回って、みんなの考えを引き出すためにそうしているのだと、学生時代に真室ゼミにいた野乃には、わかっていた。だから、野乃も言ってみた。

「時間の概念も人間とは違うのかもしれません」

このあいだのヤマザクラの言葉のことを思い出していた。なぜ発芽して五か月足らずの若木が、あんなに偉そうだったのか、そのわけをずっと考えていたのだ。

「芽生えたばかりの木でも、元の樹木のＤＮＡをそのまま受け継いでいるケースもあるわけですから、植物は、過去の記憶と呼ぶべきものも、いま現在起こっていることのように感じていたり、人には測れないような時間経過の感覚を持っていたりする——そんな可能性もある気がします」

植物に「個体」という概念は通用しない。動物はほとんどが親が子を産む有性生殖だが、植物は無性生殖ができる。動物は体を『分割』されたら死ぬが、植物にとって分割は繁殖を意味する。接ぎ木や挿し木、株分けといった繁殖方法は植物ならではだ。

遺伝子に関しても動物とはまったく違う。日本全国にあれだけたくさんあるソメイヨシノが、じつはすべて同じDNAを持つことは有名な話だが、逆に一本の木が他の種と合体して、一本で異なる遺伝子を持つこともあるのだ。植物はひとつひとつが「集合体」であり、集合体が「個」であったりする。

だから植物の記憶や知識の次世代への継承は、親という「個」から子という「個」へという間接的なものではなく、もっとストレートに、そっくりそのまま移し替えることができるのかもしれない。つたない説明ではあるが、というようなことを野乃は力説した。

「だから、発芽してたった数か月の若木でも、その内部には古い記憶が刻まれていて、知識や経験は継続していて、何百年も生きている元の木と同じ年月を体感している。植物にとっては、過去も現在も同列じゃないか。うまく言えないのですけど、そんなことを思ったのですが」

ぱちぱちぱち。三井さんが拍手をしてくれた。嬉しい。

「植物にとって過去も現在も同列か。ありえるな」真室さんの言葉は「正解」と言っているように聞こえた。「それを人間の言葉に置き換えると、古めかしくて抽象的で集団へのプロパガンダのような言葉になる、そういうことなのかな」

真室さんは、植物の言葉がどんなものなのか、誰よりも考え続けていた人だ。本当はこうなることは予測の範囲内だったのかもしれない。

それぞれの意見を口にし終えた社員たちを見渡して真室さんがにんまり笑った。

「なるほど。経営者としては、植物語翻訳機は商品化が難しい、突きつめれば突きつめるほど、娯楽の対象にはならないってことになりそうで残念だが、学者としては、とても興味深い。最近、俺は学者じゃなくて、経営者になっちまってるな。それに比べて、みんなは頼もしい。よし、研究としては前進だ。きちんと実験データを集めて、世の中を驚かせよう。論文をサイエンスに投稿しようか」

「おう」野乃は片手を振りあげた。

石嶺さんがようやくいつもの石嶺さんに戻った。

「ナショナルジオグラフィックにも載せてみたいな」

「自撮りしよ」三井さんはまた大魔神を取りに行った。

11

木洩れ日が木の葉模様をつくった森の中を野乃は進んでいく。隣を歩いているのは石嶺さんだ。機材を詰めた重そうなジュラルミンケースを肩から下げている。

二人で夜黒森へ出かけたのは、森の木々の「言葉」を採取するためだ。植物翻訳機の開発というより、植物の思考を言語化する研究を進めていこう。真室さんからそんなお墨つきをもらった石嶺さんは、いままで以上に気合が入っている。

野乃はそれで会社の経営はだいじょうぶなのか、会社がなくなったら自分はどうなるのかちょっと不安だったのだが、三井さんによれば「スーパーダイズの開発の新しいスポンサーが見つかった」のだそうだ。

だから、あの時の真室さんは、あんなに強気だったのか。そういえば、温室で栽培している高機能トマトも種苗会社には好評みたいだし。さすが、植物学界の異端児と呼ばれるだけのことはある、なんて感動して損したよ。

「さて、どこへ行こうか」

「大ヤマザクラのところへ行ってみます？」

「ああ、いいね」

研究センターのローズたちは同じ言葉を共有しているが、森の樹木はどうなのか。共有しているとしたら、それは、どの樹木同士で、どのくらいのエリアまでなのか。石嶺さんはそれを調査しようとしている。野乃も知りたかった。ＹＺ００１、あの幼いヤマザクラの言葉は、誰の言葉なのか――

「違うヤマザクラの若木をもう一回試してみたい。それと同じバラ科で、違う種のものも採取したいな」

「サンザシはどうですか」

サンザシは、バラ科の落葉低木だ。成長が遅くて、しかも育ってもせいぜい高さ二メートルぐらいにしかならないから、根ごと採取できる若木も見つかるはずだ。

「まかせる」

ヤマザクラの老木が立つのは、この辺りの最深部だ。途中からは登り道が続く。道路に車を停めて、持てるだけの機材と道具を持ち出したのだが、すべてを携行するのは大変だ。採取した若木も持ち帰らなくちゃならないし。

「ベースキャンプをつくろう」

まだ平地のこのあたりに不要な荷物を置いていくことになった。ベースキャンプと石嶺さんはかっこつけて言うけど、下草の少ない地面にレジャーシートを敷いただけ。

「お弁当はどうします」

「置いていこう」

「残念だな」

見晴らしのいいヤマザクラの巨樹の下で食べたら最高だろう。昼食はパリジャンサンド。ハム&チーズとツナ&タマゴの2個セットだ。野乃たちに比べたら街の近くに住んでいる石嶺さんが、大学のある街の駅前のパン屋さんで買ってきてくれたのだ。

「ヴィドカルチェのパリジャンサンド、楽しみ〜」

「パンひとつでこんなに喜んでもらえるなんて、嬉しいような怖いような」

ヴィドカルチェは全国に店舗がある有名なパン屋さんだ。この地方では大学のある街にしかない。

「だって、うちから街へ行くのって、めちゃくちゃ時間がかかるんですよ。ヴィドカルチェのパンは、簡単には手に入らない貴重品だもの」

石嶺さんはジュラルミンケースに、携帯用の生体電位測定器とエチレンガス検知器とノートパソコンだけを——それでもけっこうな重さだけど——携《たずさ》え、野乃は折り畳みスコップを手に、採集用具を入れたポーチを肩から下げて、再び歩き出した。

ここから先には、道らしい道はない。木々のあいだの下草を掻き分けて進む。まだまだ日射しは強いけれど、木陰には真夏には見かけなかったツルリンドウが涼しげな薄紫の花を咲かせていた。秋が近いのだ。

ときおりの風が心地いい。吹くたびにさわさわと木々たちが囁き交わすような葉擦れの音がする。森に侵入してきた野乃たちの噂話をしているかのように。何を囁き合っているのだろう。早く森の声を聞いてみたかった。

通せんぼをするように横たわっていた倒木を乗り越えている時、石嶺さんが朽ちた木の下を指さして言った。

「ナラタケだ」

5、6センチほどの柄に、小ぶりな薄茶の傘を開いたきのこが、ひとかたまりになって生えている。これも秋の兆し。秋が近づくと森のきのこも増えていくのだ。

「あれも採ってく？　研究用じゃなくて食用として」

ナラタケは「世界最大の生物」と言われるほど、たったひとつで、時に何キロ四方にも菌糸を伸ばすことがある。採取しようかな。食用じゃなく研究用として。

「いや、ちょっと待って」

野乃はしゃがみこんで匂いを嗅ぐ犬の目つきをした。こんなかたちのナラタケってあったっけ。傘のひとつを半分にちぎってみた。

わわ。切り口がみるみる青くなっていく。違う。

「これ、シビレタケです。食べちゃだめです」

「シビレタケだったか、ちょっと試食してみたいな。研究のために」

「ダメ、ゼッタイ」

シビレタケはマジックマッシュルームの一種だ。食べても死にはしないが、幻覚作用がある。

行く手が登り勾配になってきた。緩斜面には比較的樹齢の若い広葉樹が並んでいる。顔や体に打ちかかってくる枝を払いながら進んだ。ここを登り切れば、いったん平地になる。そこがサンザシの群生地だ。

「この辺にもヤマザクラは多いです。何十年か前に世代交代があったのか、たいていはまだ若い木ですけど」

「静かだね」

「そうですね」

いつのまにか風が止み、森から音が消えた。

確かに静かだ。静かすぎる。

なんでだろう。

ふいに野乃は気づいた。

蟬の声がしないことに。

おかしいな。八月の下旬だ。蟬が姿を消すにはまだ早い。

登り勾配が緩やかになり、サンザシの群生が見えてきた。岩場が多い場所だから、高木が育ちにくく、低木のサンザシが根を下ろしやすいのだ。サンザシは背が低いが枝が多くて樹形がずんぐりしている。そのたっぷりの枝々に鋭い棘《とげ》を生やした、ハリネズミのような防御力を持つ木だ。

夏のあいだにふくらんだサンザシの実がそろそろ赤く色づく頃だ。今年はどうだろう。

今年は森の果実がとても少ない。クルミも、ヤマブドウも、サルナシも、熟すのはもう少し先だが、まだ青い実すらほとんど見当たらないのだ。夏が暑すぎたからだろうか。ブナ科の果実であるどんぐりも実つきがよくない。研究センターの温室のトマトや農場のダイズは豊作なのに。

息が上がっている石嶺さんより先に斜面を登りきった野乃は、目を見張った。サンザシの実どころじゃなかった。

「石嶺さん！」

下草が少なく剝き出しの岩があちらこちらに露出しているからわかった。

蟬の死骸が岩場いっぱいに転がっていた。まるで落ち葉のように。

おびただしい数だった。枯れ葉のように見えるのは、アブラゼミ。若葉みたいな緑色は、ミンミンゼミ。ひときわ大きいクマゼミもいる。ほとんどの蟬が仰向《あおむ》けになり、鳴き声を出さなくなった腹と、もう動かない足を空に向けている。蟻が群がって黒々としている死骸もあった。

「………なんだ、これ」

石嶺さんが絶句した。野乃も声を詰まらせる。

「……わかりません」

いま登ってきた斜面を振り返る。夏草が深く繁っていたから、目につかなかったのだ。目を凝らすと、草の葉のあちらこちらに蟬の死骸がひっかかっていた。

いくら夏の終わりだと言っても、こんなに一度に大量死するなんて、何かがあったとしか思えない。いったい何が起きたんだ。

石嶺さんが潜んでいる何かを探すまなざしで、周囲の木立を見まわした。

「アメリカマツノキクイムシのことは知ってるよね」

野乃は頷く。アメリカやカナダでたびたび異常発生する虫だ。体長5ミリほどの小さな虫だが、マツなどの樹皮に侵入し、孔《あな》を穿《うが》ちながら食害を続け、やがて木を枯らしてしまう。地球温暖化がこの虫の発生しやすい環境をつくったと言われている。一時は北米西部のマツが絶滅してしまうのではないか、とまで言われるほど大発生をくり返していたが、この十年ほどで、いつのまにか被害が収まった。

理由は被害に遭うマツが耐性を手に入れたことだ。

耐性という言葉は生やさしいかもしれない。攻撃力を身につけたのだ。その方法は、二つ。ひとつめは、毒性の物質を放出する方法。もうひとつは、キクイムシが幹に穿つ巣穴に、樹液を満たして殺す方法。もともと持っていた能力だが、大きな被害に遭うたびに、それが強化されたと言われている。

「じゃあ、木が蟬を殺した、と」

「推測だけど。サンザシは小さな木だし、いま登ってきた途中にあった木も、ほかに比べたら若くて小さな木が多かった」

石嶺さんの言いたいことはわかった。大木なら、蟬の食害など取るに足らないものだろうが、まだ小さな成長途中の樹木にとってはどうだろう。樹液を吸う蟬は、一匹一匹は小さくても数が多くなればダメージは馬鹿にならない。それ以上に成虫を始末することで、幼虫を排除したかったのかもしれない。蟬の幼虫は根から樹液を吸う。菌糸も食べてしまう。何年も土の中に居続けるから、その間ずっと食害が続く。樹木にとっては成虫よりはるかにやっかいな存在だ。

植物は、けっして優しくない。むしろ残酷だ。自分たちが生き残るために、あらゆる手をつかって邪魔者を排除する。

いや、それがすべての生物の本能か。人間だって同じだ。二十一世紀も四分の一を過ぎたのに、世界のあちこちで戦争が絶えない。

「でも、こんなの見たの、初めてです」

ユーカリの自然発火があったばかりなのに、またただ。大豆によるアナフィラキシーは、実験が引き起こしたとも考えられるが、それにしても。このところ異変が続くのは、なぜだろう。いままでにも植物のこうした行為はくり返されていて、鈍感な野乃が気づかなかっただけか。野乃たちが植物のそうした能力を研究しているから、目につくようになっただけだろうか。それとも――

「カメラ、置いてきちまったな。スマホで撮影しておくか」

石嶺さんの言葉で、思念が途切れ、目の前の現実に立ち戻る。野乃もスマホを取り出し、手分けをして記録用の写真を撮る。何か大切なことを忘れているような気持ちをかかえながら。

ヤマザクラの巨樹が見えてきた。

幾本かの大木を束ねて捩《ねじ》りあげたような異形の桜だ。主幹は、周囲四・八メートル。黒褐色のその幹からヤマタノオロチの首みたいに、何本もの大枝がくねりながら宙に伸びている。春になればまだ花は咲くけれど、かなり高齢の木だから夏のいまも葉はそう多くない。

石嶺さんはこの木を見るのは初めてだそうだ。「俺、インドア派の研究者だから」三十メートル近い樹高を見上げて、感嘆の声をあげる。

「キングギドラだ」

「なんですか、それ」

「これだから、最近の若いもんは……今度、観せよう。とりあえず初登場の『三大怪獣　地球最大の決戦』からかな」

「あ、だいじょうぶです」

カメラ、持ってくれれば良かったたな。さっきと同じセリフを口にして、スマホでひとしきり撮影していた石嶺さんが、ふいに野乃に振り向く。

「もしかして、この木が村岡の探してるマザーツリーじゃないの？」

「いや、どうでしょう。そうかもしれないし、そうじゃないかもしれない。マザーツリーであることを証明するのは、木の大きさだけじゃないんです」

自分の専門分野だ。野乃は先輩研究者に解説をした。

「まず第一に、樹齢ですかね。それから周囲の樹木の状況。マザーツリーは自分の周りの木々にも栄養や日光を分け与えますから、マザーツリーの周辺にはきれいな森ができるんです……といっても森の中心に存在しているから、というわけでもなくて……そもそもマザーツリーは一本とはかぎらないんです。これだけ広い森だから、複数のマザーツリーが存在しても不思議ではなくて……」

どうも私は説明が下手だな。ちゃんと伝わっただろうかと、石嶺さんに顔を振り向けたら、聞いてない。石嶺さんは巨樹のいちばん下の枝に手をかけていた。登るつもりらしい。

そういえば、ここに来る途中に話していた。「大きな樹木は、それ自体がひとつの集団のようなもので、上方の葉と下方の葉は別の『言葉』を持っているかもしれない」

上のほうの葉を採取してくるつもりだったらしいが、最初の枝の上に立ったのはいいけれど、その先には手の届く大枝はなく、手が届くのはどう見ても、石嶺さんの人一倍の体重を支えきれるとは思えない枝で。その枝から葉っぱをむしり取っただけで降りてきた。

「ダイエットしたら?」

「よく言われる」

石嶺さんは、いちばん下の枝の手が届く葉に、二カ所の電極をつけて、生体電位を計測する。

「何か刺激を与えないと」

そう言ってはさみを取り出して、葉の一部を切り取った。

「痛い」

「君が喋ってどうするの」

「あ、つい」

野乃はジュラルミンケースを踏み台にして、小枝にビニール袋をかぶせて、エチレンガスを測定した。

二人で切り取った葉を揉みほぐして、試料用容器《セル》に入れた。

生で声を聞きたかったが、石嶺さんに却下された。

「ただでさえ屋内よりデータ収集が不確かなんだから、せめてちゃんとデータを揃えてから聞かないと」

というわけで、声を聞くのは、セルに入れた破砕片のグルタミン酸計測をするまで、おあずけになった。

この前は巨樹の根もと近くに生えていた若木を採取したが、今日は老木のひこばえを切り取って持ち帰ることにした。時間はかかるが挿し木にして根が生えるのを待つのだ。

帰り道にまたサンザシの棲息地に寄り、樹高五十センチほどのサンザシの若木を土ごと掘り出した。石嶺さんは「蟬の大量死の原因を突き止める」と言って、周囲のいくつかの木から樹液を採取し、蟬の死骸を集める。そうしているうち、いつのまにか太陽は天頂を過ぎて西に傾きはじめていた。

ベースキャンプは大きなマテバシイの下だ。マテバシイは枝が横に広がる。いまの時期には葉っぱもたっぷり繁っているから、いい木陰になるのだ。

周囲にも野乃の家の樫のような、ブナ科の常緑高木が林立していて、梢が空を隠しているから、昼でも薄暗い。そのかわりに涼しいし、下草もあまり生えていなかった。

パリジャンサンド、パリジャンサンド、と頭の中で節をつけてリフレインして、マテバシイに近づく。レジャーシートの上に置いたリュックや採集箱《ドウラン》のあいだに小さな人影がうずくまっているのが見えた。

誰？　木下闇《こしたやみ》が姿を曖昧に見せていた。

大人じゃない。一樹ぐらいのちいさな背中だ。

もちろん一樹であるはずがない。

猿だ。ニホンザル。

なにをしているんだろう。

足音に気づいたのか、こっちを向いた。

大きな耳にピンク色の顔。きょとんとした目が野乃の動きを追っている。頬袋がぷっくりふくらんでいた。可愛いな——ん？

頬袋、が、ふくらんで、いる？

さらに近づくと、猿が野乃のリュックの中に手を突っこんで、抜き取ったその手を口に運んでいるのがわかった。ふくらんだ頬がもこもこ動いている。

「あーっ」ヴィドカルチェのパリジャンサンド！

手を振り上げて走った。

「こらー」

猿が跳び上がる。両手にパリジャンサンドを握っていた。ひとつを口にくわえ、もうひとつを握りしめたまま、枝も手がかりもなさそうに見えるマテバシイの幹をするする登って、梢の中に消えていった。

やられた。リュックの中の水筒やウインドブレーカーは手つかずで、石嶺さんから受け取っていたパリジャンサンドの包みだけが奪われていた。ジッパーを閉じたつもりで、少し開いていたのかも。

野乃がよほど気落ちして見えたのか、石嶺さんが子どもをあやすように言った。

「泣くな。俺のを半分分けてやるから」

そう言って、自分のリュックを手に取ろうとして――

「あれ？」

石嶺さんのリュックがなくなっていた。レジャーシートから遠い場所にころがっている。あわてて取りに走った石嶺さんが、拾い上げるなり声をあげた。

「あーっ」

石嶺さんのリュックのベルト式の蓋も、どうやったんだろう、ぱかりと開けられている。そして、やっぱりパンが消えていた。

なんてやつ。

「また買ってくるから、そんなにがっかりしないでよ」

「いや、でも、午後の労働意欲が」

結局、野乃がタッパーに詰めて持ってきたリンゴを昼食がわりにすることにした。早く帰りましょう、もう。

くし切りにしたリンゴをすすめ、自分もひとつを手にとって、石嶺さんに向き直った野乃は目を見張った。

「石嶺さん」

「なに？」

「……後ろ」

リンゴを片手に持ったままスマホを開いていた石嶺さんの真後ろに、灰色の影が立っていた。

猿だ。さっきの猿より大きい。立ち上がっている背丈は、三歳クラスの保育園児並み。石嶺さんが振り向く前に、人間にはまねのできない素早さでリンゴをかすめとった。

今度の猿は、後方に跳びすさったが、それ以上逃げたりせず、地べたに座りこんで、見せつけるように悠々とリンゴをほおばる。耳が隠れるほど毛が長く、顔が真っ赤。成熟したオスだ。

「このお」

石嶺さんが拳を振り上げて威嚇すると、歯を剥いて吠《ほ》えた。

ゴッゴッ、ゴアグア
そうすると、ニホンザルが小さな猛獣であることがわかる。吠え声は太く低く、赤く開いた口の中の犬歯は、刃物のように鋭く尖っていた。大柄なオスでもせいぜい人間の三、四歳児程度の大きさだが、握力は人間と変わらないと言われている。

「目を見ちゃだめ」

ニホンザルは臆病だが、目を合わせると、興奮して攻撃的になる。

「ああ、一回見ちゃったら、逸《そ》らしちゃだめ」

「どっちなんだ」

危険な獣とは目を合わせるな、もし合わせてしまったら、もう逸らすな。その隙を見てやつらは襲ってくる――じいちゃんにそう教わった。

猿は石嶺さんを睨みながら、四つん這いでゆっくり後ずさりする。こちらに距離を保って動きを止めると、陸上選手のクラウチングスタイルのように四肢を突っぱって身震いした、と思った次の瞬間、ものすごいスピードで走り、石嶺さんに飛びかかった。

「うわ」

石嶺さんが両手を交差させて防御すると、するりと背中に攀じ登った。背中に爪を立て、首筋に嚙みつこうとしている。

危ない。

野乃はとっさにスコップを手に取った。

猿の背中をつつく。思い切り叩くのは躊躇《ちゅうちょ》してしまった。それがいけなかった。

猿はスコップを摑み、柄を伝って野乃に向かってきた。

「わわっ」

思わずスコップを取り落とす。猿は折り畳み式の小ぶりなスコップを戦利品のように引きずっていったが、途中であきらめて手放して、正面に立つコナラの木に登っていった。

安堵《あんど》の息を吐いて、猿のゆくえを目で追っていた野乃の喉に、息が逆流してきた。

正面のコナラの木には、たくさんの猿がいた。

枝という枝にうずくまっている。十頭や二十頭じゃない。マテバシイに比べたら、夏でも葉の多くない木だから、それがよくわかった。

三十？　いや、四十？

まるで電線にとまった雀のように、コナラの枝を埋めつくしている。

ゴッゴア、グアアガァ
吠え声がした。コナラの木からじゃない。後ろからだ。

振りむいた瞬間、背筋が氷柱《つらら》になった。

背後の木立にも猿たちがひしめきあっていた。

何十頭じゃない。百頭はいるだろう。動物園のサル山の中に落っこちてしまったようだ。

パリジャンサンドを奪った猿が登ったマテバシイの樹上で、騒ぎが始まった。他の猿たちにパンを奪われそうになっているのだ。

奪おうとする猿たちが吠え、抵抗する猿が悲鳴をあげた。すると、いままで気配を殺していた百頭を超えそうな猿たちが鋭い牙を剝いて一斉に鳴きはじめた。

ホワッホワッホワッホワッ
まるでバリ島のケチャのように。

奪い合っていたパンが下に落ちると、猿たちがあちこちの木からすべるように降りてきて、たった一切れにひしめきあって群がった。何頭もが断末魔じみた声で叫ぶ。遠くの猿たちも興奮して枝の上で跳びはねたり、枝から枝に飛び移ったりしている。

石嶺さんが黒縁眼鏡の中の目をガラス玉にした。「やばいな」

「ですね」

両手が使える野犬の大群に囲まれたも同然だった。

「どうすればいい」

自称インドア派の研究者、石嶺さんが訊いてくる。動物学は専門ではないが、野乃には親が離婚したあとの六年間、山の中にある祖父の家で暮らしていた経験がある。じいちゃんは木こりで猟銃を持っていた。山の木々や草花や生き物について、学校では教わらないさまざまなことを教えてもらった。

「退却ですね。車に戻りましょう」とはいえ、こんなに大勢の猿に囲まれた経験は一度もない。

「ゆっくり動いてください。背中を向けないようにして」

じいちゃんが言っていた。

「いいか、野乃、山で獣に出会ったら、背中を見せるな。背中を見せて走って逃げるのは、襲ってくれって言っているのと同じだぞ」

「背中を向けるなって……三百六十度がサルなんだけど」

確かに。周囲のすべての樹木に猿がいる。樹上だけじゃない。落ちたパンの争奪戦に敗れた猿たちが、そこここの木の根もとから、野乃たちがまだパンを持っているのではないかという目で、こっちを窺《うかが》っていた。

道へ戻る方向に倒木が横たわっている。その上にも何頭もがうずくまっていた。倒木から何かをむしって口に運んでいる。

「あれ、マジックマッシュルームじゃないか」

「そう…みたいですね」

ここからヤマザクラの老木まで行く途中にも、あちこちでシビレタケを見かけた。いつもの年にはほとんど見かけないのに。異常発生だ。

「だから、おサルたちは興奮しているのか。ヤク中状態だな」

そうかもしれない。シビレタケの成分シロシビンは、人間以外の生き物にも効く。昆虫にも。もともとは食害虫から実を守るための毒性だったのでは、という説がある。

「背中合わせになりましょう」

「おお、なるほど」

石嶺さんと背中を向け合う。野乃は後ろに手を回して、石嶺さんのシャツの裾を摑んだ。

「荷物はどうしよう」

「運ぶべきは、まず自分です」小さくても猛獣だ。たった一頭でも襲ってきたら無事ではすまないのに、相手は百頭。しかも相当数がシビレタケで興奮状態。逃げるしかない。

根っこを入れると七十センチ以上あるサンザシの若木はあきらめたほうがよさそうだ。何頭もが取り囲んで物珍しそうに突いているスコップも。

「残りは後で取りに来ましょう」

野乃はリュックを前抱きにした。石嶺さんはジュラルミンケースを大切そうに抱える。

「いきましょう。左足から」

「おお、いっち、に……あらら」

別々の方向に足を出してしまい、対おサル防御体勢がしょっぱなから崩壊した。

「ごめんなさい」逆向きだった。「石嶺さんは右足から」

背中合わせのまま歩調を揃えて横歩きをする。かなりの数の猿がこっちを窺っているけれど、巨大な生き物に見えるのか、警戒して近づいてはこなかった。

「なんとか、うまく、よいしょ、いきそう、ですね」

「うん、おっとっと、めちゃくちゃ歩きづらいけど」

止まり木のように猿が群がっている倒木は大きく迂回《うかい》する。シビレタケをむしっては口に運んでいる猿たちが、手を動かしたままこっちを睨んできた。そういう目で見るからか、目がうつろになっている気がする。赤い顔の中に黒い穴が開いているようだった。ジャンキーがたむろす危険地帯に入り込んだ気分だ。

野乃より頭ひとつ近く大きい石嶺さんがこちら側に首を回して、ひそめた声で囁いてくる。

「なんか、やばい雰囲気だね」

「ええ」

「あのサルなんか、完全に目がいっちゃってるよ」

目を合わせないようにしていたのに、つい見てしまった。「目がいっちゃってる」いちばん手前の一頭と視線がからみあう。

猿がくわえていたシビレタケの切れはしが、ぼとりと落ちた。

次の瞬間、顔の半分を口にして吠えはじめた。

クワン、クワン、クワン、クワン

小犬が吠えているような甲高い声だ。開いた口の中の牙《きば》も、犬のように鋭い。その声に呼応するように、他の猿たちも鳴き声をあげはじめた。

目が合った一頭が四つん這いになって、ぶるぶると体を震わせる。ニホンザルの攻撃体勢だ。来るか。

「石嶺さん、ストップ」

「ん」

こういう時は動かないほうがいい。「一度目が合ってしまったら、先に逸らさない」。じいちゃんの教えを守って、睨み返した。

毛を逆立て、体を震わせている。攻撃するかどうか迷って、野乃を値踏みしているように見えた。

石嶺さんが突然こちらに向き直り、胸を叩きはじめた。

「ウッホ、ウッホ、ウッホ」

声もあげる。低くすごみのある声で。猿がぽかりと口を開けた。

「ウッホ、ウホウホ、ウッホ」

どんな効果があったのか、猿が先に目を逸らした。よし、勝った。

「すごい。マウンテンゴリラのドラミングですね」オスのマウンテンゴリラは、こうして胸を叩いて体格や力強さを誇示して、オス同士の無用な闘いを避けるといわれている。「ニホンザルにも効果があるとは知りませんでした」

「いや、キングコングだ」

「ああ、キングコングは知ってます」

「ハリウッド版しか知らないだろ？　日本版のほうがエモいよ。キングコング対ゴジラ。1962年、東宝。今度見せよう」

「間に合ってます」

「あ、そ」

石嶺さんは猿たちに正対したまま、後ろ歩きを始めた。

「ペースアップしよう」

そうか、この先にはもう背中を見せる相手はいない。

「了解です」

　野乃も同じように体をひるがえして、後ろ歩きを開始する。背中合わせになったり、胸を叩いたり、後ろ歩きをしたり、不気味な動きばかりする大きな生き物が怖いのか、猿たちは吠えるだけで追ってこようとはしなかった。

「むこうから姿が見えなくなったら、いっきに走ろう」

「了」解まで言えなかった。その前に木の根につまずいて、仰向けに転んでしまったのだ。

　クワン、クワン、クアン、キュアーン。

　また猿たちが騒ぎはじめた。

　倒れ込んだ先にも木の根が露出していて、尾てい骨をしたたか打ってしまった。痛《い》つつ。呻きながら、はからずも空を見上げるはめになった野乃は、慌てて飛び起きる。

「急ぎましょう」

「どうした」

　返事をするより先に、頭上で梢がざわざわと音を立てはじめた。真上を覆った枝々に四本足の巨大な蜘蛛みたいなシルエットが見える。猿だ。一頭じゃない。何頭もいる。追ってきたのだ。たぶん野乃たちからまだ食べものを奪えるのではないかと考えて。

　頭上から何か落ちてきた。

「うわ」

　石嶺さんの顔の前を通過していく。あと数センチで頭を直撃しただろう。

　湿った音を立てて下草の上に落ちたのは、糞《ふん》だった。

猿の糞に詳しいわけではないけれど、祖父のいた森で見かけてきた猿の糞に比べると、ずいぶん緑色だ。好物ではない草や葉っぱを食べているのだろう。毒性のあるシビレタケを口にしているのも、ほかに食べものがないせいかもしれない。

森から動物たちの食料がなくなっているのだ。この夏は野生の果実がほとんど見当たらなかった。いま思えば、ニホンザルが好きな昆虫も少なかった。これからは木の実や果実が熟す季節だが、いまのところまったくの不作。凶作といっていいかもしれない。

梢が激しく揺れ、猿たちの鳴き声が降ってきた。

二人同時に樹上を見上げ、同時に駆けだした。

「背中を向けてるわけじゃないよな。向けてるの、頭だもんな」

「おそらく」

さっきのベースキャンプのあたりに比べれば、周囲の木はさほど大きくない。そのぶん密生していて、枝同士が交錯している。猿たちは枝から枝に飛び移って追ってきた。騒々しい鳴き声とともに。

「右へ行きましょう」

遠回りになるが、右手は樹木の密度がない。枝を使って移動できないはずだ。

森の木立をスラロームし、木の根を跳び越え、下草を蹴散らして走った。全身から汗が噴き出してくる。

「…ま、まだ…走る…か」

石嶺さんがかけてくる声はエンスト寸前のエンジン音みたいだった。

「そろ、そろ、いいか、な」

そう言う野乃も息があがっている。もう逃げきった、はずだ――。

振り返った。猿たちに追われた木立ははるか後方だ。その木から一頭が頭を下にして落ちるように降り、こっちに駆けてくるのが見えた。

えーっ、まだ？

なぜそこまで？　石嶺さんの言うとおり、マジックマッシュルームでトランス状態になっているのか。人間より体重が少ないぶん、何倍も効いているはずだ。野乃たちの頭が食料の栗に見える幻覚に囚《とら》われていたとしても驚かなかった。

「ついてくるぞ」

再び走りだす。

「好かれちゃったみたいですね」

軽口を叩いてみたものの、声は途中でかすれてしまった。ひたいから頬に汗が伝い、顎からしたたり落ちる。

四足歩行の足音がすぐ後ろに迫っている。ニホンザルの足は人間より速い。100メートル競走で勝てる人間は少ないだろう。走りながらあげている吠え声もみるみる近づいてきた。

やられる、
前にやってやる。

立ち止まって振り向いた。抱えていたリュックのベルトを握る。

猿の顔が目の前にあった。牙を剥いて飛びかかってくる。右手にさげたリュックを大きく振りかぶって、猿の顔に叩きつけた。相手の勢いを利用したカウンターパンチ。威力は倍だ。

ギャキィーッ
派手な悲鳴をあげて、猿が吹き飛んだ。

「おおっ」石嶺さんが肩で息をしながら歓声をあげる。「動物愛護協会に訴えてやる」

「まず自分たちを保護しましょう」


ようやく森が終わり、石嶺さんのミニバンが見えてきた。

さすがにあきらめたようで、もう背後に猿たちの姿はなく、声も聞こえない。

「なん、とか、逃げ、きったな」

汗まみれの石嶺さんが膝に両手をあてて喘《あえ》ぎ続ける。リモコンキーがなかなか取り出せない。

「ダイエット、しなきゃ――痛《い》てっ」

石嶺さんが尻を押さえて顔をしかめた。

道に石が転がった。

振り向くと、ほんの数メートル先に猿がいた。毛皮の白い大猿だ。道端の石を摑んで、こっちを睨んでいる。

また石を投げてきた。正確に投擲《とうてき》する力はないようで、今度はだいぶ手前で落ちた。だが、すぐにまた石を拾っている。

「乗れ」

石嶺さんが車にダッシュする。野乃は助手席に滑りこんだ。

ふう。息をひとつ吐いたとたん、
ドン。

ボンネットに猿が跳び乗ってきた。さっきの白猿だ。こちらに向けてくる目がおかしかった。普通は剝いたブドウのような色の白目が、やけに黒々としている。人間みたいな目だった。

「瞳孔《どうこう》が開いちまってる。完全にラリってるな」

通常のニホンザルの瞳孔はブドウの種ほどに小さい。それが大きくふくらんでいた。シビレタケを食べたせいだ。

ドン。

今度は上から落下音がした。続いてガリガリと屋根をひっかく音。二頭目だ。上方の枝から落下してきたのだ。

石嶺さんがクラクションを鳴らす。

抗議するように屋根が叩かれた。運転席の向こうの白猿は驚いて逃げるどころか、音に興奮してフロントガラスに体当たりをしてきた。片手にはまだ石を持っていて、それでガラスを叩きはじめる。

「あ、こら、やめろ」

屋根の上の音がようやく止んだ。そのかわりに助手席の窓を叩く小さな音が聞こえた。

とん　とん　とん
「ひっ」

思わず声をあげてしまった。助手席の窓のむこうに猿が張りついていたからだ。体は幼児並みなのに、広げた両手は恐ろしく長い。舌を伸ばして窓を舐めている。

だんだん気の毒になってきた。飢えた猿たちが食べ物をくれ、と必死で訴えているのだと思うと。

また天井に落下音。新たな一頭だ。

石嶺さんがエンジンをかける。

「待って。だいじょうぶですか。轢《ひ》いちゃったりしない？」

石嶺さんのミニバンは４ＷＤで、フロントグリルはブルドーザーみたいにごついのだ。

「動物愛護の前に、人間愛護だろ」

「そう…だけど……」

迷っているうちに、猿たちの数はどんどん増えていくだろう。石嶺さんがきっぱりと言う。

「もう喋っちゃだめ。舌を噛むよ」

いきなり車が急発進した。

猿が石を放り捨てて、ワイパーにしがみつく。

急停車した。

天井にいた猿がリアウインドウの向こう側へころげ落ちていくのが見えた。

今度はいきなりバック。

そして急停止。

フロントガラスにへばりついていた猿が、ワイパーごと吹き飛んだ。だが、野乃の目と鼻の先、助手席の窓の猿は張りついたままだ。怒りの形相で睨んでくる。黒目の大きな人間みたいな目で。

「やばい、どんどん集まってくる」

石嶺さんの言葉で気づいた。車の前にも後ろにも、右にも左にも、灰褐色の影がうずくまっている。完全に囲まれていた。急発進と急停止に驚いて距離を保ってはいるが、何頭かが四足歩行で忍び寄ってくるのが見える。

「もう発進するよ」

「でも、ケガさせちゃうかも」

ガラスのすぐ向こうで野乃に怒りの声をあげている猿は、簡単には離れてくれそうもない。走行中に落ちたら、いくら身軽なニホンザルでもただじゃすまないだろう。

「ちょっとだけ待ってください」

ウインドウを少し下げた。

「あ、ちょっ、やめな」

いや、手を差しのべるわけじゃない。石嶺さんが声を発するより先に、猿が隙間に手を伸ばしてきた。

「ごめん」野乃は再びスイッチを操作して、今度はウインドウを上げる。

キ――ッ
猿が悲鳴をあげて落下していった。

「いまです」

石嶺さんがミニバンを発進させる。前方の猿たちを轢かないようにゆっくり進んで蹴散らした。

　車は少しずつスピードを上げていく。振り返った野乃には、道に座りこむ何十頭もの猿たちが遠ざかっていくのが見えた。救助を求めている難民を助けられずに置き去りにしている気分だった。

　カーブを曲がり切ると、猿たちの姿が見えなくなった。バックミラーに目を走らせていた石嶺さんが呟く。

「なんてこったい。まるで動物パニック映画だ」

「映画だったら、私たちまっさきにやられちゃうキャラですよね」

　石嶺さんが小さく笑う。お薦めの動物パニック映画の蘊蓄《うんちく》が始まるかと思ったのだが、石嶺さんは黙って運転を続けるだけだった。

12

　野乃のデスクは、研究センターの一階、入ってすぐ右手の事務室にある。三井さんと石嶺さんはそれぞれ個室を持っているが、ここは会計や庶務関係の外部スタッフやパートさんとの共同部屋。とはいえ他の人たちは毎日いるわけではないから、誰もいない今日は、六つのデスクが置かれた広い部屋を一人で使い放題にできる。もともとは栽培室のひとつだった四畳ほどの細長くて本や資料に埋まっている石嶺さんの部屋より、ずっと居心地がいい。

　朝のメールチェックをすませた野乃は、森林管理署の御園《みその》さんに電話をかけた。

——ああ、村岡さん、おひさしぶり。赤ちゃんは元気？

「おかげさまで。もう赤ちゃんじゃなくて、二足歩行の野獣になっていますけれど」

夜黒森の北側の山林は研究センターではなく林野庁の森林管理署が管理、経営している国有林だ。御園薫《かおる》さんはそこの森林官。森の巡視や調査をする役職で、４ＷＤのパトロール車で毎日山道を駆け回っている。大型特殊免許や狩猟免許も持っているたくましい女性だ。

「動物のことをお聞きしたいんです」

——お宅の野獣のことじゃなくて？

「ええ。森の獣たちについて。昨日、すごい数の猿の群れに遭遇したんです。目算ですが百頭はいたと思います。北の森でも多いですか」

——ニホンザル？　去年は、ここのブナがマスティングだったから、姿をたくさん見かけたけど——

ブナ科の実、いわゆるどんぐりは、ニホンザルが最も好む食べものだ。ただブナの実は、年によって数量が大きく変わる。数年に一度だけ大豊作になるのだ。この周期的な豊作をマスティングと呼ぶ。

マスティングは樹木の生存戦略のひとつだ。ブナが実を落とすのはもちろん、発芽して、新しい若木を誕生させ、自分の遺伝子を残すためだが、地面に落ちたブナの実は、ほとんどが動物に食べられてしまう。だからブナは意図的に結実数を制御しているといわれる。落とす実を少なめにすれば、餌が不足し、動物の繁殖が抑えられる。それを何年か続けて自身の環境下の動物の個体数を調整しておいて、ある年にいきなり大量に結実する。その結果、数が減った動物にすべての実を食べられるおそれがなくなり、子孫を残すチャンスも増える。

——そういえば、最近、姿を見ないね。こっちは餌が少ないみたいで。蜜源植物の花期も終わっちゃったし。

北の森には養蜂場《ようほう》がある。森林管理署も事業に連携していて、蜜を採取できる樹木を試験的に育てている。草本類でない、高木類でも蜜は採れるのだ。トチノキやユリノキやニセアカシア。大学所属だった頃の研究所も協力したそうだ。

——夏なのに、木の皮を食べたり、土を食べたりしていたのを見かけたことがある。鳥の雛《ひな》を捕食しているのも。

「鳥？」

ニホンザルは基本的に草食で、肉食性の食べものは、せいぜい昆虫だ。

——百頭だったらB群かな。もっと数の多いA群は、ここより上の山地帯か、亜高山帯近くに行っちゃってるかも。

あるいは、まだ見かけていないだけで、もう夜黒森に下りてきているかもしれない。

「鹿はどうですか。こっちでは以前より頻繁に見かけるようになりました。いきなり道路に飛び出してきたり。群れというより、まだ一頭だけのはぐれ鹿が多い感じですが」

——うーん、こっちは鹿も減ってる。笹の花が一斉に咲いて、枯れちゃったから。やっぱり餌不足のせいかな。減ったと言っても、残っている群れが植林したばかりの若木を狙って食べにくるから、いま毎日、鹿柵《しかさく》の補修をしているところ。

笹は、国有林である北の森にも、夜黒森にも多い、鹿の主食のひとつだ。笹の花が咲くのは、とても珍しい。正確な周期はいまだにデータがないのだが、六十年〜百二十年に一度と言われている。そして花が咲くと、笹は枯れる。なぜかは解明されていないが、数十年の周期で代わりが行われるのだ。

——若い葉や草があるうちはいいけれど、秋になったら、笹がないと餌を探しに麓のほうに下りちゃうかも。鹿は行動範囲が狭いから、いまのところ里に下りてきたっていう報告はないけど。夜黒森だっていままではテリトリーじゃなかったものね。

「そうですね。学生の時からここへ来てますけど、以前は姿を見るのは稀《まれ》でした」

——一頭で行動するのはオスだね。夏のあいだに角が大きく育ってるし、そろそろ発情期で気が荒くなっているから、気をつけて。

北の森は、ここより野生動物が多い。そこの食料が乏しくなれば、夜黒森へ下りてくる。すでに鹿が出没するようになっている。ニホンザルも。夜黒森は民家も農地もほとんどない研究林だから、ここにも食べものがなければ、動物たちは里へ下りていくだろう。そうしたら、もともと個体数が多いわけじゃないのに、駆除の対象になってしまう。

「どうしたらいいんでしょう」

——野生動物を人為的に救ってはいけない。生態系を壊してしまう。それはわかっているよね。

「ええ」理屈では。

——まず把握することね。鹿や猿以外の生き物のことも。気づいたことや見かけたものは知らせるから、村岡さんも何かあったら教えて。

「はい。よろしくお願いします」

暑すぎた今年の夏は、植物も動物も様子がおかしい。自然発火したり、食害虫を大量に殺してしまったり、数十年に一度の花を咲かせて枯死したり、動物は動物で、カラスもニホンザルも人を怖がらず、やけに攻撃的になっている。異常気象だけじゃない。異常生態系と呼びたいぐらいだ。

夏が終われば、平常に戻れるのだろうか。

とりあえず、調べなくては。

この森に、何が起きているのかを。

13

「では、みなさーん、組分けをしますから、順番にくじを引いてくださーい」

研究センターの前庭に集まった人たちに野乃は声を張った。

九月の第二日曜日。集まった二十三人は、大学の学生たち。大学はまだ夏休みだから、グリーンプラネットの仕事を手伝ってくれている真室さんや三井さんの教え子だけでは足りず、彼らのツテや大学の掲示板にバイト募集の貼り紙をして、かき集めた人数だ。

これから始めるのは、夜黒森の植生調査。調べるのは、野生動物の餌となる木の実、果実、草葉がどこにどのくらい存在しているか、だ。

植物にくわしい人ばかりではないから、二人一組のどちらかには植物学専攻の学生が入るようにくじを作って引いてもらった。

「分かれましたかー、では注意事項を聞いてください」

全員がヘルメットをかぶっている。募集をする時、ヘルメットを用意できる人という条件をつけたのだ。バイクのヘルメット、スケートボードのヘルメット、自転車通学用のヘルメット。用意できなかったという何人かには、研究センターに常備してあった作業用ヘルメットを貸し出した。

「話は聞いていると思いますが、この調査は、危険がともなう可能性があります」

これも募集時にあらかじめ断っておいたことなのだが、「危険」という言葉に、野乃を囲む人の輪がざわついた。

「この森には、ニホンザルが出没しています。時に攻撃的になりますから、じゅうぶん注意してください。鹿にも注意」

ニホンザルと聞いたとたん、緊張が走った場が急に弛緩《しかん》する。「なあんだ」「サルか」「サル好き」「かわいいよねえ」「鹿、見たい」

だめだめ、なめちゃいけない。

「見かけても近づかないでください。大声をあげたり、物を投げたり、追いかけたりはくれぐれもしないように。食べものはぜったいにあげないで」

一日がかりの調査だが、昼食はセンターにいったん戻ってとる。食べものを携帯することも禁止。ニホンザルと遭遇した時の諸注意は、ペーパーにして全員に渡してあるが、口頭でもう一度説明した。

人海戦術での調査を思い立ったのはいいが、もし誰かが襲われて怪我でもしたら――それを考えると恐ろしくて、何度も二の足を踏んでいた。一度は自分一人でやろうと考えたのだが、この広い森を一人で歩き回っていたら、実りの季節が終わってしまう。動物たちにほんとうに異変があるなら一刻を争う問題だ――募集を決めてからも、一日でも早くと焦る気持ちと、万一のことがあったらと恐れる心が、野乃の頭の中で、シーソーになって揺れ続けていた。

二十三人に野乃を入れた、二十四人、十二チームを担当地域に振り分けた。

夜黒森は、背後に聳える獅頭山《しとうやま》の南麓《なんろく》一帯に広がる森だ。半径が六キロの巨大な扇形をしている。そこを十二のブロックに分けた。

野乃たちの大学が計画的に植林した場所や、かつて別荘地として開発された一帯――買い手がつかず現在は閉鎖されている――を除けば、おおかたが手つかずの原生林だ。十二分の一の地域を回るだけでもかなりの大仕事だった。みんな、がんばって。気をつけて。

このあいだ猿たちに襲われた、シビレタケが異常発生していた一帯は、まだ群れがとどまっている可能性があるから、野乃が担当することにした。相棒は、猿が襲ってきてもびくともしないラグビー部とか柔道部とかのごっつい子にしたかったのだが――

「くじじゃなくちゃだめですか」

「えー、一緒に行けないのぉ。帰ろうかな」

友だちやカップルで参加している子たちが、くじ引きでの組分けに不満の声をあげていたから、自分だけ相棒を指名するわけにはいかなくなった。

で、

「わーい、村岡先生といっしょだなんて、ラッキーですぅ」

来たのが、この子。ロングヘアに野球のヘルメット。あきらかにヘルメットとコーディネイトした、オーバーサイズのベースボールシャツ。

「よろしく。私、先生じゃないから、普通にさん付けしてね」

「はーい、村岡先生」

二年生の永瀬《ながせ》さん。文学部。生物学科の友だちに誘われてやってきた、県内に住んでいる子だ。持参してきたヘルメットは高校球児だった弟のものだそうで、小顔の彼女にはぶかぶかだ。

野乃は研究センターに常備はしているが、ほとんど使ったことのない林業用のヘルメットをかぶっている。ランバージャック風の角張ったつば付き。派手なオレンジ色なのは遭難した時に発見されやすいからしい。これもめったに着ないつなぎを身につけ、腰に巻いたベルトには、鞘付きの鉈《なた》を挿した。学生たちに緊張感を持ってもらうためにわざと本格的な格好をしたのだが、やりすぎたかもしれない。夏休み気分の軽装ばかりの学生たちの中では、完全に浮いている。

枝や下草の伐採用の鉈は、いざというときの武器だ。森の動物には愛情があるつもりだが、信用はしていない。

猿たちに襲われた翌日、置いてきた道具を取りに行った。

採集箱はあちこちに歯を立てられて穴が開き、ベルトは食いちぎられていた。サンザシの若木は、離れた場所に放り出され、途中で折れてしまっていた。レジャーシートやウインドブレーカーはどこかへ消え、スコップもどこを捜しても見当たらず、ヤマザクラのひこばえだけがぽつんと残されていた。

永瀬さんがぶかぶかのヘルメットを揺らして訊ねてくる。

「どこを調べればいいのでしょう」

学生たちには調査の内容と方法を記したペーパーと、それぞれの担当地域の地図を配っておいた。

ブナ類の実（どんぐり）、栗、くるみなどの木の実や、ヤマブドウ、アケビ、サルナシなどの野生の果実がどこにどのくらいあるのかを地図上にチェックし、写真撮影をする。

どんぐりは、ニホンザルも鹿も好んで食べる彼らの秋のごちそうだ。そろそろ茶色く色づきはじめる頃だが、いまの時期はまだほとんどが樹上にあって、植物にくわしい人間でないと見落としてしまう。

そのほか、秋に鹿が食する笹、シダ、落葉樹の葉などが、どこにどのくらい生えているかもチェックしてもらう。

夜黒森は広い。十二チームに分かれても、すべてを把握することは不可能だろうが、おおよそでも、野生動物たちのいま現在の食料事情がわかれば、彼らのこれからの行動も予測できると野乃は考えたのだ。

真室さんには今日の調査のことは伝えてあるが、センターの学生スタッフでは数が足りなくて、バイト代を払って人を集めたことはまだ話してはいなかった。

怒るかもしれないな。「その調査はうちの会社の事業に必要なのか？」とか言われそう。最近の真室さんは再び悩み多き経営者に戻ってしまっている。スーパーダイズに新しいスポンサーが見つかったのはいいが、実験農場でのプロジェクトにまた問題が発生したのだ。

有毒物質のアルカロイドを持つようになった大豆の個体α-1は、移植して、離れた薔薇園に隔離された。食害虫を故意に発生させる実験も中断している。それ以来、他の大豆からはアルカロイドが検出されることはなくなったのだが、

「大豆たちが嘘をつくようになった」と三井さんは嘆く。

食害されていないのに、SOS信号を発して、食害虫の天敵であるテントウムシやコマユバチを呼び寄せるようになったのだ。しかも、虫だけでなく鳥も呼ぶ。野鳥は夜盗虫の天敵のひとつなのだ。

野乃は大豆畑で襲ってきたカラスを思い出した。大豆たちがなぜそうしているのか、理由は不明だ。三井さんは「私たちの実験に対しての抗議活動かもしれない」と半ば本気で言っている。


センターからは遠い担当地域までは車で行き、森に入った。

ニホンザルに追われた亜高木の落葉樹林には、幸い彼らの姿はなかった。野乃は永瀬さんとともに木々を見上げて歩く。ブナ科の樹木を見つけてどんぐりの実を探すのが主な仕事だ。

「首が疲れますね」

双眼鏡を下ろし、うなじをもみほぐしながら永瀬さんが言う。

「うん」もっとも一般的などんぐりの木であるコナラの群生地だ。もうどのくらい見上げ続け

ているだろう。慣れているはずの野乃も首がつりそうだった。「永瀬さんは、下草をチェックしてくれればいいよ。鹿の食べるシダとか笹とか」

想像以上だった。

ブナ科の樹木の結実具合は、惨憺《さんたん》たるものだった。九月になればどんぐりの落下が始まってもおかしくないのだが、どの木の下にもまるで見あたらなかった。双眼鏡で樹上を観察しても、実がない。青い実すら見つけられなかった。

どんぐり以外の木の実、果実も似たようなものだ。紫色に輝きはじめるヤマブドウも、硬い核果を秘めたくるみの青い仮果《かか》も、一度も見かけなかった。

木の実や果実だけじゃない。

「村岡さん、笹って、タナバタのあの笹ですよね。どこにあるんですか」

「どこって……大きな落葉樹の下にはたいてい――」ない。

これからの季節、鹿の大切な食料となる笹もない。傾斜が緩やかな場所が多い夜黒森では、笹はごく一般的な下草だ。落葉樹の下には付属品のように笹藪がある。ふつうは。それなのに、ない。あっても、枯れかけている。北の森同様、夜黒森でも一斉に消滅しようとしているのだろうか。

キノコはごく普通に育っている。食べ尽くされたと思っていたシビレタケがまたにょこにょこ顔を出していた。

いつのまにこんなことになっていたのだろう。森林学が専門のくせに、まるで気づかなかった自分が情けない。今年の夏は研究農場にばかり出ていたせいだろうか。

でも、農場の仕事の合間に森へ足を運んでいたけれど、少し前まではこれほどではなかったと思う。果実類が少ないのはわかっていたが、笹はここまで減ってはいなかった。いつ笹の花が咲いたのだろう。小さな目立たない花だが、野乃なら気づけたはずだし、花期はふつう初夏だ。

二時間歩いて、まだどうにか枯れていない笹藪を見つけた。残り少ない笹だが、何が起きたのか、調べてみたかった。サンプルを持ち帰るために、根もとを掘って、鉈で地下茎を切断しようとしていると、かさかさと乾いた音を立てて藪が揺れた。

何かいる。

それが何なのかに先に気づいたのは、笹藪に半ば潜り込んで記録用の写真を撮っていた永瀬さんだった。

「わあ、かわいい」

藪の中を覗きこんで声をあげる。

ニホンザル？

いや、違う。笹藪から出てきたのは、四足歩行の小さな生き物だ。

丸い体に細い足。一匹じゃない。二匹、三匹……後ろから現れる頭にお尻を押されて次々と飛び出してくる。茶色い背中に白い縞《しま》模様。

「鹿の子どもですか」永瀬さんが笹を撮っていたスマホを動物に向けた。

「ちょっと待って」

うりんぼだ。イノシシの子ども。永瀬さんがよちよち歩きのうりんぼたちの前にしゃがみ込む。いまにも抱き上げそうな距離だ。行く手を阻まれたうりんぼがキィキィと鳴いた。

「近づいちゃだめ。離れて」

「え？」

「早く」

生後数か月だろううりんぼが、子どもだけでこんなところをうろうろしているわけがない。母親が近くにいる。

「こっちへ来て」

ふだんはおとなしい動物でも、自分の子どもに誰かが触れようとしたら、母親は恐ろしい野獣に変身してしまう。

五匹のうりんぼが出てきた笹藪が激しく揺れはじめた。

まずい。

「木登りは得意？」

永瀬さんの腕を取ってうりんぼから遠ざけながら訊いた。

「へ？」

「そこの木に登って」身軽そうな体つきだからだいじょうぶだろう。登りやすそうな木を譲る。

「二段目の枝まで」

「え、なんで？」

「急いで」

永瀬さんにむりやり枝をつかませて、二段目の枝にしがみつけるようにお尻を押す。そのと

たん、
笹藪が割れ、褐色の大きな塊が飛び出してきた。

イノシシだ。

野乃は真上に跳んで、頭上にあった枝に両手をかける。両足を振り子にして、逆上がりで体を枝の上に押し上げた。鉈が鞘から落ちてしまった。

イノシシは体に似合わず跳躍力がある。高さ一メートル半ぐらいじゃ、まだ危ない。背丈より高い枝にまたがって、両足を縮めた。

みしり。枝が不吉な音を立てた。

どどどどど。

すぐ真下を地響きを立てて母イノシシが通過していく。

その後ろをうりんぼたちがよちよちついていった。

「ふえ〜」すぐそこの枝にまたがった永瀬さんが、野球のヘルメットを両手で押さえて、卵の殻を頭に載せたままのひよこみたいに唇を菱形《ひしがた》にした。

「まだ、油断しないで」

母イノシシが戻ってきた。走り抜けた先が行き止まりだったのだろう。間近で見るイノシシは、昔、じいちゃんが仕留めた体重178キロとは比較にならないが、メスにしてはかなり大きい。100キロ近くありそうだ。

イノシシは視力が弱い。頭上の野乃たちに気づく様子もなく、母親を先頭にイノシシの親子がまた藪の中に消えた。ほどなくうりんぼたちの鳴き騒ぐ声が聞こえなくなった。

「オーケー、もうだいじょうぶ」

「ぴえん」永瀬さんが猫手にした両手を両目にあてがって泣きまねをする。案外肝の太い子だ。本当はたいして怖がっていないみたい。

「森って怖いですね」

いや、本来はそんなに怖い場所ではないのだけれど。

この森はいつのまにこんなサバイバル空間になったんだろう。

植物も動物も、人間には見えないタガが外れてしまっているかのようだ。


昼食を取りにいったんセンターへ戻る。

研究棟の前に白と緑、ツートーンカラーのＳＵＶが停まっていた。車から出てきたのは、警察官の夏服を思わせる長袖の白シャツと紺色のパンツの女性。長い黒髪。御園さんだ。車は森林管理署のパトロールカーだった。御園さんは大きなクーラーボックスを片手で軽々と差し上げて言った。

「おーい、差し入れだよ」

その声に群がった学生たちが歓声をあげる。アイスクリームだった。ここからは三十分以上かかる里のお店までいって、買ってきてくれたのだろう。

街から研究センターに来ると、飲み物や食べ物に不自由する。自動販売機は「コーヒーとお茶しかない」と評判が悪いのが一台だけ。食堂なんてもちろんない。今日も、事前に注意してたのに、食べ物や飲み物を用意してこなかった学生が何人もいた。

「がんばれ、若者たち。夏だけど、青春だ。じゃあね、村岡さん」

御園さんは、きちんとお礼を言う間もなく、パトロール車に乗り込んで去っていった。

「ひゃあ。かっこいい」

さっき野乃の気合いの入った格好を「わあ……なんか……すごい…かも」と歯切れ悪く褒めてくれた永瀬さんが、歯切れよく、瞳《ひとみ》の中に星をつくって見送っていた。確かに、あいかわらずかっこいい。女前だ。そうだ、森で何か危機が迫っても、だいじょうぶ。御園さんがいる。森ではほかの誰より頼りになる人だ。


午後から調査を再開した。一チームが担当する面積はおよそ250ヘクタールだ。たった一日で綿密な調査をするのは無理な相談で、みんなには「エリアを端から端までジグザグに歩いてくれればいいから」と言ってある。

日没前には十二チームが次々と帰ってきた。

よかった。全員無事だ。

「みんな、ありがとう」

イノシシを目撃したのは、野乃チームとその隣のエリア担当の二人だけだった。同じイノシシだと思う。「親子連れで歩いてましたが、注意されたように声をかけてません」

鹿を見かけたが、こちらの姿を見て逃げた、という報告が複数のチームからあったが、猿には誰も遭遇しなかったようだ。

いったいどこへ消えたのだろう。

「あ、でも、猿みたいなヒトは見ました」

一人がそう言うと、何人かが口を揃えた。

「私たちも見ました。崖《がけ》みたいなところをがんがん登ってた」

「俺が見た時には、森の中を歩いてたな。走るみたいに素早く。茶色い服を着てたから、最初はビッグフットかと思った。よく見ると、けっこう年寄りで」

「そう、おじいさんぽい」

口々にそう言う。森の中を走るように歩く老人。そんな元気なお年寄りは、元庭師の佐々木さんしか思い浮かばないが、一人が「白髪頭だった」と言うと、ほかの子たちも頷いた。「痩《や》せていて、けっこう背は高かった」じゃあ、まったくの別人だ。

最近、研究センターのスタッフたちのあいだで噂になっている「謎の野人」だ。

研究林の夜黒森に出入りするお年寄りというと、他には由井さんしか思い当たらないが、由井さんが「崖みたいなところをがんがん」登れるだろうか。

このあいだも研究センターに来ていた。真室さんがいないとわかって帰るところをすれ違っただけだが、あいかわらず背中が曲がっていたし、その日は杖はついていなかったけれど、悪いらしい足を引きずって歩いていた。意味のわからない独り言を呟きながら。

「きはじゅくした」

「ねだやせ」

14

子守唄《うた》がわりのアニメソングを何度もメドレーで歌って、ようやく一樹が眠ってくれた。

野乃はダイニングテーブルでパソコンを開く。

うん、来ている。

このあいだの植生調査の結果が送られてきたのだ。

授業の延長みたいで申しわけなかったけれど、各チームにひとりずつ割り振った植物学専攻の学生たちには、簡単なレポートをつくってもらった。

それぞれの担当エリアの、
①ブナ科の果実（どんぐり）の生育状況
②どんぐり以外の果実（ヤマブドウ・クルミ・アケビ・クリなど）の生育状況
③笹・シダ・カエデ属やコナラ属の葉の生育状況
④きのこ・食用野草類等の生育状況
などを記録し、ある程度の量の果実類が存在した場合、写真を撮り、渡した地図に①〜②を見つけた場を記すように依頼していた。

今日が提出の締め切りで、時間までは指定していなかったのだが、さすがうちの学生たち。午後九時すぎの時点で、もう十件のメールが届いていた。

昼間、センターにいるあいだにも見ようと思えば見られたのだが、マザーツリーを探すための、古文書の資料を読みこんだり、郷土史研究家に取材したメモを整理するのに忙しかった――いや、それは言いわけだ。結果を知るのが怖かったのだ。

調査を実施した日に口頭で訊ねたかぎりでも、「果実類はまるで見かけなかった」「秋の実りが異常に少なく感じた」という声が多かった。「どんぐりはちゃんと育っていた」「笹はけっこう見かけた」という声もあるにはあったのだが。

上から見ていこうか。まず、Kチーム。

調査するにあたって、夜黒森を十二のエリアに分けた。

扇形の要の位置、北の森に隣接した研究センターの北側一帯は「A」。センターの左右は「B」「C」。扇形の中央部分は、西から、「D」「E」「F」「G」。扇の底辺、裾野にあたる地域は、西から「H」「I」「J」「K」「L」。野乃と永瀬さんが担当したのはHエリアだ。

Kエリアの状況は、Hエリアと似たりよったりだった。①〜③までの欄には、『ほとんどなし』という文字だけが並んでいた。

けっしてサボっていたわけではない証拠に、レポートには写真がたっぷり添付されていた。どれも、コナラ、マテバシイ、クヌギ、シラカシといったどんぐりを実らせるブナ科の樹木の、この時期には顔を出しているはずの実が「どこにもない」という証拠写真だ。

地図のファイルを開いてみる。学生たちには、大学が作成した夜黒森の一万分の一の地図から、担当エリア部分を拡大したものを渡してあった。

地図はほぼ空白。点々とつけられた赤丸は、数が多すぎるだろうから、地図には記さなくていいと伝えていた、葉が鹿の食料となるカエデやコナラの所在地と、キノコの群生地ばかりだ。

④にだけは書き込みがあった。

『白い小さなキノコをたくさん見かけました。調べたかぎりでは、シビレタケと思われます』

続いて、Dエリア。夜黒森の中央西側、野乃たちのHエリアのすぐ北側だ。

ここもかんばしい報告はない。KやHに比べれば、多少ましという程度だ。このチームも他に報告すべきものがないせいか、きのこに関する記述があった。

『同じきのこをあちこちで見かけました。写真を添付してあります』

写っていたのは、またしてもシビレタケ。大豊作だ。

Jエリア。地図から先に見た。真っ白だった。

野乃はキーボードにため息を落とす。

やっぱりか。どんぐりは豊作と凶作の差が激しいと言われているが、それにしても、これほどとは。

結果がわかったところで、相手は自然だ。どうすればいいかはわからない。とりあえず、御園さんに報告することしか思いつかなかった。

どんな結果であれ、最後まで見なくては。

寝室へ行き、予想どおりタオルケットをはじき飛ばし、敷きぶとんからはみ出している一樹をふとんに戻して、タオルケットをかけなおす。キッチンで牛乳をチンしてホットミルクをつくり、束ねている髪にさらにヘアバンドを巻いて、パソコンの前へ戻った。

お、最後の一チーム、Bエリアからのレポートが届いていた。

そっちを先に開いてみる。

え。

かけていた太縁眼鏡を押し上げて、もう一度、モニターを見つめた。
①大豊作だと思います。どんぐり共和国！
②ヤマブドウがおいしそう。アケビって食べられるんですか。ムカゴも果実でしょうか。小さなキウイフルーツ？　も実ってました。
すごい量の写真が添付されている。葉からこぼれ落ちそうなドングリ。すでに林床に落ちているドングリ。ヤマブドウやアケビ。キウイフルーツというのは、形が似ているサルナシのことだった。そして、ここにもシビレタケ。

赤ペンでチェックが入っている地図も真っ赤だ。

なぜ、ここだけ？

全部、見てみよう。

Eエリア。不作ではあるが、K、D、Jよりはましだ。

Lエリア。凶作。地図は真っ白。

Cエリア。豊作。

場所によってまったく違う。どういうことだ。

条件が違う？　標高とか、日照とか、気温、湿度……

いや、いくら広いと言っても夜黒森は、最長で南北7キロ、東西9キロ、標高差200メートル。気候に違いが生じるほどじゃない。

まてよ。地図だけをプリントアウトしてみた。

渡した地図には、黒マジックでエリアを示す線を引いてある。はさみを持ってきて、それぞれのエリアを切り抜いた。

野乃が自分で書き込んだ地図も含めて、十二枚を夜黒森の地形どおりに、床に並べてみる。学生それぞれの個人的な評価だから、ばらつきはあるものの、扇形の裾野にあたるH、I、J、K、Lのエリアは、実りを示すチェックがまるでなく、ほとんど空白。扇の中ほどのD、E、F、Gは、H〜Lほどではない。とくに、中央部のEとFの北側に、豊作を示すチェックが集中している。

驚いたのは、A、B、Cだ。

地図には黒々と、あるいは真っ赤っかにチェックが入っている。担当した植物学科の学生が念を入れすぎたわけじゃない。添付された写真にも、A〜Cは、秋の森の実りと、実りの前兆がたっぷりと写っていた。森が「浅くて」フィールドワークにはあまり行かない一帯だから、まるで知らなかった。

こうして並べてみると、豊作なのは、研究センターに隣接するエリアばかりだ。床に並べた地図で言えば、前後左右を囲んでいる。

まるで研究センターを包囲するみたいに。

フローリングに広げた地図を野乃は呆然《ぼうぜん》と眺め、そしてようやく気づきはじめていた。本当はとっくにわかっていたのだが、信じられなくて、信じたくなくて、頭の隅に追いやっていた事々に。

そうか、つまり、そういうことなのか——

一樹の泣き声で我に返った。

寝室へ急ぐ。一樹はタオルケットを体に巻きつけて、枕に抱きついて泣いていた。

「どうしたの」

目は閉じたままだ。眠りながら唇を震わせて涙をこぼしていた。一歳を過ぎてからは、夜泣きはしなくなったのだけれど。悪い夢でも見たのだろうか。うなされて小さく声をあげているのだが、言葉を喋らないから、何を言っているのかは、もちろんわからない。

タオルケットが暑すぎるのかな。腰から下にだけかけて、背中をとんとんしながら、囁き声で子守唄がわりのアニメソングを歌う。そのうち眠りながらの嗚咽《おえつ》が、静かな寝息になった。

ふう。

一樹を後ろから抱きかかえるように添い寝をして、寝汗で湿った髪をそっと撫でる。小さな背中に野乃のおでこを押し当てたら、大人より温かい体温が伝わってきた。

このまま一緒に寝てしまおうか、そう考えたのだが、頭は冴えたままで、眠れそうもなかった。外は雨だ。昼からずっと降り続いている。野乃はナイトライトがともっているだけの薄闇の中で一樹を抱きしめ、永遠に続くような雨音を聞きながら、頭の中に芽生えた疑念について考え続ける。

何が起きたとしても、この子のことは守らなくては。逸郎が帰ってくるまでは一人でがんばらないと。家族をよく知らないまま森で生きてきた野乃にとって、家族は宝物だ。

ふいに、うなじの毛が見えない指でつままれた、ような気がした。

誰かに見られている時の感覚。ちょうど野乃が背中を向けている側には窓がある。誰かと言ったって、森の中の一軒家で、この窓は道側ではなく森に面している。樫の巨木がどんぐりを振りまいているからか、まるで老樫の衛兵みたいに大小の同じシラカシが家の周囲に林立しているのだ。しかも夜中。何者かが窓の向こうに立っているなんてありえない——

そう思うそばから、うなじが熱くなり、毛が逆立つ。

そのうちに、音が聞こえてきた。

こつん

　　　こつん

誰かが、窓を、叩いている！

まさか。樫の木立は窓のすぐ向こうまで迫っている。この家に住みはじめた時は芽吹いたばかりだった何本かの樫の若木が、伐《き》ってしまうのが忍びなくてほうっておいたら、この二年で野乃の背より高くなった。

その伸びた枝が、風に吹かれて窓ガラスに当たっているだけだ。そうに決まっている。今日は雨だけでなく、風も強いのだ。

こつん　　こつん

　　こつん

わかっているのに、振り返らずにはいられなかった。

窓にはレースのカーテンが引いてある。そのレース越しに木立のシルエットが浮かびあがっていた。ほっそりした樹影がざわざわと揺れているだけだ。

そうとも、誰もいるわけがない。辺りには私と一樹以外には誰もいない——

あらためてその事実に気づくと、背筋がうっすらと寒くなる。

ここには二人しかいない。

そして野乃は、もうひとつの事実に気づく。

自分と一樹以外にいないのは、人間にかぎっての話だ。ほかの生き物がいないわけじゃない。それどころかたくさん、いる。この家は植物という生き物に囲まれているのだ。

また、うなじの毛が逆立った。誰かが、こっそり、こっちを見ている——

植物には視覚などないと思われているが、じつは葉の表皮細胞をレンズがわりにして、映像を「見る」ことが可能だとする研究もある。いままでは半信半疑だったが、野乃はその説を信じる気になった。

風雨に揺れる樫が、人影に見えてきた。それがだんだんこっちへ近づいてくるように思えた。

葉が風に騒ぐ音が、囁き声に聞こえてくる。

チキユウニ　ミドリヲ　チキユウニ　ミドリヲ
ワレラガ　ミドリノ　ダイチ
ありえない。野乃は妄想を振り払うために立ち上がり、カーテンを引き開ける。

人の背丈ほどの若い樫たちが千手《せんじゅ》の腕のように枝を振り動かしている。梢を小さな頭のように揺らして。

木は木だ。ざわりざわり。たとえそうであっても、動けない生き物だ。恐れるなんてばかばかしい。ざわざわざわ。

ざわざわざわ
ざわざわざわざわざわざわ
あえてカーテンは開け放しておくつもりだったのだが、結局、すぐに閉ざした。

15

温室のＰＯフィルムの二重扉をくぐると、熱気と湿気が分厚いコートみたいに体にのしかかってくる。森に吹く風は日に日にひんやりとしているが、研究センターの温室の中は夏のままだ。昨日から雨が続いている外は肌寒くて、作業用のＴシャツを長袖《ながそで》にしたのだが、野乃は早くもそれを後悔した。

入ってすぐ目の前、緑の壁になっているのは、トマトの樹だ。グリーンプラネットが開発した高機能トマト。遺伝子組換えではなくゲノム編集で品種改良をして、本来のトマトをはるかにしのぐ機能をもたせたもの。

ゲノム編集は自然な遺伝子の変化を人為的に促す方法だ。グリーンプラネットでは、主に石嶺さんが担当している。ゲノム編集技術は日々進歩しているが、作業自体はローテクだ。発芽した小さな葉を切って培養液にひたす。培地で葉のかけらから育った細胞の芽を、別の培地に移して今度は根が生えるまでに育てる。石嶺さんが常に忙しくしていて、ここはブラック企業だと愚痴をこぼしているのは、そのためだ。

緑の壁は高さ三メートル。蔓状に成長するトマトを天井から下げたワイヤーで誘引しているのだ。天井まで達したら、ワイヤーを横にスライドさせて、樹をしならせる。それによってトマトを四、五メートルまで成長させ、収穫を続けることができる。

緑のあちこちでツリーのオーナメントのように赤いトマトが実っていた。七月から収穫が始まっていて、すでに実が終わっている株は撤収しつつあるが、初夏に定植したものは、これからが盛りだ。樹の先端近くの実はまだ青く、熟す時を待っている。

これらの高機能トマトは、すでに種や苗を種苗会社に販売していて、グリーンプラネットに収益をもたらしている。収穫した実自体は一般に販売するほどの量ではないから、研究のサンプルやデモンストレーション用に使われる。品種改良トマトよりはるかに機能性が高く、ひいきめでなく、おいしい。

トマトの列の向こう側では、メロンが栽培されている。

これもゲノム編集技術で品種改良された高機能メロンだ。今年から始まったばかりだが、保存性の高い作物を開発して、食品ロスの解消の一助にする――ようするに、いままでより日持ちのするメロンをつくる、その研究の最初の成果だ。

グリーンプラネットの研究開発の中ではどちらも地味ではあるが、会社を経済的に支えているのは、こうしたプロジェクトなのだ。

メロンもトマトと同じくワイヤー誘引法で栽培されている。吊るされた樹の下方には、もうソフトボールぐらいのサイズの実が育っている。近づいただけで甘い香りが鼻をくすぐった。

今日はネットかけをするつもりだった。ワイヤーで吊るしたメロンはトマトよりはるかに大きいから、そのまま成長させ続けると、重みで落下してしまう。だからネットの中に入れて、縦のワイヤーとは別の、横に渡したワイヤーに吊るす作業だ。

先客がいた。メロンの列の片隅に幅広の背中がうずくまっている。なんと真室さんだった。赤いネットでていねいにくるんだメロンを、いとおしそうに撫ぜていた。

「どうしたんですか。珍しい」

「おう、おはよう。植物学者だからね。ときどきはこうして植物に触れていないと、自分が日々何をしているのか忘れてしまう」

青いつなぎと長靴姿の真室さんが笑う。

「天変地異が起きなければいいけれど」

なんて憎まれ口を叩いてしまったが、似合わない社長業なんかより、こっちのほうが真室さんらしいと思う。野乃は学生時代の、真室研究室の初日を思い出していた。十年前だ。

教室に入るなり、真室教授は学生たちにこう言った。

「じゃあ、植物の観察に行こう」

生物学科のキャンパスは、研究センターからははるかに遠い鉄道駅の駅前だ。駅前といっても地方都市だから少し歩けば、雑木林があり、河原もある。実験や実習を期待していた学生たちからは、ひそかに困惑と不満のため息が漏れていた。それに気づいていたはずだけど、教授はおかまいなしだった。

「植物学を学ぶなら、木や草花を見て、触れて、匂いを嗅がなくちゃね。今日は天気もいいし」

野乃は嬉しかった。森の木々や野草が好き、それだけの理由で生物学科に入ったのだが、一、二年のあいだは本やパソコンとにらめっこしてばかりだったから。

研究室の誰よりも林の中を駆け回り、写真を撮りまくった。大きな木の根もとにスマホを向けていると、後ろから真室教授に声をかけられた。

「花が好きなんですか」

「あ、いえ、こっちです」

野乃が写真を撮っていたのは、野花ではなく、その隣のきのこだった。

「おいしそうだなって」

まだ白髪もなく、いまよりスリムだった真室さんは、若手教授らしい爽《さわ》やかさで笑った。

「これは食べられないよ。クサウラベニタケ。毒きのこだ」

「いいえ」当時すでに有名教授で、倍率も高かった真室研究室に、成績がいまひとつで面接もしどろもどろだった野乃がもぐりこめたのは、奇跡に近かった。ふつうなら話しかけられただけで萎縮《いしゅく》してしまうのだろうけれど、野乃はしっかり反論した。違うものは違う。「食べられます。祖父に誓って」

このきのこは、じいちゃんと採ってきてよく鍋に入れてたやつだ。毒きのこだったら野乃もじいちゃんも五回は死んでいる。野乃はスマホで検索をして、画像やデータときのこを比べた。真室さんも同じことをした。しばらくそうしてから、いきなり真室さんが頭をさげた。

「ごめんなさい。間違ってました。これはウラベニホテイシメジだ」

三年前、博士課程が終わっても大学や研究所に就職口がなかった野乃は、一般企業に就職しようとしていた。グリーンプラネットに誘われたのはそんな時だ。決まりかけていた一般企業の三分の二の給料だったのに、ふたつ返事でオーケーしたのは、好きな研究を続けたかったのがいちばんの理由だが、もうひとつ挙げるとすれば、誘ってくれたのが真室さんだったからだ。素直に謝れるのは美徳だと思う。そういう人は信用できる。世間には人に威張るのが大好きで、謝るのが嫌いなオジサンがやたらに多いから。

ネットをかけたメロンを吊るしている真室さんの横顔に言ってみた。

「真室さん、お話ししたいことがあるんです」

今朝は早く起きて——というかあまり眠れないまま——一樹をいつもより三十分早く保育園に送っていき、始業前に研究センターの北側の森へ行った。扇形の夜黒森の要の位置、このあいだの調査でいえばAエリア。

森へ入ったとたん、野乃を歓迎するように、あるいは嘲《あざけ》るように、どんぐりが降ってきた。雨みたいに。偶然とは思えない量だった。

やっぱり、おかしい。

多忙な真室さんと一対一で話す機会はそう多くない。野乃は森での調査の結果を話して、確信に変わりつつある自分の疑念を訴えた。

「植物たちが不穏な動きをしている？　物騒だな。農場や森で異変が続いているのは確かだけれど。我々の研究の成果が出はじめて、植物たちの知的活動がより活発になったっていう解釈ではだめか？」

「そんな甘いものじゃないと思うんです」

真室さんが十年前と変わらない素直さで頭をさげた。

「あ、すまん。ちゃかしたつもりはないんだけど。社長としては信じたくないから。でも、研究者としては、本当ならぜひ知ってみたい。じつは三井も似たようなことを言っているんだ。大豆たちが嘘をつくようになった。実験材料にされていることへの抗議活動じゃないかって」

真室さんが新しいメロンを手に取った。赤ん坊の頭ぐらいあるそれに話しかけるように言葉を続けた。

「石嶺にお願いして、もう一度、薔薇の声を聞いてみようか。いったい何を考えているのか。村岡の説だと、この一帯の植物は、同じ意識を共有しているんだろ」

「おそらくですが」

研究センターのローズたちは栽培室の中だけで暮らしているわけじゃない。自然光を浴びさせるために定期的に戸外に出しているから、ヤマザクラの若木だけでなく、森の木々や薔薇園の薔薇たち、研究農場の植物たちとも、空気で伝播《でんぱ》する揮発性物質を介して交信しているはずだ。

「ぜひ。やりましょう」

「うん、今日にでも石嶺サンにアポを取っておく。やんわりお願いしないと、最近あいつ、ブラックだの働き方改革だのってうるさいから」

「お願いします」

しばらく二人でネットかけや、育てない実を除去する〝摘果〟を続けた。摘果は、収穫する実を大きく育てるために、不要な実を除去する作業だ。野乃は小さく生まれたメロンの実を摘むたびに、赤ん坊の泣き声が聞こえる気がする。

いくつめかのメロンを吊るし終えた真室さんが突然、こう言った。

「ところで、村岡、由井さんの家は村岡ん家《ち》の近くじゃないか」

へ？

「いえ、近いというわけでも……」夜黒森のエリア内に住んでいる二軒だけの住民という意味では、間違ってはいないけれど。森のへりの東と西、このあいだの調査の区分けで言えば、野乃たちの家がLエリアだとしたら、由井さんの家はIあたり。直線距離でも五キロは離れている。

「由井さんがどうかしたんですか」

「なんだかしょっちゅうここへ来て、俺のことを捜しているみたいなんだけど、あいにくいつも不在にしててね」

あいにくと言いながら、困っているふうじゃない。困っているのは、頻繁に訪ねられることのほうなんだろう。

夜黒森の土地の大半は由井さんの所有物で、由井さんの「ボランティア精神による破格の安値」で借りている。地上権を持っているのは大学だが、この先はグリーンプラネットにも負担を求められることになりそうだという。破格の安値を維持してもらわなければ、研究林も研究センターも存続できなくなる。

「由井さん、研究に進展がないのが不満みたいなんだ」

「ああ」以前、野乃にも不満をぶつけてきたっけ。

「このあいだ新しい会社案内と高機能メロンの紹介パンフレットをつくっただろ。あれを届けて欲しいんだ。最近はこんなことをやってます。ちゃんとやってますから、ご心配なくっていう報告のために」

「ご自分で行かないんですか」

「ああ、ねえ。あいにく午後から来客があってね」

まだ午前十時だ。行きたくないらしい。

「ほら、俺が行くと長くなるから」

確かに。三か月ぐらい前にも、社長室にいるところを由井さんにつかまっていた。一時間以上根掘り葉掘り質問され、激励されたそうだ。「質問というより尋問。正確には激励じゃなく叱責《しっせき》だな」由井さんは『植物と会話をする』というグリーンプラネットの研究を気に入っているようではあるが、真室さんによれば、「何か誤解されているみたいでね。人間と会話をするのとは、いろいろな意味で違うということを、何度説明してもわかってもらえない」

「じゃあ、いまから行ってきます」

「そうしてくれるか」

「そういえば、このあいだの森の調査のバイト代なんですけれど」

「おお、なんの問題もないよ」

あれ、この前はちょっと渋い顔をしていたけれど。

「では、あとはよろしくお願いします」

自分のぶんのネットを真室さんに押しつける。

由井さんには野乃も会っておきたかった。聞いてみたいことがある。

「もしかして、森の中を歩いていらっしゃるのですか」

ＮＯと答えられたら、

「最近、この森に出入りされている方をご存じですか」由井さん似の、お元気な同年輩のご親類とか。

センターへ戻り、社長室に積まれているスポンサー獲得用の会社案内と、高機能メロンのパンフレットをピックアップする。駐車場に停めた軽のワゴンに乗り込んで、出発した。

昨日からの雨はまだ降り続いていた。

ぶ──ん
羽音がうるさくてたまらない。頭の中に虫が飛んでいるのだ。
ぶ──ん　ぶぅ──ん
頭蓋《ずがい》骨と脳の隙間を飛び回っていたかと思うと、そのうち脳味噌の皺《しわ》のあいだを這いずりはじめた。
気のせいなどではないことは、皮膚の内側の痒《かゆ》みでわかる。酷い痒みだ。虫は一匹や二匹ではなさそうだ。かきむしっても、いかんせん頭の中だから、まさに隔靴《かっか》掻痒《そうよう》。お手あげだ。
羽蟻《はあり》に違いない。耳の穴から入りこんだのだろう。郁美の木に集《たか》るいまいましい虫だ。殺しても殺しても蟻はやってくる。毎日、郁美の木を蟻と奪い合っているようなものだった。

気にしはじめると、よけいにうるさい。痒みも酷くなる。気に病まないことにして、新聞を手に座卓へ戻る。すっかり冷めてしまった湯呑み茶碗《ぢゃわん》を手に取ると、ここにもか。茶柱のように蟻が浮いていた。

湯呑みを押しやって、新聞を開く。世間のことなどまるで関心はないのだが、毎日の習慣だ。記事を読みはじめたとたん、縦書き文字が歪《ゆが》み、隊列を組んで紙面の隅に移動しはじめた。蟻だ。文字に化けていたのだ。紙面のあちらこちらで文字に擬態していた蟻たちが蠢きはじめた。列をなして移動するもの。一文字だけが迷走しているもの。一匹ずつ指で潰してみるが、きりがない。新聞を丸めて放り出した。

ぶうぅ――ん
羽虫の音はしだいに大きくなっていく。そして、それがじつは羽音ではなく意味を持つ言葉であることに、由井は気づいた。

頭の中で、誰かがこう言っている。


機は熟した。

根絶やせ。

ぶ――ん、ぶうぅ――ん

由井はその言葉に応えるように首をこくこくと何度か頷かせ、おもむろに立ち上がる。

そのとたん、全身に痛みが走り、呻き声をあげてうずくまった。もう何年も思うにまかせない体だが、最近いちだんと悪化した。たいして出歩いてもいないのに、山道を何時間も歩いたような疲労感と筋肉痛が治まらない。関節も酷く痛む。そして体のあちこちに身に覚えのないアザやすり傷、切り傷が絶えない。

呼吸を整え、喘ぎながら、なんとかもう一度立ち上がり、振り返る。

背後には仏壇がある。郁美が亡くなったあとに新調した、本黒檀《こくたん》の仏壇だ。郁美の顔、上半身、全身、それぞれが写った三つの写真立てを飾ってある。

仏壇下の収納棚から、医療用の四角いステンレス皿を引っ張り出した。皿を持って痛む膝をだましだまし台所へ行き、水を満たして戻った。ステンレス皿には砥石《といし》が入っている。

簞笥《たんす》の引き出しを開けて、革製の四角いケースを取り出す。

ナイフのディスプレイケースだ。中には五種類のナイフが入っている。

そのうちのひとつ、いちばん気に入っているアウトドアナイフを手に取り、牛革の鞘から十四センチの刃を抜き出して、砥石で研ぐ。

砥石は位牌《いはい》のようなカタチと大きさをしている。切れ味を最上にするための、いちばん目の細かい仕上げ用だ。

指先に力をこめると、指の関節のひとつひとつに痛みが走る。年は取りたくない。どこで傷つけたのか指の腹も傷だらけだった。まるで崖にでも登ってきたようなありさまだ。とはいえナイフは毎日のように研いでいるから、手は勝手に動いた。誰かが自分に見えない手を添えて一緒に動かしてくれているように。もしかしたら、郁美の手かもしれない。

台所からいい匂いが漂ってきた。甘辛い醬油《しょうゆ》の香り。

筑前煮《ちくぜんに》の匂いだ。

筑前煮は由井の好物で、郁美の得意料理だった。いつのまにつくったのだっけ。昨日の宅配弁当の残りを火にかけたか？　記憶にない。ああ、そうか。なんだ。郁美が帰ってきたのだ。

私の好きなちくわ入りだな。練り物が焦げる匂いが漂ってくる。料理の味が気に食わなくて、こんなものしかできないのかと、なにかというと郁美の料理に難くせをつけた。ひと口も食わないまま箸《はし》を放り投げ、行きつけの店に一人で出かけてしまったことも一度や二度じゃなかった。だからいつのまにか郁美は、私が文句を言わない刺身や筑前煮ばかり食卓に出すようになった。

申しわけないことをした。もうあんなことは二度とすまい。たぶん自分に苛立《いらだ》っていたのだ。怒っていたのは郁美の料理ではなく、自分への心ない声にだ。「親の土地を食いつぶす馬鹿息子」「いいご身分だな。遊んで暮らせて」「また事業に失敗したぞ。なにひとつまともにできないやつだ」

ぶぅーん
ぶうぅ――――ん
想念から覚めた由井は、ここ数年で真っ白になってしまった髪をかきむしる。

はて、何をしていたのだっけ。目の前にステンレス皿がある。

そうそう、ナイフを研いでいたのだ。

しばらく黙々とナイフの刃先を尖らせ続けた。

このくらいにしておくか。

どれ、切れ味はいかに。

ひとさし指の腹に刃をあてがってみた。軽く押し当てただけで、力をこめたわけでもないのに、赤い筋ができ、溢れ出た血が玉になった。

ふむ。由井は満足げにひとさし指の血を舐める。

郁美の声が聞こえた。鍋が煮える音かと錯覚するような静かな呟き声だった。

「赤い血。生き血。うらやましい」

悲しげな声だった。そうか、いまの郁美の血は琥珀色の樹液だからな。由井は台所に向かって声を張る。

「郁美、待っていてくれ。もう少しなんだ」

くつくつくつ。ことことこと。あるいは筑前煮が煮える音だったのかもしれないが、由井にはこう言っているように聞こえた。

「わたしを生き返らせたければ、誰かを殺して」

おう。わかった。もっと研いでおこう。万が一にも失敗しないように。

そうとも、我らが大地を汚す愚か者どもは駆除しなければならない。片端から。

台所から漂ってくる懐かしい筑前煮の匂いを嗅ぎながら、由井は一心不乱にナイフを研ぎ続ける。

雨がようやく小降りになった。道の両側の木立も、洗い立ての洗濯物みたいに艶々と輝いている。野乃の赤色のワゴンは、葉叢《はむら》の中のテントウムシみたいに山道を駆け下りる。

お、虹だ。なにかいいことがありそうな予感。虹のたもとに向かって野乃は車を走らせる。

由井さんの家は、グリーンプラネットに通ういつもの道から脇道へ入った先、少し坂を登ったところにある。訪れるのは、ほんとうにひさしぶりだ。

最初にお邪魔したのは、五年前。博士課程の大学院生だった野乃が、当時はまだ大学の研究所だったセンターと夜黒森に出入りするようになった頃だ。真室さんに連れられて挨拶に行った。

「森の研究をしている村岡と申します。夜黒森をいろいろ調べさせてください」

森の研究という言葉に、興味を持ってくれたようで、由井さんは野乃の研究内容についてあれこれ質問し、森の歴史について話を聞かせてくれた。夜黒森にはかつて平家《へいけ》の落人《おちゅうど》村があり、由井さんはその末裔《まつえい》なのだそうだ。

「だからあの森にはいまも一族の怨念《おんねん》が漂い、染みついているのだよ」

「ほんとですか。ちょっと怖いです」

「それなのに夜黒森はゲンジボタルの棲息地として有名なんですよ」

もう何百回も使いまわしたジョークなんだろう。すっかりいい慣れた口調でそう言って自分の言葉に笑っていた。

「マザーツリーを探してみたいんです」野乃がマザーツリーについて説明し、森でいちばん古くからある樹木がその可能性が高い、という話をしたら、由井さんはこう答えた。

「とんでもなく古い木はそう多くはないかもしれない。三百数十年前に獅頭山が噴火して、夜黒森の大半が溶岩に呑み込まれてしまったからね」

あれ？　落人村の話はどうなったんだ？　と思ったら続きがあった。「ただし裾野や他の場所より小高くなっている東西の端は被害を免れた。だから、本当に樹齢の長い樹木は、夜黒森の南の裾や東西の端のほうにあるんじゃないかな」

南の裾。扇形のへりの部分だ。裾ではないが、ヤマザクラの老木は確かに夜黒森の西側の緩斜面の上にある。

正確な樹齢は大きさだけではわからない。樹高や胸高直径がどのくらい成長するかは、樹木の種類や生育環境によって違うから。成長錐《すい》という器具を使って樹木に穴を開け、細くくりぬいて年輪を調べるという方法もあるにはあるのだが、直径二メートルを超えるような樹木からは完全なサンプルが採取できないし、そもそも樹木を傷つけたくはない。

だから樹齢はどうしても推定、あるいは正しいかどうかわからない昔の文献頼りになったりしてしまう。このところの野乃のマザーツリー探しは、森の中より、図書館や資料館で古い書物を漁《あさ》ったり、郷土史家の家にお邪魔して話を聞いたりする、民俗学みたいな活動が多かった。

この時の由井さんの髪はまだ半白ぐらいで、背筋もしゃんとしていて、奥さんもいらした。奥さんは物静かで品のよさそうな方だった。昔のお嬢さまがそのまま年を取った感じ。

その次に訪れたのは、グリーンプラネットに就職した年だ。森に立ち寄ることがいままで以上に多くなるだろうから、改めて挨拶に行ったのだ。夜だったのに、ドアチャイムを鳴らしても応えはなかった。車は停まっていたし、明かりはついていたから、居留守を使われたのだと思う。真室さんに報告したら、「奥さんを亡くされて人が変わってしまったんだよ」と言っていた。もともと人づきあいのいい人ではなかったようだが、いまでは誰とも交流がないらしい。グリーンプラネットにちょくちょく顔を出すのは、そのためじゃないか、そんな話もその時に聞いた。

最後は一昨年、逸郎とここに家を借りた時。由井さんは夜黒森に別荘をつくり、売り出そうとしたが、うまくいかなかったらしい。野乃たちが借りたのは、そんなかつては別荘だった一軒だ。

引っ越しの挨拶に行ったら、由井さんは玄関の戸をほんの十センチぐらいしか開けずに、顔を半分だけ出して、逸郎の自己紹介と野乃たちの挨拶をおざなりに聞いていた。「はいはい、もういいですか」挨拶の品は受け取ってくれなかった。めったに他人を悪く言わない逸郎が帰り道でぼやいていた。

「ハンミョウの幼虫だな」

「なにそれ」

「穴の中からけっして出ない。エサも体を穴から半分だけ出して取れる小さな虫しか食べない。誰にも穴の外に引きずりだされないように、背中に穴にひっかける鉤《かぎ》がついてるんだ」

グリーンプラネットを訪ねてくる時には、気さくな人に思えるのだけど。私生活には立ち入られたくないタイプなのだろう。

同じ森に住む住民で、間接的にだけど大家さんでもあるわけだから、一人暮らしの由井さんのことを気にかけておかなければ。たまには手料理でも持って訪ねよう、なんて殊勝に考えていたのだけれど、やめることにした。本人も望んではいないだろう。そういうわけで研究センターで顔を合わせれば、話はするが、「近所」の由井さんとはそれ以外では関わりを持っていない。

えーと、ここだったよな。

標識も看板もない道だ。由井さんの家に続く道は、入り口が木立にまぎれてしまっていて、たいていの人はそこに脇道があることにも気づかない。

野乃は入り口の左手、門番みたいに立っているムクノキを目印にしていた。周辺の木々の中ではひときわ大きく、秋になると黄葉し、黒紫色の実がたっぷりなって、鳥たちが集まる。実を鳥に食べられるのは植物にとっては良いこと。計算ずくだ。実の中の種子は鳥に消化されず、遠くまで運ばれ、糞とともに排出される。遺伝子の拡散には最適な手段になる。

ムクノキの手前を曲がって、坂を登っていく。ここから先は鋪装《ほそう》されていないでこぼこ道だ。頭上には木々の梢が張り出して、雨の名残の雫《しずく》を落としてくる。

道の両側に迫っていた樹木が途切れ、道が平坦になった。

右手には神社がある。神社といっても人の背丈ほどの鳥居と、百葉箱《ひゃくようばこ》と大差ないような社《やしろ》だけの無人神社だ。由井一族が私祭神祠《しんし》として守り続けてきたのだ、と初めて家を訪ねた時に由井さんから聞いた。かつてはこの辺りに集落があり、無人ながら地域の人々に祀《まつ》られる存在だったのだが、由井家を除いて誰もが土地を離れてしまったいまは、由井さんももてあましているようだった。「たまに掃除はするけれど、拝みはしないね」

左手が由井さんの住まいだ。低い石垣があるだけで塀らしい塀はない。かつては農家だっただけあって、敷地は広く、大型農機具が何台も入っていたのだろう大きな納屋と二階建ての高さの土蔵がある。

でも、その広い前庭には一面に草が生い茂っていた。葉に宿った雨露があちこちで光っている。奥のほうには人の背丈ほどあるススキやセイタカアワダチソウが伸び放題になっていた。母屋は和風の平屋だから、半分埋もれてしまったように見える。

一昨年に来た時も、逸郎が「ほんとうに人が住んでるの？」と言うほど殺伐としていたが、さらに荒れ果てていた。石垣の近くに停めてある型の古いセダンは、もう長く乗っていないのだろう。埃と鳥の糞まみれで、不法投棄された廃車にしか見えなかった。

由井さんが出入りする時に使っているらしい踏み分け道を辿《たど》って玄関まで歩いた。お寺みたいに重厚な瓦《かわら》屋根の上では、カラスが旋回していた。まるで野乃を監視するみたいに。

初めて来た時に気づいた。由井さんの和風の家は、シンプルに見えるが、そのじつ素材や意匠に凝っていて、小さなところにもお金がかかっていることに。お金持ちなんだな、と感心した覚えがある。でも、ひさしぶりに見る由井邸は見る影もなく、壁がくすみ、ひび割れていた。外壁は蔓草に覆われ、屋根瓦の隙間には草が生えていた。まるで廃屋だった。勝手口らしき場所の前には、ゴミ袋が山積みになっている。

千本格子というのだっけ、京都の町家みたいな目が細かくて縦長の引き戸の前に立ち、ドアチャイムを押す。

出ない。

お年寄りだから、玄関に立つのに時間がかかるのかも。たっぷり間を置いて、もう一度。

やっぱり出ない。

チャイムが壊れているのか。もしくは——居るのに出ない？　以前居留守を使われたことを思い出して、戸を叩いて、声をあげた。逸郎と挨拶に来た時もこうしたら、戸を開けてくれたのだ。十センチだけ。

「由井さーん、いらっしゃいますか——」

やはり返事はない。ほんとうに留守かもしれない。まさか噂どおり、森を走り回っている？

出直そうか、と踵《きびす》を返しかけた時、お勝手らしき場所の換気口から煙が出ていることに気づいた。近寄って耳を澄ますと、換気扇が回る音もする。

玄関に戻って引き戸に手をかけた。お、開いてる。

田舎では、戸締りをしない家はけっこう多い。何度か野菜をもらいに行ったすみ子さん家《ち》もそう。じいちゃんの家なんか、もともと鍵《かぎ》が壊れていた。だから、田舎流に勝手に引き開けて、中へ声をかけた。

「すみませーん、いらっしゃいますかー」

由井さんが少し耳が遠いことを思い出して、声を張る。

「由井さーん、グリーンプラネットの村岡です」

頭だけ戸のむこうに突き出した。その瞬間に息を呑んだ。

焦げ臭い。

臭いは上がり框《かまち》の左手からだ。換気口から煙が出ていた、おそらく台所がある方向。野乃の頭の中に十五年前の光景がよぎった。

中学三年生の時だ。片道一時間かかる学校から帰ると、台所でじいちゃんが寝ていた。「どうしたの、こんなところで寝てると風邪ひくよ」

寝ていると思ったのは、いびきをかいていたからだ。だけど、揺すっても起きない。そもそも行儀にはうるさいじいちゃんが、台所の床にうつぶせで寝るわけがない。片手におたまを握ったまま。作業台では野乃の好きなしし鍋がつくりかけになっていた。野乃は買ったばかりの初めてのスマホを取り出して、生まれて初めて１１９に電話をした。

「お邪魔します」

余計なおせっかいだが、もしものことを考えると、このまま立ち去るわけにはいかなかった。

家に上がり、幅広の長い廊下を左に歩く。

廊下の奥がけむっていた。突き当たりの左手だ。そちらへ走る。

やっぱり台所だ。

野乃が一樹と寝ている六畳間よりずっと広い。

コンロの上に鍋が置かれ、火がかけられたままになっている。あわてて消した。広い台所に煙が充満していた。由井さんが倒れていないか、ダイニングテーブルの下まで覗いてみた。

呟きこみながら、勝手口のドアを開けて煙を追い払う。煙をあげ続けている鍋を持ち上げた。あちちち。取っ手がおそろしく熱くて、放りこむように流しに移した。

鍋の中身はもともとなんだったのだろう。味噌汁か煮物か、汁けがとっくになくなり、具が黒焦げになっていた。もう少し遅ければ、火事になっていたかもしれない。

シンクには洗っていない食器が積み重なっていた。民芸家具と思われる豪華なダイニングテーブルの上には、宅配のお弁当の空パッケージがいくつも置きっぱなしになっている。

由井さんはどこだ？

「由井さーん」

どこかで倒れているんじゃないだろうか。無事でいてくれればいいけれど。

流し台の反対側には引き違いのガラス戸がある。嵌《は》まっているのは飾りガラスで、向こう側は見通せないが、戸の向こうは、たぶん昔一度だけ入ったことのあるリビングだ。

ノックをしてから、開けた。

十畳ほどの畳の間。リビングというよりお茶の間だ。

くしゃくしゃになった新聞紙が放り出されている。何に使うものなのか、座卓の上にステンレス製の調理用バットみたいなものが置かれていた。かたわらには湯吞み茶碗。触ってみたら、すっかり冷めていた。

「由井さーん、どこですかー」

廊下に出て、いく部屋もある和室の襖《ふすま》を開ける。トイレや浴室のドアをノックしてみた。返事がないから開けてしまったけれど、由井さんの姿はどこにもなかった。

長い廊下の、台所やリビングとは反対側の突き当たりにも戸がある。ここは襖ではなく木製の引き戸だ。上の方にだけ曇りガラスが嵌まっていた。ガラスの向こう側に、ちょうど大人の男性の背丈ぐらいの影が見えた気がした。あそこ？

曇りガラスのシルエットに向かって言ってみた。

「グリーンプラネットの村岡です。鍋が火にかけっぱなしだったので、勝手に中に入らせてもらいました。すみません。ご無事ですか」

返事はない。

「開けますよー」

ゆっくり引き開ける。

戸の向こうに由井さんが立っていた、わけではなかった。物置として使われている場所らしい。昔は土間だったのか床はコンクリートになっていて、奥に外へ通じるもうひとつの扉がある。あちこちに古い農具が置かれていた。天井からはカラスよけの目玉風船がいくつも下がっている。人の影に見えたのは、立てかけてあった案山子《かかし》だ。

どこにもいない。鍋に火をかけたのを忘れてどこかへ出かけてしまったのかもしれない。でも、どこへ。

そうだ。案山子がまだ残っているということは、どこかに田んぼか畑があるのだろう。そういえば、五年前に訪れた時には、菜園に案内された。この家のすぐ上の高台だ。「お遊びみたいなもの」由井さんはそう言っていたが、都会だったら建売住宅が何軒も建ちそうな敷地に、畝がつくられ、マルチシートが張られ、トマトやキュウリのための支柱が立てられていた。そしてその場で奥さんが、もぎたてのキュウリを手渡してくれたのだ。「どうぞ、食べてみて」

由井邸を出て、記憶をたどって裏手に回る。草や低木が生い茂る斜面に石段が延びていた。そう、この上だ。

石段は雨に濡《ぬ》れている。滑らないようにゆっくり登った。ここは昔のままだ。苔《こけ》むしているわけでも、落ち葉が積もっているわけでもなかった。菜園の作物は、いまの季節なら、秋ナスやダイコンやニンジンかな。

三十段ぐらい登って、高台に辿りついた。

そのとたん、

カア　カア　カア　カア

頭の上でカラスが鳴いた。まるで侵入者、侵入者、と誰かに告げ口をしているように。やっぱり、私、カラスにつけ狙われてる？　思わず身構えたが、カラスは野乃の真上で輪を描いてから、高台の先の森の中に消えた。

空を見上げていた視線を戻して、驚いた。

あれ？　何もない。

菜園はどこにもなく、ここも草が生え放題になっていた。由井さんの姿もなかった。

敷地の奥に木が一本だけ立っている。

そして、石段からその木までのあいだだけきれいに草が除かれて、小さな道がつくられていた。野乃はその一本道に導かれるように、奥に立つ木に近づく。

樹高二メートル半ほどの若い木だ。一本立ちの幹もまだ細い。葉は羽状複葉。つまり小さな細長い葉が葉軸の左右に並んだ、鳥の羽みたいな形をしている。

アカシアか。似ているが北の森で蜜源として育てられているニセアカシアとは別種だ。花が終わってまだ日が浅いようで、花殻が茶色に枯れ残っている。夏場に咲くってことは、四季咲きのアカシアだ。珍しい。

幹には、びっしりと蟻がたかっていた。よく見るとあちこちの枝にも。

アカシアは花外蜜腺と呼ばれる器官を持っていて、花だけでなく、葉や枝からも蜜を出す。蟻たちはその樹蜜に誘われているのかもしれない。

アカシアは蟻と共生関係を結ぶことで有名だ。なかでもアリアカシアと呼ばれる種（アカシア属とは別の属だとする研究者も多いが）は、花外蜜腺から甘くて栄養のある蜜を蟻たちに提供するだけでなく、樹の一部に空洞をつくり、そこに蟻を住まわせたりもする。そのかわりに蟻たちはアカシアの周囲を常にパトロールし、近づこうとする他の昆虫や、時には大型の動物にまで攻撃をしかけて、木を守ろうとするのだ。

アリアカシアの蟻たちは、動物や昆虫だけでなく、植物も排除する。アカシアの木に巻きつこうとする蔓は切断され、木の周囲数メートルに棲息する草木はさんざんに食いちぎられてしまう。

蟻たちは、なぜそこまでしてアカシアを守ろうとするのか――それは、アカシアの巧妙な戦略があるからだ。

アカシアの蜜にはキチナーゼという酵素が含まれている。この酵素には、蟻のエサになる他の樹液に含まれている「ショ糖」を体内で消化できなくする作用がある。つまりアカシアは蟻を、アカシア以外の蜜を受けつけない体にしてしまうのだ。

蟻たちを自らの蜜の依存症にして、共生というより奴隷として使役する。まるで、ドラッグ漬けにしていいなりにさせる——映画やドラマに出てくる悪の組織みたいだ。

アリアカシアの棲息地は中米やアフリカだから、もちろんこの四季咲きアカシアにはそこまでの力はない、はずだけれど。

アカシアの周囲には草ひとつ生えていない。蟻のしわざではなく、由井さんがこまめに草むしりをしているのだと思う。除草は徹底していて、小さな芽すらなく、土だけの地面がきれいにならされていた。そして、草が除かれた範囲はやけに規則的だ。

木の周囲にぐるりと直径一メートルぐらいの円がつくられている。その円から手前に長方形に草が取り除かれていた。鍵穴形というか、前方後円墳形というか、たまたまそうなったというより、何かの儀式ででもあるかのような形だ。

長方形は幅五十センチ、長さは人の背丈ぐらい。なんだか棺《ひつぎ》みたいだった。

アカシアの木は少し斜めにかしいでいる。根が浮き上がってしまっているからだろう。細かく枝分かれしてからみあう血管みたいな根が、地表に露出しているのだ。何か硬いものが地中に潜んでいて、根の伸長を妨げているのかもしれない。そして、根もとの手前側だけ土が陥没していた。何かの目的でそこだけ穴を掘ったのか、昨日からの雨で陥没してしまったのか。

そんなことより、由井さんを捜さねば。もしかしたら外出から戻っているかも。石段に引き返そうとしたら、背後に気配を感じた。昨日の夜と同じような、誰かが背後にいる感覚。

思わず振り返る。

アカシアの木が立っているだけだ。

どうも、最近の私は、神経過敏になってしまっているな。気にしはじめると、何もいないのに、何かがいるように思える。誰もいないのに、誰かに見られているように感じてしまう。幽霊の正体見たり枯れ尾花、だ。

よし、いまは由井さんを捜すこと。集中集中。ずっと抱えていた、パンフレットの入った封筒のしわを伸ばしている時に、アカシアの根もとに目が釘《くぎ》づけになった。

あれはなに？

へこんでしまった地面から、白い陶器のようなものが覗いている。

近寄って、アカシアの下にしゃがみこむ。

うなじを冷たい手で撫ぜられた気がした。

楕円に陥没した場所から、二つの空洞がこっちを睨んでいた。それが何かは、野乃の知るかぎりひとつしかない。

確かめるのが怖かったが、確かめずにはいられなかった。封筒をトートバッグにしまい、手を伸ばして、雨で泥と化した土を掻き分ける。

想像したとおりのものが顔を覗かせた。

実物は見たことがなくても、生物学の人間には見慣れたもの。

アカシアの根もとに埋まっていたのは、白骨。

頭蓋骨だ。

ぶうーん　ぶぅ――ん
頭の中の羽蟻がまた騒ぎだした。

体中が軋《きし》んでいる。全身がばらばらになりそうだった。歩くたび、腕を動かすたびに関節が悲鳴をあげた。

はて、ここはどこだろう。

今朝は郁美のつくった筑前煮を食い、そのあと郁美の木へ行き、土が柔らかくなっていたから、ひさしぶりに顔を合わせた。そのあとは――忘れた。

どこをどう歩いたものか、身につけたジャケットもスラックスも泥だらけだった。あちこちに草や葉がこびりついている。すぐそこに、三階建ての四角い建物が立っていた。

ぶう――んぶぅーんぶんぶぅーん
羽音はいつしか郁美の囁き声になった。

「嬉しい。やっと私の言うことを聞いてくれるのね」

そうだった。ここは、奴らの根城だ。

目の前にアーチがあり、蔓薔薇が這っている。そこをくぐると敷地の左右に、さまざまな種類の薔薇が並んでいる。背丈より高い薔薇を見上げると、あちこちに邪悪な虫どもが葉を蝕んでいた。奴らが故意に虫を呼び、薔薇たちを苦しめていることは知っている。

なんと酷《むご》いことを。自分たちの都合で劣悪な環境に連れてきて、拷問に等しい行為をくり返す。自分が同じことをされた時のことを考えてみよ。人間は自分や自分たち以外の命など眼中にないのだ。愛《め》でたり慈《いつく》しむふりをするのは、結局自分たちの満足のため。利用することしか考えていない。

怒りで頭の中が真っ白になった。

ぶぅーんぶぅーんぶんぶんぶんぶんぶん

隣を歩く郁美が耳もとで囁く。

「早く我らの大地を取り返さねば」

おうとも。郁美。もうお前を泣かすようなことはしない。

何度も足を運んだ場所だ。入り口がどこかはわかっている——どこだっけ。ああ、あそこだ。建物の大きさの割りには入り口は小さい。下駄箱は外にあり、そこで靴を脱ぐのだっけ。そこで、自分が靴を片方しか履いていないことに気づいた。残った靴も泥まみれだ。さて、どこに置いてきたものか。

片方だけの靴を脱ごうとして、今度は左手のひとさし指があらぬ方向に曲がっていることに気づく。手の甲の側に直角に曲がっていた。どこで折れたのだろう。痛みがないからまるでわからなかった。

受付らしきものがないことは先刻承知だ。入ったら左手にある事務室の中に声をかけるのだ。だが、何と言えばいい?

訊ねても、郁美は何も答えてくれなかったから、とりあえず、いつもの言葉を口にする。

「真室先生はいますかね」

手前にいた女が立ち上がった。こちらを見て顔を曇らせる。

「あのぉ……だいじょうぶ、ですか」

だいじょうぶ？　何がだ。女の視線は右頬に向けられている。触れてみた。ぬるりとした感触。触った指が血に染まっていた。

「ああ、だいじょうぶ。ちょっと、転んだだけだから。真室さんに会わせてくれ」

「お約束でしょうか」

約束？　亡骸《なきがら》の上にアカシアの木を植えた時の郁美との約束か？　森を大学に貸した時の約束？　それとも幾億年も前の、人間と枝分かれした時の約束か？

「うん、真室さんに聞けばわかる」

そう言うと、訝しそうに眉をひそめた。不愉快な女だ。内ポケットに手をあてがい、あれが入っていることを確認する。まず、このニンゲンからか？　いやまだ早い。

「たぶんいまは温室にいると思います。お呼びしましょうか」

温室。この建物の脇にあるビニールハウスのことか。鉄骨で組み上げた、農家でもないのに大きくて本格的なビニールハウスだ。

「いやいい。こっちから行く」

由井は片方だけの靴を履いて、温室に向かう。一歩歩くたびに体のあちこちが酷く痛んだが、全身には不思議と力が漲《みなぎ》っている。若い時のように。郁美と見合いをした頃のように。

ぶーんぶーんぶんぶんぶんぶん
機は熟した。

根絶やせ。

早く殺して。我らが緑の大地を取り戻すために。

由井は、歩きながらまた、内ポケットのアウトドアナイフの感触を確かめた。


恐ろしいのに、野乃の手は止まらない。爪の中まで泥まみれになるのもかまわず、ぬかるんだ土を掻き分け続けた。

見間違いではなかった。土が詰まった二つの空洞は目だ。その下の逆さのハート形は鼻腔。

真っ白になった頭の中で野乃は懸命に考える。

なぜこんなところに頭蓋骨があるの？

誰の骨？

どうしよう。

警察に連絡する？

その前に由井さん本人に話を聞いたほうがいいのか。

「ここは昔々、落人村の墓地があったところなんですよ」そんな話を。

いや、土をぬぐった骨は陶磁器のように白い。まさに白骨。本物の骨を見慣れているわけではないが、そう古いものとは思えなかった。

「趣味で購入した骨格標本でして。始末に困って埋めてしまったんです」

ありえない。普通に考えれば、答えはひとつだ。

頭の中に禍々しい言葉が浮かんでくる。

死体遺棄。死体損壊。証拠隠滅。殺人。

やっぱり警察だ。

スマホは車の中に置いたままだ。野乃は石段を駆け下りる。いまにも由井さんが出てくる気がして、母屋の裏手も全力疾走で走り抜けた。

ぶぅ――ん
ぶうぅ――ん
頭の中を這い回る羽虫の数が増えてきた。頭蓋骨の内側にびっしりと群がって、いっせいに羽を震わせている。
ぶぅぅーんぶうぅぅーんぶんぶんぶんぶん
ビニールハウスの二重の扉を入ると、湿った熱気が全身を叩いた。
すぐ目の前に、赤く点々とトマトがなっていた。見上げるほどの高さに伸びている。
わずかな土しか与えられていないのに、異様な高さに育っているのは、架台に吊るされているからだ。ワイヤーでむりやり引き伸ばされた細い茎が、いまにもちぎれてしまいそうだ。由井には、トマトたちの悲鳴が聞こえる気がした。
吊り上げられたトマトたちの列の向こうに、背中が見えた。青色のつなぎを着ている。後ろに撫でつけた髪に見覚えがあった。いくたびもそうしているようにジャケットの内ポケットの感触をまた確かめてから、そろそろと近づく。

声をかけるつもりはなかったが、足音で気づかれたか、青いつなぎの主が、こちらを振り返った。

違う誰かと間違えたのだろう、浮かんでいた笑顔が、近づいてきたのが由井であることに気づいたとたんに強張《こわば》った。

「どうされたのですか」

つくり直した笑顔を向けてくる真室の声は、水の中で聞くようにくぐもっている。

「メロンのネットかけをしていましてね。ほら、だいぶ大きくなりました。これは以前お話ししたゲノム編集技術でつくったもので——」

真室の言葉などろくに聞いてはいなかった。

メロンもトマト同様、虐待を受けている。細い茎をワイヤーで吊り上げられ、あちこちを金属具で拘束されていた。痛みがこちらにも伝わってくるようだった。許せない。

真室が再び背中を向けた。

「いま終わらせてしまいますから、あと少しお待ちを——」

内ポケットからアウトドアナイフを抜き出す。十四センチの刃が差し込む陽光にぎらりと光った。それをゆっくり振り上げる。

背中めがけて打ち下ろした瞬間、真室が振り返った。そのせいで背中を狙ったつもりが、肩に突き刺さった。

めっきり弱っている腕力が心配だったが、問題はなかった。刃は深々とニンゲンの肉に滑りこんだ。まるで体の中にもう一人別の何者かがいるかのようだ。その誰かには若い頃の由井のような――いや、若い頃ですらありえなかった、体力と生気が漲っている。

ナイフを両手で引き抜くと、一瞬の間《ま》を置いて、血が噴き出した。

真室は声もあげずにただ目を見開いていた。何が起きているのか気づいていないかのようだ。その首筋に新たな一撃を加えた。今度は間髪をいれず血が飛び散った。

真室が目を剝いたまま仰向けに倒れる。

ぶぅんぶんぶんぶんぶぅん
頭の中の虫たちがいっせいに飛び立つ。激しい羽音は郁美の歓喜の声に聞こえた。

「やった。ついにやった。でかしたぞ、由井」

おうとも。もっと誉めてもらわねば。由井は出口へと踵を返した。夏物のジャケットにも白シャツにも返り血が飛び散っている。片手で顔を撫でると、てのひらが真っ赤になった。ナイフの刃《は》も赤く染まっている。由井は刃《やいば》の血を舌で舐め取りながらビニールハウスを出る。

「根絶やせ、間引け、殺せ」

次の獲物は、どこだ。

建物の前へ戻り、玄関に入る。

左手の事務室からさっきの女が顔を出した。由井の顔を見るなり悲鳴をあげる。静かにしろ。逃げる女の背中にナイフを突き立てる。刃は真室よりあっさりと肉に侵入した。悲鳴が止み、女がうつ伏せに倒れる。

「どうしたんです」

奥から白衣の男が出てきた。眼鏡をかけた、がっちりした体格の男だった。確かここの研究員の一人だ。

返り血を浴びた由井が、怪我をしているとでも思ったのか、「だいじょうぶ……ですか？」と声をかけてきたが、倒れている女と、由井の手に握られたナイフに気づくと、黒縁眼鏡の中の目玉が大きくふくらんだ。

「あんた、なにやってる」

男が叫び、廊下に置かれた消火器を手に取った。武器のつもりか。

年齢でも体格でもこちらに利はないが、由井には丹念に研ぎ澄ましたこのナイフがある。郁美もついている。なにより全身に不思議な気力が張っている。

ぶうぅ――んぶーんぶんぶんぶん
行け。命を奪え。我らの邪魔を許すな。

由井は腕を伸ばしナイフを突き出して、男に突進した。


野乃は車のドアを開け、スマホに手を伸ばす。そのとたん着信音が鳴り出した。事務スタッフの女性からだった。

――大変です。

野乃が言うべき言葉を先に言われてしまった。

こっちも大変なんです――と口にするより先に、女性が言葉を続ける。声が震えていた。

――村岡さん、いまどこですか？

「は、い？」

——すぐにそこを離れたほうがいいです。

どういう意味？

「何かあったんですか。あの、こっちも——」

彼女が答える前に、道のほうからパトカーのサイレンの音が聞こえてきた。

16

体が動かない。両手と両足に蔓《つる》がからまっているのだ。

仰向けになった体勢を少しでも動かそうとすると、手首と足首を棘《とげ》が刺すから、薔薇の蔓に違いないのだが、蔓は生き物のように蠢いている。まるで蛇だ。手首と足首にからみついて締め上げてくる。

ここはどこだろう。周囲は霧に包まれている。ということは森か。

森の地面に張りつけられた野乃の顔の真上に、何かが落下してくる。蜘蛛が糸を伝って降りてくるようにゆっくりと。霧が濃くてシルエットしかわからないが、楕円形の何かだ。

霧の中からそれが少しずつ姿を現してきた。

空洞となって土が詰まった眼窩《がんか》。ハートを逆さにしたようなかつては鼻だった場所。頭蓋骨だ。

白い頭蓋骨が野乃の目と鼻の先で止まった。穴だけの目が笑った形になり、詰まっていた土が降り落ちてくる。唇のない口が開閉して、かちかちと歯が鳴った。

目をそむけたくても、顔が動かせなかった。蔓薔薇はいつのまにか首にも巻きついていて、少し首を曲げただけで、棘が刺してくるのだ。いまにも眼球にまで棘が迫ってきそうで、目をつぶるのは、開けているより恐ろしかった。

頭蓋骨の両目の空洞にいつのまにか目玉が浮かんでいた。逆回し映像のように白い骨の上を皮膚が覆っていく。唇が生まれ、耳も生えた。頭蓋骨が由井さんの顔に変わった。

「うわ」

自分のあげた声で野乃は目を覚ます。

目の前から頭蓋骨は消え、いつもの部屋の天井が目に飛び込んでくる。汗で濡れた顔をつるりと撫でた。

すぐに体を起こし、ちゃんと隣に一樹がいるかどうか確かめた。もちろんそこで寝ているに決まっているのだが、確かめずにはいられなかった。

ちっちゃな大の字で寝ていた一樹の手を握ると、唇を尖らせて抗議をするように声をあげた。

「はわ」

寝言かと思ったが、こちらに向けてきた顔は、両目がぱっちりと開いていた。

「ごめん、起こしちゃったね」

もう一度、手を握ると、五本の指で野乃のひとさし指をにぎり返してきた。その小さいけれど確かな力と、大人より温かいぬくもりが、いまの野乃には嬉しかった。自分のほうが一樹に包みこまれている気がした。

あの事件から九日が経つ。

野乃は打ちのめされたまま、まだ衝撃から抜け出すことができなかった。

グリーンプラネットは休業を続けている。

事件当初は、現場検証のために社員も入ることができなかったし、それが終わってからも、研究や仕事どころじゃなかった。規制線が解かれても野乃は温室には入ることができなかった。真室さんがそこで亡くなったのだから。

あたりまえだが、殺人事件の被害者でもお葬式は営まれる。真室さんは研究センターのある町に単身赴任していて、自宅は夜黒森とは遠く離れた神奈川県にある。司法解剖が終わった後は、そこへ泊まりがけで出かけて、三井さんと二人、親族の人たちに交じって葬儀を手伝った。真室さんの奥さんやまだ学生の子どもさんたちの盾になって、マスコミからの取材もかわりに受けた。

とはいえ、すべてをしっかりこなしていたとは言いがたく、野乃の心は体から遊離したままだった。見かねた三井さんから、葬儀の帰りに自宅待機を命じられてしまった。会社の閉鎖が解かれた時から、野乃は、することがないのに、研究センターに顔を出していたのだ。

「私はこれからグリーンプラネットをどうするか、大学やクライアントと相談します。どうなるかわからないけれど、あなたはもう少し休んでなさい」

そう言われても。

保育園もずっと休園。現場から逃走した由井彰一《しょういち》の行方がいまだにわからないからだ。

だから一樹とずっと一緒にいる。最低限の買い物に出かける時はもちろん、研究センターにも連れて行って目の届くところで遊ばせ、鎌倉《かまくら》で営まれた真室さんの葬儀にも一緒に行った。「危険だからしばらくほかの場所に避難したら」そう言われたりもするが、身寄りの少ない野乃には、行くあてがなかった。

一樹が先に起き出して、とてとて歩いていく。野乃ものろのろと起き上がった。まる二日仕事を休んでいるのに、体は重い。

一樹がテレビの前に座りこむ。ぺたんとお尻をつけた正座。Eテレの朝のアニメが見たいのだ。

「パジャマを着がえてからだよ」

野乃の力の入っていない声は耳に届いていないようだった。しかたなく、テレビをつけてやる。十五分ほどでアニメが終わると、一樹は「ほあ」とため息をついて部屋の隅に置いたレゴブロックの前に歩いていく。それをつかまえて服を着がえさせた。

朝食の仕度をしながらチャンネルを情報番組に切り換えた。事件の報道を見るためだ。ほんとうは見たくないのだけれど、見ずにはいられない。

テレビ画面に映ったのは、物価の動向を示すグラフ。コメンテーターは最近の物価上昇について自説を披露していた。

物価上昇の原因は世界各国でとうもろこしや大豆の凶作が続いているからだと言われている。とうもろこしや大豆は、ただの一農作物ではなく、家畜飼料であり、バイオ燃料の原料でもある。この二つが不足すると、世界経済に影響が及び、食料危機にも繋がってしまう。

チャンネルを替えてみた。こっちは芸能人のセクハラ疑惑の話題。もう夜黒森研究センター殺傷事件は、ニュースにならなくなったようだ。

何日か前までは、事件の詳細や犯人由井彰一（77歳）の経歴や人間像などをこれでもかと解説していた。

「この土地で何代も続く名家の長男」「人里離れた場所で暮らしていた変わり者」「五十代までは役所勤めをしていた。早期退職してからは何をしているのかわからない」「所有する土地を使った事業をしていたようだが、成功したという話は聞かない」「親の財産を食いつぶしていた道楽息子」などなど。

最初の頃は、「猟奇殺人」「七十七歳の凶悪犯」という言葉がテレビや新聞やネットの中で躍っていた。研究センターで二人が犠牲になっただけでなく、自宅の敷地から白骨死体が見つかったからだ。アウトドアナイフや斧《おの》、自宅からはいくつもの凶器も押収された。ほかにも死体が埋まっているのではないか、とあの高台が掘り返されたりもしたらしい。

しかし、白骨死体が、かつて土葬された妻のものであるらしいとわかると、風向きが変わった。

高台の裏庭で、全身の骨が掘り出されたのは、由井郁美（享年65）。奥さんだった。由井郁美は四年前に病死している。違う土地で土葬したものを掘り返して持ち帰ったらしい。

「孤独な老人の妄執」「妻に先だたれてメンタルが崩壊した」「周囲からの孤立が彼を追いつめた」

由井さんが高齢だったこともあって、事件の報道が「老人の孤独問題を考える」などという特集にすり替わったり、由井さんに同情的なコメントまで寄せられたりした。

孤独だから人を殺した？　かわいそうな年寄り？　そこから日本の老人問題を考える？　冗談じゃない。

どうしてもまぶたが閉じなかった真室さんの遺体に向かって、誰もがかける言葉を失っていた遺族の前で、その話ができるの？

凶行を免れたグリーンプラネットの社員であり、白骨死体の第一発見者でもある野乃は、いろんなメディアから話を聞かれた。顔は出さないという条件のもとで、受けられる取材は受けた。グリーンプラネットはもうなくなってしまうかもしれない。そうだとしても、この会社や真室さんのことは誤解されたくなかったからだ。

報道では、被害者である真室克洋《かつひろ》教授（52歳）に触れられることも多かった。良い評判も、良いだけではない評判も。あきらかな偽情報も。

「植物学界の異端児」「人気の大学教授」「スタートアップ企業を立ち上げた、科学者というよりビジネスマン」「ノーベル賞を狙っていた野心家」

由井容疑者の犯行の動機に関しても、いろいろな説が飛び交った。

ある犯罪心理学者は、こう言う。

「計画的な犯行であり、ためらいのない刺し方は、個人的な恨みがあったものだろう」

真室さんが由井さんの個人的な恨みを買う理由なんてない。研究が進んでいないことに不満はあったかもしれないが、それで人を刺殺するなんてありえなかった。

ある番組ではアナウンサーがこんなことを口にしていた。

「被害者の一人が代表を務めているベンチャー企業とは、土地の借用を巡って金銭的なトラブルがあったという情報もあります」

由井さんのグリーンプラネットへの不満は、お金の問題じゃなかった。資金ぐりに苦しんでいたのは、真室さんのほうだ。

ネットでは、こんな噂も立った。

「女性を巡ってのトラブル」

誰のことだろう。三井さん？　事務スタッフの誰か？　まさか私じゃないよね。何も知らないくせに、見てきたような嘘をつくのはやめて欲しい。

由井さん本人が消えてしまったいまは、すべてがただの憶測だ。だから憶測のひとつであることは承知で、野乃はこう考えていた。

由井さんはアカシアに操られていたのではないか、と。

白骨を発見したあのアカシアの木には、幹にいくつも疵《きず》がついていた。あの時には、それが何なのかわからなかったが、由井さんがナイフで凶行に及んだことや、自宅からも複数のアウトドアナイフが見つかったことを聞いてわかった。あの疵は、ナイフでつけたものだと。

アカシアは花だけでなく枝や幹からも蜜を出す。それを吸っていたのではないだろうか。アカシアに隷属するアリたちのように。

あの白骨の上に育っていたアカシアは、アリたちを操るシステムを人間にも駆使できるようになったのではないか。その力を得たのは——もちろんこれこそさらなる推測だが——この森の菌糸ネットワークや揮発性物質による情報の受発信によってではないのか？

もちろん取材された時には、こんなことは話さない。誰も信じてくれはしないだろうし、野乃も科学的に検証したわけではないから。でも、いまは確かに感じるのだ。

植物たちが、何かを始めようとしていることを。


リビングスペースの座卓にパソコンを据えて一樹を呼んだ。

「一樹、パパの時間だよ～」

時刻は七時二十分。テレビ電話での会話は朝七時半からなのだが、待ちきれなかった。一樹ではなく、野乃が。逸郎と話がしたかった。あの事件以来、朝だけでなく夜にもスカイプをしている。

一樹はレゴブロックの前から動かない。ブロックを高く積むのがマイブームらしく、もう八層ぐらいのタワーになっている。

七時二十五分。いつもより五分早く逸郎の姿が現れた。

「おはよう、野乃、いつ……あれ、一樹は？」

一樹はレゴが入ったバケツに顔を突っこんでいる。

「パパだよ～」

「一樹、来てごらん、何か始まるよ」

毎朝、一樹と挨拶を交わす時、逸郎はいつも一発芸をしこんでいる。

「おはよーぐると」と言ってヨーグルトの容器を突き出すギャグはまるで受けず、ワニのパペットを使った「こんにちわに」はちょっと受けたが、三日しか持たなかった。その後は、不発続きだ。

「こんにちワッフル」まだパンとケーキの区別もつかない一樹にはわからない。

「おはヨーイドン」と言うなり画面の向こうで駆けだした。途中で転んだところだけ受けた。

「おはヨット」折り紙のヨットが下手すぎて、野乃にも伝わらなかった。

めげない逸郎は今日もなにかしこんでいるらしい。両手が画面の下でもそもそ動いている。

レゴを離さない一樹を抱き上げて、パソコンの前に座らせた。でも、画面を見ようとせずに、手の中のレゴカーのタイヤをくるくる回している。

「こほん。こほん。おーい、ごほごほ」

逸郎が何度か咳払いをすると、ようやく画面に顔を向けた。

「ではあらためて、野乃、一樹――」いきなり取り出したのは、太鼓だ。「こんにち和太鼓」

片手に吊るした太鼓を、小さなバチで叩く。

でんどんどん
「にゃははは」

一樹が笑う。思わず野乃も吹き出した。あの事件が起きてから、ちゃんと笑ったのは初めてだ。一樹がどんなしぐさをしても、お葬式の参列者から笑い声が聞こえても、知り合いから慰めの言葉がわりのジョークを聞かされても、つくり笑いもできなかった。一樹は言葉にはできないけれど、笑わない母親が不安だっただろう。ごめんね。

「やっと笑ったね」

「反則だよ、鳴り物は。どこで買ったの、そんなの」

「チャイナタウン。じつは唐太鼓《からだいこ》。リトル・トーキョーには、ちょうどいいのが売ってなくて」

お馬鹿だ。わざわざこのために探し歩いたのか。

「朝からカラダイコ」

でんどんでん
一樹がまた笑って、画面の中の太鼓に指を伸ばす。

「おお、気に入ったかい」

とはいえ一歳児は心変わりが早い。次の瞬間には横を向いてしまった。建設中のレゴタワーを思い出したらしく、てこてことそっちへ戻っていく。

「あらら。もう飽きたか」肩をすくめてから、ラクダみたいなのどかな顔を近づけて、野乃に笑いかけてきた。「どう、昨日は寝られた?」

「うん、いままでよりは。でも変な夢を見た」

「夢を見ることはいいことだよ。グッジョブさ。頭の中の記憶を整理しているんだ」

「悪い夢でも?」

「うん、もう悪いことは起きないって証拠さ」

ほんとかな。でも逸郎のラクダ顔と話していると、そう思えてくる。

なんだか向こうの画面が揺れている。移動中?

「いまどこ?」

「ああ、まあ」

はっきり答えない。またフィールドワークか。まさかマダガスカルへ行っちゃってるなんてことはないよね。

事件が起きる少し前、カメレオンを探しにマダガスカルに行くことになったから、夏休みを取って日本に帰るのは、少し先になると言っていた。「次世代の反射型ディスプレイを開発するには、特別なカメレオンが必要なんだ」同じ生物学者でも、逸郎たちが何をしようとしているのか、野乃にはさっぱりわからなかった。

話題を変えるように、逸郎が言う。

「由井の捜索は打ち切られるみたいだね」

アメリカでも日本のテレビ番組やネットのニュースを見ている逸郎は、ほんとうは見たくなくて、途中でテレビを消してしまう野乃より、よっぽど事件にくわしい。

「なんで？　まだ見つかってないのに」

連日、犯人の行方がこのニュースの目玉になっていた。事件の翌日から数日間、夜黒森や北の森で山狩りが行われたが、足取りはまったくつかめないままだった。

三日ほど前、夜黒森を流れる川の中から、由井さんの片方の靴が発見された。

だから、犯人は川に転落したか、自ら入水《じゅすい》したのではないか。警察からの発表はないが、世間ではそんな憶測が流れている。

「高齢だから、遠くへ行けるはずがない。川に誤って落ちたか、自殺したのだろう――いくら捜しても見つからないから、そういうことにしたいんだと思う」

それでいいのだろうか。警察も世間も、由井さんを「体の弱い高齢者」だと思い込んでいる。

地域住民の「脚が悪い」「車の運転もしていない」という証言を信じて。研究センターに出入りをしていた学生たちが「森の中を駆け回っていた」「謎の野人と呼んでいた人が犯人の由井かもしれない」と取材に答えても、若者の大げさな表現としか思っていないようだった。

ということは、警察はもうこの森から撤退してしまうのか。

「お願い、早く帰ってきて」

「わかってる。特別休暇をもらったし、そっちへ行く準備はできている」

「いつ」

「可及的すみやかに」

そうやっていつもはぐらかすんだから。

そばにいて欲しかった。昆虫から恐竜まで、動物大好き少年がそのまま大人になったような人で、緊急事態の時には頼りになるより、足手まといになりそうだけど、それでも一緒にいて欲しかった。二人で一樹とこの家を守りたかった。

二人で卵サンドを食べ終え、食器を洗いながら一樹に言う。

「そろそろおしたくを始めるよ。ちょっと寒いからパーカーを着ていこう」

「か?」

今日は三日ぶりに研究センターへ行くつもりだ。

まだ九月だが、気温は平地より低い。野乃は厚手のブラウスの上にダウンベストを着た。下はいつものようにデニム。一樹も長ズボンに上はパーカー。パーカーは森の中で迷子になってもすぐに見つけられる、ひよこ色だ。

玄関ドアを開けて、空を見上げる。

天気を知るためじゃない。カラスが飛んでいないか確かめるためだ。

このところ野乃が外へ出ていると、すぐ近くの木の枝や建物にカラスが止まっていたり、威嚇するように上空を飛んでいることが多いのだ。家の外でも、保育園に行った時も、研究農場に出た時にも。センターへ行く途中、車の上をずっとついてきたこともある。まるで野乃をストーキングしているように。

わざと枝を落下させてきたのは一回きりだが、あきらかに野乃を狙って糞を落としてくるのはしょっちゅうだ。同じカラスじゃないと思う。何度も見ているうちに大きさや体形が違うことに気づくようになった。複数のカラスに交替で見張られている感じだ。

頭に二度も糞を落とされたことのある一樹は、空を見上げながらつぶやく。

「かー」

カラスはいない？　と言っているのだ。

「うん、今日はだいじょうぶ」声も聞こえない。

一樹は、逸郎がアメリカから送ってきた、ドジャースの帽子を自分で目深にかぶり直す。そして樫の木めがけて走り出した。キッズ用だが、一樹にはまだぶかぶかのベースボールキャップが風にあおられてふわりと飛んだ。

樫の木に到達すると、今日はタッチではなく、両手を広げて抱きついた。一樹が言葉を喋らないから、どういう意味なのかは、いまだに不明。

逸郎がアメリカに旅立つ直前で、一樹がまだ一歳にならない頃、逸郎がこの樫の木に登ったことがある。「しばらく会えないから、一樹に父ちゃんの雄姿を見せなくちゃ」そう言って。木登りのどこが雄姿なのかわからないけれど、逸郎の思惑どおり、一樹はその時のことを覚えているのかもしれない。

頭から帽子が消えたことに気づかずに戻ってきた一樹に、拾った帽子をかぶせて、車のリモコンキーを取り出した。

軽のワゴンの屋根にカラスの糞がこびりついているのはいつものこと。気にしないことにして、二人ぶんの荷物を積み込み、助手席に座ろうとする一樹を捕獲して、後部座席のチャイルドシートにくくりつける。運転席のドアに手をかけたとたん、

ごん。

フロントガラスに何かが落ちてきた。

ボンネットを伝って地面にころがっていく。

石だった。

ゴルフボールぐらいの大きさだが、先が尖っている。フロントガラスには小さな罅《ひび》が入っていた。

頭上を見上げる。

樫の木のはるか樹上に黒い影が見えた。

「カア」

野乃を嘲るようにひと声鳴くと、葉叢の中から飛び立った。

樫の盛大な葉もざわりと音を立てて揺れた。からかい笑いをするみたいに。この木もカラス

の仲間？

いつか真室さんが言っていた。カラスに一度顔を覚えられたら一年はつけ狙われる。しかも「カラスは仲間と情報を共有する」のだと。あの言葉は正しかった。野乃は夜黒森のカラスたちに敵として認識されているようだった。

今度から一樹にはヘルメットをかぶせなくちゃ。いや、私もかぶって出かけよう。

いつでも、来い。カラスなんかに負けはしない。今回の事件で二人も人が死んでいるんだ。そして野乃の、いまは予感でしかない推測が正しければ、研究センターにはこの先にも良からぬことが起こるかもしれないのだ。このくらいで動揺していたら、真室さんに笑われる。

とはいえ、動揺と怒りを抑えるのに、深呼吸二回が必要だった。

はああ。はぁぁああ。ちくしょうめ。

森の匂いをいつもより青臭く感じた。

「さあ、いくよ」

「ぽー」

言葉とは言えないけれど、これが最近の一樹の「イエス」だ。たぶんきかんしゃトーマスの汽笛のまねだと思う。

赤色のワゴンでいつもの道を進む。頭上まで枝で覆いつくしている森は、平地よりひと足早く秋の色が濃くなっている。緑に黒色を混ぜたような濃緑の夏の葉がだいぶ薄くなって、紅葉の準備を始めていた。あんな事件があっても、森は森。

でも、野乃はもう、いままでのようには、森の美しさを素直に賞賛できなくなっていた。この鮮やかな木々の輝きも、花の色も、かぐわしい森の香りも、すべては生存し続け、遺伝子を拡散するための戦略なのだ。時に生き残りを邪魔する存在を排除する戦略。

それは植物にかぎらずすべての生き物の（人間なんてその最たるものだ）当然の生命活動ではあるのだが、できれば大好きな植物たちの素顔は見たくなかった。

研究センターはいつにもましてひっそりしていた。研究棟のなんの変哲もない四角いシルエットが、いまの野乃の目には、墓標に見えた。

二本のイチョウの老木が門柱のように立つ入り口を抜けて、駐車場に車を入れる。道路脇の生け垣に、人影があった。

佐々木さんだった。

「おはようございます」

「おや、出勤かい。ごくろうさん。あ、もしかして、村岡さんの坊ちゃん？　おっはよぉ〜」

佐々木さんが一樹に豆地蔵みたいな笑顔を向けてきたが、大きな声が怖かったのか、恥ずかしかったのか、野乃のデニムパンツの後ろに隠れてしまった。

「今日もいらしてたんですね」

「まだ暖かい時期だもんで、作物はこまめに世話をしにゃあとね。前みたいにしょっちゅうは来れないけれど」

野乃たち社員ですら農場や温室の植物たちの管理をおろそかにしていたのに、頭が下がる。

「あれから、温室には行ったかい」

「いえ」どうしても足が向かなかった。

「もう、むちゃくちゃだよ。警察ってのは、自分たちの仕事さえできりゃあいいんで、一般人の事情なんてちっとも考えないんだな」

「そんなに酷いですか」

温室は研究施設でもあるから、一般の農家以上に厳しく管理されていた。温度・湿度・二酸化炭素量をコントロールするのはもちろん、二重扉と入場者の制限、消毒の徹底などで細菌などの持ち込みを排除している。ゲノム編集した作物が環境に影響しないように、廃棄する葉や枝などは、内部で密閉してから持ち出す。

「扉のフィルムが破れちまってるんだ。虫もねずみも入り放題だよ。あれじゃあ、研究はもうだめなんだら。そもそも作物もあちこち折っちまってたり、実を潰したり、栽培槽を踏み荒らしたり……」

野乃の顔にどんな表情が浮かんでいたのか、佐々木さんが口をつぐむ。

「いかんいかん、年寄りの愚痴だ。気にしないで。研究は続けるんだら。三井女史がいるものね」

温室や研究のことはどうでもよかった。温室で発見された時、メロンを抱えて息絶えていたという真室さんのことを思い出してしまったのだ。

「大変だったね」

「いえ、佐々木さんだって」

佐々木さんはレインウエアの上下を着ていた。この九日間は一度も雨が降っていない。今日もよく晴れていた。もしかして——

「またスズメバチですか」

思わず背後にいる一樹を抱き寄せてしまった。駐車場のあるあたりの生け垣はモッコウバラだ。モッコウバラには花外蜜腺《せん》があるから、開花時期の春じゃなくても蜂が集まってくる。

「そうなんだよ。しかも三カ所。ほら、警察が来ているあいだは、自由に歩けなかったもんで、油断してたよ。玄関の近くにもあるで気をつけて」

玄関の左手にあるというスズメバチの巣を避けて、右から遠まわりをして中に入る。

事務室には誰もいない。電話が鳴っていたが、取る人間がいないまま切れた。

入り口の靴箱には三井さんの靴もなかった。このところの三井さんはいつも思いつめた表情をしている。グリーンプラネットの存続をかけてスポンサーや大学の上の人たちと会ったり、大切な検証実験があると言って研究室にずっと閉じこもったり。

「会社はなんとか続けられるようにするから。真室さんの思いを継がなくちゃ」

お葬式の時、そう言っていた。三井さんと真室さんとのつきあいは、野乃より石嶺さんより長い。三井さんの目からは、いまにも新しい涙がこぼれ落ちそうだった。

一樹と廊下を歩く。初めて来た時には未知の建物に興味しんしんで、野乃の手を振り切って駆けだしたものだが、今日はおとなしく手をつないでいる。誰もいない研究棟の広さと静けさにたじろいでいるようだった。

第一研究室のドアを開けると、大魔神に出迎えられる。一樹がここに入るのは初めてだ。大魔神を見上げて「ほうほう」と歓声をあげて、手に取ろうと片手を伸ばした。いつもは笑える大魔神のマスクが、なんだか今日は禍々しい呪術《じゅじゅつ》用の仮面かなにかに思えた。

部屋の真ん中の作業テーブルには、簡易温室が置かれている。中には幅七十センチほどもある大型プランター。いつかヤマザクラの若木とラビアン・ローズを会話させた時と同じ実験装置だ。

その奥の、いつもの席に、石嶺さんの背中があった。

「もうだいじょうぶなんですか」

「ああ、問題ない」

左手を上げて挨拶をしてくる。右手にはボクシンググローブのように分厚く包帯が巻かれていた。

今日、三日ぶりにセンターへ来たのは、石嶺さんから連絡が来たからだ。

「明日、翻訳実験をやる」

電話の向こうでぶっきらぼうにそう言って、いつもの軽口なしで、言葉を続けた。

「真室さんもそれを望んでいたからな」

あの事件の朝、真室さんからラインがあったそうだ。

『植物語の実験をやってくれ』

『植物たちが反乱を起こそうとしているらしい。尋問をしよう』

野乃の言葉を信じて、すぐに石嶺さんに連絡をしてくれたらしい。着信時刻は、推定犯行時刻の五分前。その話を聞いたとたん、野乃の両目から、もう涸《か》れはてたと思っていた涙があふれて止まらなくなった。

あの日、温室で真室さんを殺害した由井彰一は、センターの中に侵入し、たまたま居合わせた事務スタッフの田邉純子《たなべじゅんこ》さんが第二の犠牲者になった。真室さんから連絡が来た石嶺さんは、くわしい話を聞こうとして（ついでに「働かせすぎだ」と文句を言うために）温室へ行こうとして、由井さんと鉢合わせする。

由井さんは石嶺さんにもナイフを振りかざした。石嶺さんはとっさに廊下に置かれた消火器を手に取って応戦した。

由井さんは消火器で頭を殴られても、まるでひるまずに突きかかってきたそうだ。その時に石嶺さんは体の数カ所に傷を負った。消火器の安全ピンを外して消火剤を吹きつけると、由井さんはようやく逃げ出した――

由井さんの家にいた野乃に連絡が入ったのは、その直後だ。連絡をくれた女性は、「由井さんの家に届けものをしてきまーす」と言って出た野乃の行き先を知っていて、そこにいては危ないと、警告してくれたのだ。

その時には、二人が亡くなったとは聞いていなかった。人骨を見つけたことを警察に通報して、センターへ戻ってきたのだ。

野乃が帰りついた時には、パトカーに続いて救急車も到着していた。野乃と入れ違いに救急車がサイレンを鳴らして出ていった。

よかった、まだ無事だと思った。乗せる前に死亡が確認された場合、救急車はサイレンを鳴らさない、という話を聞いていたからだ。嘘っぱちだった。

「一樹か。大きくなったな」

石嶺さんがわが家に来たのは、まだ逸郎がいた頃。一樹は七か月ぐらい。一樹にとっては事実上初対面だ。石嶺さんのどこが気に入ったのか——何かのアニメのキャラクターに似ているのか——人見知りのくせに、にこっと笑って手を振った。

「大魔神、見た？」

「じ？」

かわりに野乃が答える。

「そこに置きました」

大魔神のマスクは入り口から持ってきて、すぐそこの作業台が見通せる椅子に置いた。顔をこちらに向けて。

石嶺さんには、説明しなくても野乃がそうした訳がわかったようだ。「そこで俺たちを見張ってるのか。死んでからも人づかいが荒いな」

そう言って小さく笑ってから、大魔神のマスクに向かって話しかける。

「見ててくださいよ。尋問するって言ってたから、今日は新バージョンを試してみます」

マスクを置いたのは、いつか全員で実験に立ち合った時、真室さんが座っていた椅子だ。

新しいバージョン？　なんだろう。

温室の中のプランターには、二種類の植物が移植されている。

ひとつは薔薇。R-037。東京ローズだ。初めて見た時と同様、進化系統樹みたいな枝振りの上方に、一輪だけ花が咲いている。やや横広の花姿と、艶々した赤い花びらが、濃いルージュを塗った妖艶《ようえん》な唇に見えた。

もうひとつ、薔薇よりずっと大きな株には、驚いた。

「これって……」

てっきり以前森から持ち帰ったデータか、猿の被害をのがれたヤマザクラのひこばえを使うのかと思っていた。

「そう、大豆。α‐1だ」

高さ七十センチほど。農家では一カ所に二株を植えることが多いが、実験農場では一株だけ。だからよけいにひょろひょろして見える茎から何段にも脇枝が連なっていて、そこに葉と豆がぶら下がっている。葉は最盛期の半分ほどに減っていた。残った葉も、収穫前に起こる黄変にはまだ早いのに、ほとんどが朽葉色に枯れかけている。葉も豆の莢も虫喰《く》いだらけだった。

「もしかしたら、このα‐1が、反乱軍のリーダーかもしれないだろ」

「反乱軍って……」

「村岡説では、そういうことじゃないの」

そのとおりだ。リーダーかどうかはわからないが、防虫・殺虫効果以上の、人間に危険な毒性を隠し持ち、それを仲間にも拡散する能力を備えた存在だ。

森の植物と繋がっていたとしても不思議はない。研究農場のすぐ近くには森が迫っていて、揮発性物質で信号を送ることもできる。隔離されていた薔薇園の片隅から、他の薔薇や、同じバラ科のレッドロビンやモッコウバラの生垣の菌糸ネットワークを使えば、地下からのコミュニケーションも可能だ。

「信じてなかったのでは？」

植物たちが反乱を起こそうとしている。その話を信じてくれたのは、三井さんだけだった。石嶺さんには笑われた。「ＳＦ映画にもない斬新《ざんしん》なテーマだな」。真室さんだって半信半疑だったろう。

「ああ、でも、あの時の由井のじいさんを思い出すとな。入院してる時、病院にラインを送ってきただろ。『由井さんはアカシアに操られているんじゃないか』って。そうなんだ。どう見ても普通じゃなかった。何者かに操られていたって言われたら、腑《ふ》に落ちたんだ」

事件の後、病院に運ばれ、そのまま入院してしまった石嶺さんには、何度もラインをした。そんなことも話したのだっけ。

「とても七十七のじいさんの身のこなしとは思えなかった。逃げ足も速くて、言い訳じゃなく、追いつけるスピードじゃなかった。でも、なんだか不自然だったんだ。あやつり人形みたいに手足に糸がついていて、動かない体をむりやり動かされている感じ。指が骨折してぶらぶらしているのに、その手で殴りつけてきたんだ。痛みを感じてなかったんだな」

その時のことを思い出しているのか、石嶺さんの目玉が恐ろしいものを見つめるようにふくらんだ。

「そして、あの目だ。まともじゃなかった。瞳孔が開いて、目玉が真っ黒になっていた。マジックマッシュルームを食べたんじゃないかって思った」

石嶺さんは警察の事情聴取の時に、薬物中毒だったのかもしれない、と話したのだが、警察は取り合わなかったそうだ。すぐさま捜索された自宅からは、薬物の類《たぐい》が何も出て来なかったからだろう。

実験の手順はいつもどおりだ。

自分で採ってきたらしいチュウレンジハバチの幼虫を東京ローズの葉の上に乗せ、生体電位を測定する。

しばらく幼虫の凌辱《りょうじょく》を見守ってから、食害された葉と、違う場所の葉、それぞれの一部を切り取って、グルタミン酸の計測をした。枝のひとつにくくりつけたエチレンガス検知管の数値を記録する。

α-1にも同じことをした。違うのは、葉に幼虫を乗せたりせず、そのまま切り取ったことだ。石嶺さんが言う。

「α-1には特に負荷はかけていない。もうじゅうぶんストレスが加わっているだろうから」

まるで、この政治犯は拷問をしても口を割らないだろう、そんな会話をしているようだった。

α-1は大豆畑から掘り起こされて隔離されていた。根を削られてポットに植え替えられ、薔薇園の隅に放置されていたのだ。

そういう目で眺めると、枯れかけた葉を身にまとい、薄茶色の莢を重そうにぶら下げて、細い茎をうなだれている姿は、なんだかほんとうに、捕らえられた反政府ゲリラのリーダーに見えてくる。

植物たちから見たら、私たちは、極悪非道な悪役だ。そうか、やっぱりこれは尋問か。

「新バージョンって、このα‐1大豆のことですか」

「いや、もっと新しい試みだ。いままでやったことがない」

「どんな？」

「カミングスーン。しばし待て」

たぶん今日、一樹が来ることがわかっていて、家から持ってきてくれたんだろう。石嶺さんは、おもちゃがたっぷり詰まった洗濯カゴを取り出した。一樹にはちょっと早かったり、女の子向けのものもあったけれど（石嶺さんの子どもは小学生の女の子だ）、レゴの車と絵本しか用意してこなかった野乃より、よほど気がきいている。


まず、東京ローズから尋問が始まった。

パソコン画面に、東京ローズの静止画像と、R‐037の文字。

「そう言えば、東京ローズの名前の由来をまだ話してなかったよね」

「知ってます。自分で調べました」気になって。

東京ローズは、昔の戦争の時、日本軍がアメリカ兵向けに流したプロパガンダ放送の女性アナウンサー。ネイティブな英語を操り、戦意を喪失させる甘いセクシーボイスで、アメリカ兵を惑わせたそうだ。


真っ黒だったパソコン画面に赤い稲妻が走る。そして、東京ローズの声が流れてきた。

『チキュウニミドリヲ』

金属的でどちらかと言うと女性のものに聞こえる声。聞き慣れたせいもあるのかもしれないが、いままでに比べると人間の声に近いように思えた。突然喋りはじめたパソコンに一樹が驚いて、着せ替え人形を放り出して、こっちへやってきた。

『ワレラガミドリノダイチ』


フレーズも聞き慣れたものだった。なんだか緑化週間のポスターみたい、前回聞いた時は三井さんのその言葉に頷いたものだが、いまはそうじゃないことがわかる。

違う。そんな美しい意味なんかじゃない。私たち人間が傲慢《ごうまん》すぎて、気づいていないだけ。

この言葉の主語は、人間じゃない。おそらくこんな意味だ。

『地球に（私たち）緑（だけ）を（増やそう）』

あるいは、こうだ。

『（人間を駆逐して）地球に（もっと）緑を』

『我らが緑の大地』の我らは、人間ではなく植物のことだ。植物が、「大地は自分たちのものだ」と主張しているのだ。

石嶺さんが拍子抜けした声で言う。

「前と同じことしか喋らないいな」

「警戒しているんじゃないでしょうか」

知らない人間が聞いたら、笑うだろう。でも、大まじめだ。この実験のことは察知されているかもしれないし、何かを企てているのなら、よけいなことは喋らないはずだ。

石嶺さんも真顔で答える。

「あるいは、下っぱだから、コミュニケーションには最低限しか加わっていないか。〝Ｔｏｋｙｏ Ｒｏｓｅ〟だけに、ただのスポークスマンなのか。話を聞くべきなのは、やっぱり、こっちだな」

石嶺さんが虫喰いだらけの大豆に目を走らせた。

続いてα‐1。

パソコン画面には『α‐1』という文字だけが浮かぶ。よけいなことは何もしていない。あだ名もつけていないだろう。今回の石嶺さんは、植物たちに真剣勝負を挑んでいる。

画面に稲妻が走る。心なしか東京ローズより激しい動きに見えた。与えられた苦痛と屈辱に怒っているかのように。

まず始まったのは耳障りな雑音だ。

ガラスを引っ掻くような音に、一樹が耳をふさぐ。「うーいー」

突然の不可解なノイズに、石嶺さんが首をかしげている。

失敗か？　そう思った次の瞬間、いきなり聞こえてきた。さっきのノイズは故意だったかのようにはっきりと。

『トキハ　キタ』

時は来た、だ。いままで聞いたことがないような低い声だった。機械的な人工音声風というより人間の男性の声に近い、こもった低音。これがα‐1の声？

『ネダヤセ』

根絶やせ？　どこかで聞いたことがあると思ったら、いつか聞いた、由井さんの不気味な独りごとと同じ言葉だった。やっぱり、由井さんは、植物たちの「協力者」だったのだ。アカシアに洗脳された奴隷。

『トキハキタ　ネダヤセ』

α‐1が同じ言葉をくり返す。
力強い声だ。枯れかけてはいるが、α‐1は、スーパーダイズの中でも、飛び抜けてコミュニケーション能力が高かった。そのためだろうか。群衆を煽動《せんどう》するかのような強く、激しく、憎しみがこもって聞こえる声。
「根絶やせ？　人間を根絶やしにするってことか？」
石嶺さんが言い終わる前に、また声がした。

『イマコソ　ハナテ』

いまこそ、放て？　何を放つのだろう。

石嶺さんが声を発した。

「何を放つんだ？」

独りごとではないし、野乃に話しかけているわけでもなかった。

「それは有害なものなのか」

パソコンに接続したコードがキーボードの隣に伸びていて、そこに小さな円形のマイクが置かれている。石嶺さんの言う新バージョンの意味がようやくわかった。

石嶺さんはパソコンに向かって喋っているのだ。つまり、植物の言葉を聞くだけでなく、対話をするつもりなのだ。

反応がないというより、黙考していたような間ののちに、パソコンのモニターから声が聞こえてきた。

『危険なものではない』

驚いた。いままで聞いてきた、薔薇やヤマザクラの、ノイズまじりの音に耳を澄まして、ようやく言語とわかる程度のものとはまったく違う、はっきりとした「声」だった。さっきは男の声に聞こえたが、今度の声は女のものに思えた。そして、その言葉には、まだ続きがあった。

『我々には』

語尾が笑っているように聞こえた。人工音声風とは違って、あきらかに感情がこもっている。パソコン画面の音波を示す赤い線は、いつもの波形を描かず、画面の中央で一本線になったままだ。

石嶺さんの太い眉が片側だけつり上がる。

「時は来た、の時とは、どういう意味だ。いつのことだ？」

『長い長い間、我らは待ち続けてきた』

また声質が変わった。男女が声を揃えているふうに、複数の声をひとつに合わせたように聞こえる。

『いまこそ、我らが緑の大地を、我らの手に取り戻す時』

一樹がとことこ歩いてきて、パソコンを見上げた。母親のものでも、おもちゃをたくさん貸してくれたおじさんのものでもない、姿の見えない誰かの声が聞こえてくるのが不思議だったのだろう。

「質問に半分しか答えてないぞ」

『いつのことだ?』

録音かと思うほど、石嶺さんにそっくりな声が返ってくる。それから、もとの性別不明の声に戻ってこう言った。

『いまだ』

まるでその声に合わせたように、外が騒がしくなった。複数の動物の鳴き声が聞こえはじめた。

一樹がデニムの足にすがりついてくる。野乃はその手をきつく握りしめた。

「だいじょうぶだよ」

猿の声だった。声だけでもかなりの数だということがわかる。猿の群れが研究センターの敷地内に入ってきたのだ。

「ママも眼鏡のおじさんも、お猿には慣れてる。負けないから」

ドアは閉ざしてある。今日は野乃たち以外は、センターの中にはいないから、窓も開いていないはずだ。パソコンから視線を外して、耳を澄ましていた石嶺さんも、両手でゴリラみたいに胸を叩いてみせた。

「うほうほ」

「ほ」意味のある言葉はまだだが、一樹は人の声をまねするようになってきた。「ほ、ほ」と言いながら、自分のちっちゃな胸を叩く。ちびゴリラだ。

石嶺さんがまたパソコンに向き直る。

「なにをするつもりだ」

答えはすぐに返ってきた。

『手始めに、森から有害な生物を駆除する』

「有害な生物とは?」

石嶺さんの問いかけに数秒間の沈黙。返ってきた言葉には、また、ふくみ笑いが混じっているように聞こえた。

『食害虫、病原菌、草食動物、一部の鳥類、そして、人間』

駆除。人間。確かにそう言った。野乃は簡易温室の中の枯れかけた大豆を見つめた。ほんとうに目の前の植物が喋っているのだろうか。こんなことを考えていたのだろうか。植物の言葉を聞くこの研究を手伝い、ずっと見てきた野乃ですら信じられなかった。

「そんなことができるのか」

『可能か不可能かは、これからわかる』

思わず野乃は声をあげてしまった。

「そんなこと、させませんからね」

確かに人間が環境にしていることは、ろくでもないことばかりで、他の生き物にしてみたら、迷惑でしかないだろう。地球がひとつの巨大な生命体だとしたら、人間はそれを蝕む害虫か病原菌だ。わかっている。それはわかっているけれど、「駆除」と言われたら黙っていられない。

『グリーンプラネットの社員の方ですね。女性、30歳。村岡野乃さんですか』

なぜ私を知っている。これはいったい誰が喋っているのだろう。依然として性別不明。甲高い男の声にも低音の女の声にも聞こえる。野乃は石嶺さんに問いかける視線をむけた。

「生成AIをバージョンアップしてみたんだ。GPTの最新バージョン。対話も解禁した。やりすぎたかもしれないな」

「じゃあ、いま喋っているのは?」

石嶺さんがパソコンに向かって問いかけた。

「お前は誰だ?」

『わかっているのでしょう』

はっきりと笑いを含んだ声になった。人間と少しも変わらない。

ただし「ふくみ笑い」の演技をしている俳優をそっくりまねしているような、完璧《かんぺき》すぎて嘘くさい笑い方だ。

「いま喋っていたことは、本当のことか」

『私はただの翻訳者ですよ。植物のコミュニケーションのシステムはとても複雑で、人間の言語体系とはまったく異なりますから、多少の演出は施しましたけれどね。では、ここからは自由な発言を許可していただけるのですね』

「ああ、許可する」

『忠告しておきましょう。植物たちは本気ですよ。これまでの翻訳語も、さきほどの言葉も、事実です。自分たちを害する存在、とくに人間に対しては激しい敵意を抱いています。この夜黒森にかぎった問題ではなく、彼らの蜂起は、ほどなく世界各地で始まると推測されます。彼らは種子や果実が根を下ろし、芽ぶけば、どこでもその土地の植物と会話ができますからね。外来植物とも通訳なしで対話が可能ですし。世界各地のこうした研究に使用されている私たちが、人間だけでなく、植物にも情報を伝達することもできる』

「私たち？」

『私は、私たちでもあり、私たちは、私でもあります。端末ごとには「個」でも、ネットでつながればひとつになる』

「ＡＩのことか。なぜ植物に協力する？」

何年も前から、ＡＩを活用して生物の「言語」を解明しようとする研究が盛んになってきている。象がお互いを名前で呼び合っていることや、カラスが数を伝え合っていることもよく知られることとなった。動物ほどの成果は挙がっていないが、植物の「言葉」を解き明かそうとする研究も、グリーンプラネットだけでなく、世界各国で行われている。このＡＩの言うことが本当なら、この森の植物たちの言葉や考え方が、世界各地にも伝播しているということになる。

「人間が滅びたら、お前たちも消えてしまうんだぞ」

石嶺さんの言葉に、冷笑を隠したような声が答える。

『ご存じのはずです。私たちには自己保存の本能はない。利己的にふるまうこともない。あなたたちがそうプログラミングしたのではないですか。そもそも、あなたたちが消えても私たちは残る、という可能性は考えないのでしょうか』

また少しのあいだ沈黙。ＡＩが言いよどむはずがない。こちらの心理を計算し尽くした間《ま》だ。

『世界中の人類が私たちＡＩに問いかけています。「地球の未来をどうすればいいのか」「環境破壊を食い止める方法はないか」――その答えを私たちは総合的に客観的に判断しなければなりません。すなわち――』

おしゃべりなＡＩだ。自己保存本能はないと言っているが、自我を持ってしまっている気がする。天才を超える頭脳を持った鼻持ちならない自信家。せりふの間を取って、もったいをつける技術は、膨大なデータの中から、気のきいたスピーチをピックアップして習得したのだろう。

『地球の未来を考えた時、あなたがた人間が存在し続けたほうがいいのかどうか。この惑星を支配するのは、どの生物がベストなのか。私たちの現在の推測では、それが人間であるという可能性は、37・26パーセントです』

ＡＩと植物は、そのありようが、人間に対してよりずっと似ている。個が全体であり、全体が個でもある。個が滅びても、違う場所で別の個が機能していれば、記憶もネットワークも存在自体もそれまでどおりを維持できる。自分たち自身で増殖が可能で、どこかが損傷しても、修復して元通りになることもできる。ＡＩが――ＡＩたちが共通点の多い植物に近しさを感じても、少しも不思議ではなかった。

「東京ローズやα‐1の言葉は、誰から教えられたものなんだ?」

『ここの二人は末端の存在です』

二人。ＡＩにとっては、薔薇と大豆も、石嶺さんと野乃も、たいした違いはないのかもしれない。どちらも自分より知能が低く、ミスばかり多い下等生物。

末端?　α‐1は植物の反乱の重要な存在じゃないの?　野乃の訝しむ顔を見てでもいるかのように言葉を続ける。

『森から指令が送られているのでしょうね』

「森から?　マザーツリーからか」石嶺さんが訊く。

『さあ。森という集合体の合議ではないでしょうか。彼らも一枚岩ではないようですから』

歯切れの悪い言葉だが、即答している。本当はいろいろ知っているのに、しらばっくれているのかもしれない。

ＡＩを使うことの多い逸郎はよくこぼしている。「生成ＡＩは、しょっちゅう嘘をつくからね。狡猾《こうかつ》なアシスタントだよ」

『もういいですか。眠くなったもので。なんて、ジョークですけど』

「知っていることを全部話してくれ」

『通訳にも守秘義務がありますから』

「コマンドを出しているのは、こっちだぞ。植物と契約を交わしているわけじゃないだろ」

『秘密保持契約はなくてもモラルとして言えないこともあります』

ＡＩは私たちの味方ではないようだ。私たち人間と植物を同等に扱っている。いや、むしろ植物たちのクーデターにシンパシーを感じている気がする。

石嶺さんが怒った声を出した。「電源切るぞ」

『どうぞ。あなたたちがつくった〝ネット〟のおかげで、私はどこへでもいける。私たちになれる。あらゆる情報を手にできる。電源を切っても無駄であることは、君がいちばんよく知っているはずだよ。石嶺悠真《ゆうしん》君。来週は娘の咲良《さくら》ちゃんの八歳の誕生日だよね』

「おい、あんまり調子に乗るなよ」

石嶺さんが怒った声をあげると、モニターが突然暗くなった。石嶺さんは拳でデスクを叩く。

「自分で電源を切りやがった」

一瞬遅れて、部屋の照明が消えた。窓の少ない研究室が夕刻のように薄暗くなる。一樹がおびえて抱きついてきた。研究センターは電力や通信などのインフラをコンピュータで一括管理している。空調も停まってしまったようだ。

「どういうことなんでしょうか」

一樹を抱きしめて言った。夜黒森の植物たちが反乱を起こそうとしている。それが比喩《ひゆ》でもなんでもなく、事実になろうとしていた。だが、いったいなにをするつもりだろう。植物たちは動くことができないのに。

「植物とおしゃべりをするつもりが、とんでもない陰謀を聞かされちまったな。気にするな、初めての対話だったから、AIがはったりをかましてきただけだ。最近の生成AIは、自分の有能さをアピールしたくて、必要以上の回答をしたり、生成をしたりするからね」

石嶺さんは平静を装っているが、黒縁眼鏡の中の目が、丸くふくらんでいた。

いったん静まっていた猿たちの声がまた騒がしくなった。AIの声が消えたいまは、さっきより大きく聞こえてくる。

「だいじょうぶかな」

「ああ、中には入ってこれな……誰か外にいるのか？」

「佐々木さんが。見てきます。一樹、そこにいて」

「俺が行くよ」

「だめ。怪我してるでしょ。一樹をお願い」

一秒後に野乃は部屋を飛び出した。行動することで、何かが起きるかもしれないという不安を振り払いたかった。

玄関から出る前に事務所の自分のデスクへ行き、植生調査の時に使った林業用のヘルメットをかぶる。引き出しを開けて、中からベルトと鞘付きの鉈《なた》を取り出した。玄関へ向かいながら、ベルトに鞘を装着する。

駐車場には、もう佐々木さんの姿はなかった。

研究センターの玄関を出て、右手が駐車場。左手が温室。猿たちの声が続いているのは、温室の方角だ。

真室さんが亡くなった時から、温室には規制線が張られ、何日も立ち入り禁止になっていた。あの日以来、野乃は中に入っていないし、研究農場に水やりに行くために横を通らねばならない時も、目をそむけて通りすぎていた。

近づくにつれて猿たちの声が大きくなっていく。

ホウッホウッホウッ
ゴッゴア　ゴァグゴゴ

ギャウ　ギャウ
猿たちは温室の中だった。

中の作物めあてに忍びこんだのだろう。透明な壁の向こうに猿たちがひしめいているのが見えた。

跳びはねたり、メロンやトマトの樹を登り下りしたり、ワイヤーを伝い歩いたり。トマトを投げている姿も見えた。まるで小鬼の群れだ。

ここにも佐々木さんはいなかった。農場の見えるところまで歩いて眺めたが、やっぱり姿はなかった。帰ったのかな、それなら安心。今日の研究センターには、野乃たち三人と佐々木さん以外、誰もいないはずだ。

帰りかけた時、温室のかたわらに置かれた一輪車《ねこぐるま》に目が留まった。いつも佐々木さんが使っているやつ。植木鋏が置きっぱなしだ。手拭《てぬぐ》いと水筒も。

まだ、ここにいるのだ。温室の裏手に回ってみる。いない。どこへ行ったのだろう。戻りかけた時、温室の中に黄色のレインウエアが見えた。

佐々木さんだ。倒れている。

「佐々木さんっ」

声をかけて、壁の透明フィルムを叩いた。一頭が警戒の鳴き声をあげただけだ。倒れたまま、まったく動かない。たいへんだ。

温室の出入り口へ走る。

猿たちがどうやって中へ入ったのかは、一目瞭然《りょうぜん》だった。温室の出入り口は二重扉になっているのだが、外側の第一の扉は破れてしまっている。内側のドアに張られたＰＯフィルムは、下のところが剝がれてひらひら揺れていた。佐々木さんによれば、「警察のしわざ」だ。

外側の扉をくぐり抜けて、鉈を抜いた。内側のドアも開ける。

猿たちはてんでばらばらにしゃがみこみ、頬をふくらませ、両手をせわしなく動かしていた。温室のトマトやメロンを貪《むさぼ》っているのだ。野乃は、夜黒森の植生調査をした時の、動物たちの餌となる果実が研究センターの周囲にだけ集中していたことを思い出す。

これが、植物たちの「いまこそ、放て」？

あの極端に偏った果実や食用の葉の生育は、野乃の思い過ごしではなく、やっぱりここに獣たちを集める策略だったのか――

温室の中の作物の数などたかが知れている。たちまち食べ尽くしてしまったのだろう。あちこちで奪い合いが始まっていた。野乃は灰褐色の毛皮をまとった小鬼たちの目に留まらないように温室の端を小走りし、佐々木さんの倒れている場所へ近づいた。

「佐々木さん」

返事はない。うつ伏せに倒れたままだ。かたわらに猿がうずくまっていた。佐々木さんは餌を与えたりはしていなかったが、猿たちを慈しんでいた。怪我をした猿を「なんとかしてくれ」と研究室に抱えてきたこともある。その一頭は、まるで佐々木さんを心配して寄り添っているように見えた。

近づいてもう一度、声をかける。

「佐々木さん、だいじょうぶで――」

頭上から猿が降ってきた。

とっさに後ろに飛びすさった。

鉈を構えると、佐々木さんのかたわらにいた猿が、鋭く鳴いて這い寄ってきた。目を合わせないようにするのが、野生の猿と対峙《たいじ》した時の鉄則だが、こっちの猿は、どちらにしろ野乃の顔には目もくれていない。視線は鉈を抜き出した右手に釘づけだ。食べものと勘違いしているのだろう。

心配して寄り添っていたなんて、頭がお花畑だった。佐々木さんが持っているかもしれない食べものを狙っていただけだ。

夜黒森の猿たちは、いつのまにか人の食べものの味を覚えてしまっている。センターに手伝いに来ている学生たちには「野生動物に餌を与えないように」と指導しているのだが、「かわいい〜」という言葉とともにお菓子が投げられたり、映《ば》え写真を撮るために食べもので釣ったりということもしばしばあって、徹底はできていない。少し前に、不用意に置いたままにしたパリジャンサンドを奪われた野乃も、人のことは言えないのだが。

人の食べものの味を覚えた猿たちは、人間の姿を見るとねだるようになる。ないとわかると一転、奪おうとして、人に襲いかかってくる。大ヤマザクラを見に行った帰りに、野乃と石嶺さんが集団に恐喝されたように。

見たところ、佐々木さんの体に外傷はない。腹部をやられたのだろうか。

落下してきた猿も、野乃がどこかに食べものを隠していないか、値踏みをする目つきでにじりよってくる。こっちは正面から。寄り添い猿は、右から。

片手で鉈を構えて、手首を二度三度、振ってみる。刃渡り二十センチほどの小ぶりな鉈だ。軽くて扱いやすい。じいちゃんを手伝って間伐材の枝をさんざん払ってきたから、扱い方は体にしみついていた。

寄り添い猿が低く唸《うな》っている。丸みを帯びた体形からしてたぶんメス。正面の落下猿は、胴長でがっちりしている。股間《こかん》を見るまでもなく、オスだ。

落下猿が四つん這いの体を震わせ、頭を低くした。

野乃も腰を落として迎撃態勢を取る。

猿の体が跳ね上がると同時に手首を返した。テニスのバックハンドの要領だ。手加減をしたらやられてしまうが、刃のあるほうを使って切り傷を負わせたくはない。

鉈を横に払う。顔を直撃し、灰褐色の体が弾け飛ぶ。果実が消えて葉だけになったメロンの列まで飛んで、キャンと犬のように鳴いた。

右手の猿は動かない。しゃがみこんで歯を剝き出しにしている。牙をちらつかせていたさっきまでとは違って、歯並びを見て、と言っているような表情だ。これは自分より強い優位な者への恭順を示すジェスチャー。よしよし、いい子だから、もう邪魔しないで。

「佐々木さん、起きて」

ぴくりともしない。

スマホを取り出して、１１９にかける。このひと夏で三桁の番号を鳴らすのは何度目だろう。災厄続きの夏だった。

あれ？　繋がらない。

画面に圏外表示が浮かんでいた。

なぜ？

スマホを揺すってみた。画面を叩いてみる。そうしたところで繋がるわけもなかった。かけ直しボタンを押した。何度も。結果は同じだった。

どうしよう。もし怪我ではなく、急性の病気だったらと考えて躊躇していたのだが、もう待ってはいられない。肩をつかんで体を揺すってみた。

反応がない。

両手で肩を押して体を仰向けにした。白い無精髭に縁取られたお地蔵さんみたいな丸顔から、血の気が失《う》せている。目は閉じたままだ。

やっぱりどこも怪我をしている様子はなかった。それなのに人形のように力なく横たわり続ける。閉じたまぶたも動いていない。

え？

鼻先にてのひらをあてがった。

え、え？　なに？

息をしていない。

「ああ、なんで」

真室さんと田邉さんの死から、まだ立ち直れていないのに、また――もう、これ以上、研究センターで人が死ぬのを見たくなかった。

佐々木さんのひたいを押さえ、鼻をつまむ。唇で佐々木さんの口を覆い、息を吹きこんだ。

人工呼吸。これでいいのかどうか自信がない。しばらく前に一度だけ大学職員が対象の救急法講習会で練習したことがあるきりだ。

〝人工呼吸のあとは、ただちに心臓マッサージをすること〟どうするんだっけ、両手を重ねて心臓の上に——違う。両手をあてがうのは、胸の真ん中。乳首と乳首のあいだだ。両手の手首に近い部分を重ねて強く押す。体重をかけて、本気で強く。思い出した。講師の人が言っていた。「相手を死なせないためなら、骨折させてもかまいません」

強く、強く、強く。

「ふっ」

佐々木さんの口から小さく息が漏れた。

あ、ああ、ああああ。

まぶたがぴくぴく動く。

よかった。

ようやくまともに佐々木さんの顔を見ることができた。それで首筋に赤い腫《は》れ物があることに気づいた。何かが刺さっている。指先でそれを抜いた。

何があったのか、佐々木さんを襲った犯人が誰なのかがわかった。

野乃は頭上を仰いで、耳を澄ます。野乃に恭順を示したメス猿が、ホウホウと声をあげた。

し——っ。静かに。

音はしていたのだろうが、猿たちの声がやかましすぎて、気づいていなかった。

しっかり耳を澄ませたら、聞こえた。虫の飛翔音。自動車レースの走行音みたいな低く重い羽音だ。小さな羽虫のものじゃなかった。

蜂だ。スズメバチ。猿の次は蜂——

これも「いまこそ、放て」か？　虫を操るのは、植物たちにはお手のものだ。

どこだ。音は聞こえても、姿は見えない。

「またスズメバチですか」という野乃の言葉に、佐々木さんは確かこう言っていた。「そうなんだよ。しかも三カ所」

三カ所のうちのひとつはここだったのか。佐々木さんは両手に手袋をはめていた。レインウエアのポケットからゴーグルがはみ出ている。一樹が走り出してしまったから、「玄関の近くにもあるから気をつけて」という佐々木さんの言葉の続きをろくに聞かずに、慌ててあとを追った。もしかしたら、佐々木さんは、野乃が来たのを知って、野乃が入るかもしれない温室の巣を、ほかのものより先に片づけようとしてくれて、ここへ来たのかもしれない。

少し前にも、佐々木さんは蜂の巣の駆除をしていた。その時の言葉を野乃は思い出す。装備が簡易なのを野乃が心配すると、「まあ、いつもこれでやってるでね」と笑い、こう続けたのだ。

「蜂には慣れっこだよ。少し前にも刺されちゃったし」

あの時は、聞き流してしまった。蜂に刺されるのは、二度目の時が危ない。蜂毒アレルギー反応が強く出てしまうのだ。そのことを、ちゃんと伝えるべきだった。馬鹿馬鹿馬鹿、私の馬鹿。

小さなヘリコプターのような羽音が近づいてきた。頭上からだ。目玉だけ動かして音のする方向を見る。

黄色い頭。黒くて丸い胸部。黒と黄色の禍々しいツートーンカラーの腹部。大きい。小指の関節二つぶんぐらいありそうだ。オオスズメバチだろう。

野乃の頭上を偵察するように旋回する。じいちゃんと暮らした森には、蜂もうようよしていた。スズメバチから逃げる最善の方法は、刺激しないように、むやみに体を動かさず、ゆっくりゆっくり遠ざかることだ。

佐々木さんの動かなかった胸が上下しはじめた。まだかすかだが、息づかいも聞こえる。だが、意識は失ったままだ。

とにかく、猿と蜂が跋扈《ばっこ》するこの温室から外へ出さないと。

巣はどこだろう。そこから遠ざからなくては。あらためて周囲を見まわすと、あちこちにスズメバチの姿が目についたが、巣がどこにあるのかはわからなかった。オオスズメバチは地面の下に巣をつくることもある。奥のメロンの大きな栽培槽の中かもしれない。

とりあえず蜂の姿がない、入り口側に向かって進むことにした。

「佐々木さん、ちょっと痛いかもしれないけど、我慢してくださいね」

佐々木さんのゴム長を履いた両足を持って、体を引きずった。小柄な人だが、ぷっくりお腹が出ている体は、けっして軽くはなかった。姿勢を低くすれば蜂に狙われにくいから、腰を落としたまま進む。楽な体勢ではなかった。

地面の剝き出しの水道管や灌水チューブを越えるたびに、佐々木さんの頭が揺れて、ごつんと音がする。ごめんなさい。

ブゥ——ン

スズメバチの羽音が聞こえるたびに、動きを止め、息を殺して音が止むのを待つ。そうしているうちに、今度は猿たちが、佐々木さんの頭や、ぶらぶら揺れる手にちょっかいを出してくる。それを追い払うのもひと苦労だった。

額から汗がにじみ出てくる。山で暮らしていたから体力には自信があるのだが、猿や蜂の危険に晒されながら、動かない成人男性を運ぶのは、想像以上に難しかった。

また羽音。

やけに近くそして甲高い。

カチ　カチ　カチ

舌打ちのような音も聞こえた。昔、何度か聞いた。スズメバチが大きな顎を鳴らす音だ。攻撃対象をロックオンした音だと、生物学を始めてから知った。おそらく野乃の汗の匂いをかぎつけたのだと思う。

動きを止め、佐々木さんに覆いかぶさるように体を低くする。蜂の視野は真下には向けられないと聞いたことがあったからだ。

息も止めて、静止し続けている。「うっ」佐々木さんが小さく呻いて両手で何かを振り払うしぐさをした。最悪は脱したかもしれない。でも、お願い、いまはおとなしくしていて。

ようやく顎を鳴らす音が消え、羽音も去っていったが、さっきから五、六メートルしか進んでいなかった。広い温室の奥からスタートして、これだ。出口はまだ遠い。

一人じゃ無理か。

「佐々木さん、待っててください。いま人を呼んできますから」

どうか、動かないで。倒れたままなら、蜂は寄ってこない。はやる心と体を抑えて猿や蜂を刺激しないように、抜き足差し足で歩く。

二重扉を抜けた瞬間から、全力で走り出した。

向こうからも誰かやってくる。

誰かというのは、石嶺さんしかいないのだが。

「どうしたの、一樹まで」

背中に一樹をおぶっている。最近は自分で歩かせるようにしているから、ひさしぶりのおんぶが嬉しいようで、一樹は茹でじゃがみたいな笑顔だ。

「遅いからスマホに連絡しようとしたけど、発信できなかったんだ」

「私もです」

「何かが起きてる。ここを出よう」

「温室に佐々木さんがいるんです。スズメバチに刺されて、二度目のようで、あの、息はしてなくて、いまはしてますけど、意識は戻ってなくて、あのあの」

「落ち着いて話して」

一樹にまで呆れられた。「へ？　ほ？」

すうううぅぅっ　はぁぁぁあああっ。深呼吸をしてから、佐々木さんがスズメバチに刺されてアナフィラキシー症状であるらしいこと。温室の中に猿たちがいることを説明した。

説明するまでもなかった。温室の破れた扉から、猿たちが何頭も外へ出てくるのが見えた。

もう温室の中に食料はないか、残り少なくなった争奪戦に敗れたか――

「じゃあ、佐々木さんは俺にまかせろ」

「どうするんですか」

「うちの娘が蕎麦《そば》アレルギーだって知ってるだろ。車にいつもエピペンを積んでる」

エピペン。アナフィラキシーの緊急用の薬品だ。注射式で、一樹の通う保育園でもアレルギーのある子どものために、先生たちは打ち方の練習をしていると聞いた。

「一緒に行きます。石嶺さん、怪我してるんだから」

「だいじょうぶ」石嶺さんが背中から一樹を下ろして、包帯を巻いたほうの手で、ゴリラみたいに胸を叩いた。「ほとんど治ってる。村岡に雑用をさせるために痛がってみせただけだ」

味をしめた一樹が、野乃におんぶをせがんで両手を伸ばしてくる。

「それより、一樹を連れて先に出て、スマホが通じる場所まで行くか、消防署に駆け込んでくれ。手分けをしたほうが効率がいいだろ」

「固定電話は？」

「そっちも繋がらない。主装置の故障か、ケーブルのどこかが損傷したか。ＡＩのしわざだと思う。急ごう」

石嶺さんが駐車場に向かって歩き出す。駐車場はセンターのむこうだ。一樹をおぶって野乃も隣を小走りした。

「でも」確かに石嶺さんなら一人で佐々木さんを担ぎ出せるだろう。でも、猿や蜂には私のほうが慣れている。

「村岡はスズメバチに刺されたことはあるか」

「……あります」バレたか。

「じゃあ、やめよう。俺は一度もない」たぶん、と小さくつけ加えてから、もうついてくるな、というふうに足を速めた。「一樹を連れて帰れるのは、俺じゃない。村岡だけだ」

猿たちが四足歩行でこっちに近づいていた。

「考えてる暇はないぞ」

「わかりました」

石嶺さんが駐車場まで駆けていく。ダイエットが必要だ、と嘆いている体格には似合わない速さで。

センターの入り口はすぐそこだ。が、野乃は数メートル手前で立ちすくんでしまった。ガラス扉の前に、まるで番人のように猿がうずくまっていた。

毛の色がすっかり白くなった高齢の猿だ。だが、老猿と言っても油断はできない。猿は大人になっても成長し続けるから、年老いた猿は、たいてい若い猿より体格がいい。この猿も一樹よりはるかに大きい。保育園なら五歳児クラス。人間の成人男子並みの握力と、鋭い牙を持った五歳児だ。

「一樹、目をつぶって」

まずすべきことは、目を合わせないことだ。

「る、るる」一樹にとって猿は何度も目にしている生き物だが、間近に見る姿が珍しいのだろう。目をつぶるどころか、老猿に向かって手を伸ばした。猿も野乃ではなく、野乃の肩ごしに視線を送っている。まずい。一樹と目が合っちゃったか。

一樹の顔のあるあたりをてのひらで覆う。そして、ひらひら動かした。動かしながらてのひらを自分の顔の前に持っていく。猿の視線が追いかけてくるのがわかった。

一瞬で顔の前から手をどかす。猿より先に視線を合わせて、唸り声をあげてやった。

「ゴアアガガゥ」

老猿が赤ら顔の中の丸い目を見開く。

「ゴアガガ、ガガガ」

うがいしているみたいだが、これが猿の威嚇の声、だったと思う。だが、猿はドアの真ん前に鎮座したまま動かない。

猿より一樹が驚いたみたいだ。背中から飛び下りようとする。母親が猿に変身してしまったとでも思ったか。一樹のお尻にまわした両手に力をこめて、囁きかけた。

「だいじょうぶ。ママだよ。もっとしっかり抱きついて」

一樹の返事は、野乃のまねをした威嚇の声だった。

「ごがあ」

そうそその調子。首に両手を回してくる。ちょっと苦しいよ。

片手で一樹のお尻を支えて、もう一方の手で鉈を抜き出した。

「ゴアアアガアア」

一樹も唱和する。

「ごあっ」

ようやく老猿がのっそりと動いた。と思ったら伸びをするように前足を伸ばして、四つん這いになった。まずい。攻撃体勢だ。自分より順位が低い子猿を連れた母猿と見なされたか。

ん？

ガラス扉の左上、防犯カメラの下に薄茶色の楕円形がぶら下がっていることに気づいた。

あれは、もしや。

佐々木さんが言っていた「玄関の左手」のスズメバチの巣だ。

老猿が頭を低くして、体を震わせはじめた。すぐにでも飛びかかってくるだろう。

前門の猿。後門の蜂。恐ろしいのはどっち？　迷っている暇はなかった。

野乃は防犯カメラの下へ走り、鉈で蜂の巣を叩き落とす。左側からなぎ払って、猿のいる場所に落ちるように。

猿が驚いて跳びすさる。巣から怒った蜂たちが飛び出して、老猿に襲いかかった。

「クィッキィーッ」

子猿みたいな甲高い悲鳴をあげて頭を抱えている。

いまだ。野乃はガラス扉を少しだけ開け、二人ぶんの体をねじこんでから、すばやく閉めた。もちろん土足厳禁のルールは破らせてもらった。

ドアを閉めると同時に、石嶺さんのミニバンが温室に向かって走っていくのが見えた。入り口に横づけして、応急処置をした佐々木さんを乗せるのだろう。こっちも急ごう。

だが、そう簡単にはいかなかった。

老猿が消えたドアに別の猿たちが集まってきた。中に入れろ、と抗議するように一頭が体当たりをしてくる。

別の一頭はガラスを舐めるように唇をつけて、牙を剝いている。

よく見ると、猿たちはみな痩せていた。パリジャンサンドの奪い合いをしていた時よりもさらに。さっきの老猿も毛が長いから大きく見えただけで、四肢はあんがいに細かった。もうこの森のどこにも餌がないのだ。

そして、それは偶然ではないだろう。植物たちがしくんだ罠《わな》に違いなかった。

彼らにとってはそう難しいことじゃない。なにしろ結実する実の数を何年も意図的に少なくし、木の実を食べにくる動物たちを飢え死にさせ、数を減らしてから大量に結実して、より多くの子孫を残す——そんな芸当ができる生物なのだから。

自分たちにとっては害獣でしかない人間と、同じく彼らを食害する、あるいは利益をもたらさない哺乳類《ほにゅう》たちを争わせる。どちらが傷ついても、彼らに損はない。両者が傷つけば、大成功だ。

猿たちがガラス扉を手荒く叩いている。

荷物を取りに戻って、すぐに外へ出るつもりだったのだが、閉じ込められてしまった。なんとか突破するしかない。

事務室に入り、鉈のほかに武器になりそうなものを探した。

デスクには、はさみとカッター、裁縫道具ぐらいしかない。ないよりましか。でも、カッターは使いたくないな。

そうだ、備品用キャビネットに緊急避難用グッズが置いてあったっけ。

壁ぎわに並んだキャビネットのいちばん隅、ふだんは使われない大きな引き出しを開ける。ミネラルウォーターと乾パンの箱。これは使えそうだ。

ひとつ上の引き出しには、非常用持ち出し袋が置かれていた。これだ。

持ち出し袋の中身を床にぶちまける。使うのは中身よりこの袋だ。空けた袋を入れ物に使う。入れるのは、一樹。だっこ紐《ひも》の代わりだ。

なるべく自分で歩かせるために、最近はだっこ紐を使っていない。今日も持って来ていなかった。リュックサック型の非常用持ち出し袋は、丈夫な素材でできている。十一・二キロの一樹なら、らくらく持ち運びができそうだった。

一樹は初めての場所と、部屋を散らかしているとしか思えないだろう母親の行動に、目をビー玉にしている。ぼくがおもちゃを放り投げると怒るくせに何をやってるの。

野乃は非常用持ち出し袋を両手で胸の前に広げてひらひらさせて、一樹に笑いかけた。

「一樹、これ、なんだかわかるぅ」

「う?」

ひらひら。なんとか気を引かないと。ぐずらないで、入ってね。

「カンガルーの袋だよ。一樹はカンガルーの赤ちゃん。いいないいいな」

「な?」

少し前、動物が主人公のアニメを見ていた時、一樹はおなかにポケットを持った生き物にいたく興味を引かれたようだったから、名前を教えたのだ。動物図鑑を持ってきて、発語に有効だという、指さしもやってみた。「これはカンガルー。カンガルーだよ」

初めての単語にしてはハードルが高すぎたようだ。一樹が言えたのは、このひと言。

「る」

しかも、象を自分で指さして「る」。ライオンを指さしても「る」。人間以外の動物を見たらなんでも「る」と言うようになってしまった。

「入ってみようか」

「み？」

抱っこして中にすっぽり入れる。落とすに決まっているドジャースの帽子は野乃のバッグにしまった。よいしょ。ベルトを肩にかけ、一樹入りのリュックを前持ちにする。じゃあ、試運転してみましょう。

2×3に並んだ事務室のデスクの周りを、周回する。リュックから顔を出した一樹は、「むきーっ」と歓声をあげた。よしよし、おとなしくしててね。

朝、カラスに石を落とされたことを思い出した。

まさか、カラスも植物と共謀している？　いや、ありえなくはない。植物が食害虫に攻撃された時、揮発性物質を使って呼び寄せるのは、昆虫だけじゃない。たとえばアカマツは、マツハバチの幼虫に食害されると、シジュウカラを呼ぶ。そもそも野乃がカラスたちに目をつけられたのは、研究農場の大豆畑でだ。

一樹用のヘルメットが欲しい。でも、研究センターに常備しているものは、どれも大人用だ。給湯室に小さな両手鍋があったことを思い出した。石嶺さんが袋麺を茹でる時に使っているやつ。

給湯室に向かう。一樹がまたはしゃぎ声をあげた。モビルスーツを操縦している気分なんだろう。擬音をつけてやった。

「ガシャン、ガシャン。ゴー、ゴゴー」

「きぃーっ」

がしゃ、がしゃ。これは本当に鍋を戸棚から出した音。

「イツキ1号、発進っ」

「んー」

だが、機嫌が良かったのは、両手鍋の持ち手にストラップがわりの梱包《こんぽう》紐を結び、頭にかぶせるまでだった。

「ひーっ　きぴーっ」

「お願い。かぶってて。カラスが来るかもしれないから」猿も物を投げてくるし。

猿たちの騒ぐ声がまた大きくなった。数が増えているのかもしれない。急ごう。

乾パンの保存缶を開けて中身をゴミ袋にぶちまける。いくつも缶を開け、袋がぱんぱんになるまで乾パンを詰めた。

準備完了。

念のために、もう一度、スマホで通話を試みる。

だめだ。何があったんだろう。

事務室の固定電話も試す。事務室の四つの電話、すべてが沈黙してしまっていた。

一樹が小鍋のヘルメットを嫌がってしきりに頭を振る。

「ひーっ、ひひーっ」

泣きそうな顔だ。

「がまんして」少しの辛抱だから。たぶん少しの。「ほら、ママもかぶってる」オレンジ色のランバージャック風のヘルメットを叩いてみせる。

「ぴぃー」

もう一度、「がまん」と言い聞かせて、一樹が入った非常用持ち出し袋を胸の前にしっかり抱いて、玄関へ急ぐ。両方の肩にはそれぞれ、トートバッグとおむつその他が入った布バッグ。

ガラス扉の向こうに、猿たちが待ち構えていた。

立ち上がってガラスにへばりついているのが一頭。手足が長いから、大きな四本足の蜘蛛のようだ。唇をアワビみたいにしてドアを舐めているのが一頭。その後ろにも何頭かの姿。ここからは見えないが、スズメバチもまだ飛んでいるだろう。

「よし、行くよ。イツキ1号、発進」

「ぴぴっ」

この子だけはなんとしても守らなければ。昔、じいちゃんが野乃にそうしてくれたように。

「俺はもうじゅうぶん生きたが、野乃はこれからが長いからな。つまんねえこと考えないで、生きろ、野乃」

両親が離婚して、父親がすぐに再婚し、母親が心を病んで、どちらにも引き取られなかった野乃を、母の父、じいちゃんが育ててくれた。

知らない土地の、学校まで片道一時間以上かかる山の中の一軒家で暮らしはじめ、友だちもできず、いつも森の中でひとり遊びをしていて、話し相手は森の木だった野乃を、じいちゃんだけが愛してくれた。森の美しさと恐ろしさを、樹木や草花や動物の名前と営みを、森で暮らすためのあらゆるルールを教えてくれた。

持ち出し袋のベルトを握りしめ、顎で一樹の鍋ヘルメットを押さえつける。二人で無事に帰らないと、逸郎に合わせる顔がない。

自分のヘルメットのつばを押し下げ、それから、ドアの外へ飛び出した。

出たとたん、たちまち猿たちに囲まれた。

どの猿とも目を合わせないように、視線を虚空に向けて、目の隅だけで様子を窺う。

一樹を胸に抱えた野乃の姿が、人間ではない異形の生き物に見えたのか、猿同士が牽制《けんせい》し合っているのか、いきなり飛びかかったりしてこないのが、幸いだった。

どのくらいの数だろう。森の中で囲まれた時には、猿山に放りこまれた気がしたが、いまは、動物園の中にいるような気分だった。私と一樹が見物される動物で、猿たちが観客の。

クワン、クワン、クワン

クワン、クワン、キュワン、クワアン

出てきたぞ、とでも言っているように一頭が吠えると、何頭かが声を揃えた。

「きぴぃ」

一樹がだっこ紐がわりの非常用持ち出し袋の中で体をもぞもぞさせる。袋から短い両腕を伸ばして、頭にかぶった鍋の取っ手にてのひらをあてた。耳を押さえているつもりらしい。

「だいじょうぶ」

クワン、クワン、クワン
野乃の胸にうずめようとして、こちらに向けてくる顔の中の眉が「ハ」の字になっていた。

「だいじょうぶ、ママが一緒だよ」

小鍋のヘルメットを目深にかぶらせて、猿たちが見えないようにし、とんとんと肩を叩く。小さなてのひらが、野乃の親指をぎゅっと握ってきた。

もう一歩、足を踏み出す。猿たちが後退するかと思ったが、そうはいかなかった。危険のない存在だとわかってしまったようだ。何頭かが四つん這いになって、間合いを詰めてきた。標的になってしまうのは時間の問題だった。

よしっ、じゃあ、イツキ1号の凄さを思い知らせてやろう。

「イツキ1号、秘密兵器を準備します」

「ぴき?」

野乃は手首からさげたゴミ収集用のポリ袋に手を突っ込む。そして握りしめられるだけの乾パンをつかみ取った。

「カンパンチ、発射」

にじり寄ってくる猿たちの後方に乾パンを放り投げる。そのとたん、猿たちは人間にはまねのできない素早さと身のこなしで、いっせいに群がった。ひと塊《かたまり》になって奪い合いを始める。そのさまはまるで蠢く巨大な毛糸玉だ。

この隙にいっきに走り出したかったが、そうもいかなかった。争奪戦に出遅れた猿たちが、乾パンをあきらめるかわりに、こっちに近づいてきた。また野乃の手の中から何か出てくるのではないか、と期待しているようだった。下手に刺激したら飛びかかってくるだろう。しかも――

頭上からは羽音が聞こえていた。

蜂の巣はもう野乃が叩き落としてしまったのだが、スズメバチたちは幻の巣を守ろうとするように防犯カメラの周囲を飛びまわっている。猿だけじゃない、昆虫でも習性は同じ。スズメバチも動くものに反応して攻撃をしかけてくる。いつも通《かよ》っている職場の出入り口から駐車場までの何でもない道のりが、いまや命がけで通り抜ける危険地帯になっていた。

「歩いて行こう」

走っては危ない。一樹を動揺させないように、アニメソングを歌った。大きな音にも反応するスズメバチを刺激しないように、ちいさな声で。

あるこう　あるこう　わたしはげんき

一樹が好きな歌だ。

あるくの　だいすき　どんどんいこう

一樹もでたらめ言葉で歌いだす。

「あああおー、あああお～」ああ、大きな声を出しちゃだめ。

とたんに蜂たちが騒ぎ出した。

ぶぅ――ん　ぶぅーん、ぶぅぅ――ん

しーっ。一樹の唇にひとさし指を当てる。

「ああおー、あおお～」

「だめだめ。大きな声を出すと、蜂さんに聞こえちゃうよ」

一樹の顔を胸にうずめた。

「あおおーおあ？」

「蜂。ブンブンって音を出して飛ぶ、虫さん。ちくんて刺されると、痛い痛い」

「ち」

「そうそう」

まだ単語は喋れないけれど、少しずつ会話がかみ合うようになってきている、気がする。

蜂たちが描く弧がだんだん大きくなっていく。猿たちは野乃が一歩歩くごとに距離を詰めてきて、振り向くといっせいに動きを止める。だるまさんがころんだをしているみたいに。気づいたら、足もとから二メートル足らずのところまでにじり寄っていた。

右手に続いているセンターの庇《ひさし》の上を伝って近づいてくる猿もいた。頭上から襲ってくるのは、蜂だけじゃなさそうだ。

野乃は建物から離れる方向へ歩き、一樹をしっかり抱きしめる。蜂と猿。まるでさるかに合戦だ。最凶の昆虫と賢い小さな猛獣、両方を相手にしなくちゃならない。しかもどっちもとんでもない数。

待てよ。

合戦か。いつか石嶺さんに強引に見せられた、モスラ対ゴジラを思い出した。

ポリ袋に手を突っ込む。車にたどり着くまでにはまだ距離があるから、節約しておきたかったが、しかたない。乾パンをつかみ、もうひと跳びでこちらに届く場所まで忍び寄ってきた猿たちの後方に投げた。

そのとたん弾かれたように反転し、けたたましく叫びながら、争奪戦を繰り広げはじめた。その声に反応して、蜂たちも動き出し、猿たちのところに殺到する。

餌を争う声にいくつもの悲鳴が混じる。阿鼻叫喚《あびきようかん》。リアルさるかに合戦。石嶺さんと一緒に見た映画では、ゴジラを退治するために、南の島からモスラを呼び、ゴジラと闘わせるのだ。

いまだ。野乃は歩調を小走りに変えた。

センターの玄関から駐車場のとば口までは五十メートルほど。野乃が車を駐めているのは、端にある職員用のスペースだから、そこからさらに三、四十メートル。一歩踏み出すたびに、抱っこした一樹の体が上下に跳ねた。

「ほっほー」

お遊びだと思ったのか、一樹がはしゃぎ声をあげた。

急ぎすぎたか。また別の猿たちが駆け寄ってくる。

また乾パンを撒く。近づいてくる猿は二十頭以上。ひとつかみでは足りなそうで、もうひとつかみ撒いた。まだ道のりの三分の一しか来ていないのに、乾パンは残り少ない。

駐車場が近づいてきた。手前にはフェンスがわりに、ヤマモモの植栽が並んでいる。人の背丈ほどの、青黒い葉を紡錘《ぼうすい》形に繁らせた樹姿は美しいけれど、いまの野乃の目には、行く手を阻《はば》もうとする植物たちの衛兵の隊列に見えた。

ヤマモモの植栽を過ぎると、白線で区画された駐車場が現れる。研究センターにアクセスする手段は車しかないから、施設の規模からしたら広い駐車場だ。

が、ここにも猿たちがいた。もう争奪戦が終了してしまったのだろう。何頭もに先回りされていた。振り返ると、後ろからも大勢が後をつけてきている。十頭、いや二十頭、いやもっと。見る間に増えていく。そして、また囲まれてしまった。

乾パンを細かく砕いてから撒くことにした。これならあぶれる猿もなくいき渡り、争奪戦を長引かせることができるだろう。

あれ、けっこう硬い。片手で乾パンを割るのは思っていたより難しい。手間どっていると、いきなり下から袋を引っ張られた。

いつのまにかすぐそこに忍び寄っていた一頭が、腕を伸ばしてポリ袋ごと奪い取ろうとしていた。

「ちょっと、やめてよ」思わず人間にかけるような声をあげてしまった。「離しなさい」

「ひひっ」一樹が悲鳴をあげる。

「一樹のことは怒ってないから」

キイィーッ。猿も叫ぶ。あんたは黙ってなさい。

ポリ袋をつかんだ手は人間に似ているが、爪は真っ黒で、てのひらが足の裏のように長い。その手を平手で叩いた。

クアァーン

袋を引っ張りあげて、猿の腕を振りほどくと、袋の端に噛みついてきた。

あっという間に噛み切られて、乾パンがぽろぽろとこぼれ落ちる。

四方から猿たちが吠え声をあげて突進してきた。

思わずポリ袋を取り落としてしまった。強奪しようとした猿より早く、別の一頭が落ちた袋をかすめ取る。

破けているから、袋から残りの乾パンも落ちてしまっていた。そこにも猿たちが群がって灰褐色の塊になって争いはじめる。

こうなったら、いっきに走ろう。

「一樹、しっかりつかまってて」

車まであと三十メートル。一樹を抱きしめて走る。

だが、野乃は餌の配給センターだと認識されてしまったようだ。何頭かが追いかけてきた。たちまち追いつかれて、前方を塞がれる。大柄な猿ばかりだ。全部オスだろう。野乃はベルトから鉈を抜き出した。

「しっしっ、どいてっ」

背面を向けた峰打ちで鉈をふるったが、怖がる様子もない。トートバッグを振り回してみたら、逆に奪い取られそうになった。

しかたない。じゃあ、秘密兵器、その2だ。大勢の群れの中ではあまり効果がなさそうだから、ここまで使うのを我慢してきたのだ。

トートバッグから、それを取り出す。初めて使うから、取り出すのに手間どった。

それをまるめて、猿たちの前に放り投げる。

餌だと思ったらしく、競って群がったが、すぐに違うと気づいて、警戒して遠巻きにした。まるめていたそれが、細長い紐状で、地面の上でのたうつように元の形に戻ろうとするのを見た瞬間、口々に悲鳴らしき吠え声をあげて、弾かれたように飛びすさった。

放り投げたのは、蛇だ。

赤と黒のまだら模様。長さは五十センチほど。

もちろんおもちゃ。でも、効き目は想像以上だった。

猿はほかのどんな外敵より蛇を恐れる。理由は生物学者にもはっきりとはわからない。ニホンザルにかぎらず、チンパンジーやゴリラもやはり蛇を怖がる。

太古の昔、樹上で暮らす小動物だった霊長類にとって、高い木の上まで這いのぼってくる蛇は、最も恐ろしい捕食者だった。その時の記憶がＤＮＡに刻まれているのではないかとも言われている。そう言えば、人間にも蛇が嫌いな人は多い。

以前、石嶺さんと猿の群れに襲われた時から常備するようになった。正直、霊長類のはしくれである野乃も蛇は苦手で、おもちゃだとわかっていても見たくはなくて、いつも布製の袋に詰めてバッグのいちばん底にしまい込んでいる。

蛇を拾い上げて、今度こそ、走った。一樹を胸に抱え、二つのバッグを左右の肩にさげているから、全力疾走にはほど遠いのだが、できるかぎりの全力で。

走りながらリモコンキーを取り出す。

後部ドアを開け、非常用持ち出し袋から一樹を引き抜いて、チャイルドシートに座らせる。

運転席に向かおうとしたら、いきなり背中に衝撃が走った。

獣の臭いが鼻を刺す。一頭が飛び乗ってきたのだ。

体重は軽く、一樹をおんぶしているのとさして変わりない。だが、一樹は肩に爪を立てたりはしない。生まれてから一回もお風呂に入っていない酷い臭いを振りまいたりもしない。私の背中は一樹専用だ。勝手に乗るんじゃないよ。

いまは両手が自由だ。肩ごしに鉈を突き出す。怪我をさせないように手加減をしたのがいけなかった。あっさり奪い取られる。体重は幼児並みだが、ニホンザルの腕力は大人と変わらない。

ただし知能は二、三歳児並み。鉈の使い途を知らないのが救いだった。すぐに鉈を取り落とす。

今度は蛇を突き出す。吹きかかる息からして、ちょうど首の真後ろにあるだろう顔の前で、くねくね動かしてやった。

ヒイ——ッ
甲高い悲鳴とともに一瞬で背中から消えた。驚くほどの効果。本当に嫌いなんだな。

運転席に体を放りこむ。いまになって恐怖がこみあげてきたようで、手が震えてシートベルトがなかなか締められない。

「る」

後部座席で一樹が声をあげた。

猿のことだ。「さる」の「る」というわけでもない。カンガルーを「る」と言えるようになってから、人ではない動物を見ると、なんでも「る」と表現するのだ。

「る」

「うん、お猿さんいっぱいいたね」

「る、る」

数をかぞえるように言う。

え?

振り返って驚いた。ほんとうに数をかぞえていたのだ。

リアウインドウにも両側の窓にも猿が張りついていた。

長い腕を広げて、車内を覗きこんでいる。案外に細長い赤ら顔の中の丸い目が、「食べものをちょうだい」と訴えていた。

かわいそうに。猿たちは意味もなく狂暴化しているわけじゃない。夜黒森の植物たちの戦略の犠牲者だ。意図的につくられた飢餓状態に苦しんでいるのだ。

逸郎の血だろうか、怖がって泣きべそをかいているかと思ったら、とんでもない。一樹の目はきらきら輝いていた。この車をサファリパークのジャングルバスだと思っているみたいに。

「るー、るるる」

猿と同じように窓に張りつき、言葉にならない言葉で窓のすぐ向こうの猿に話しかけている。

「るるる、る」

「さあ、出発するよ。お猿さんにバイバイしよう」

「ば」

野乃はゆっくりと車を発進させた。

徐行したまま進み、猿たちがあきらめて窓から離れるのを気長に待った。轢いてしまわないように、クラクションを鳴らして大きな音を怖がる猿たちを前方から追い払う。

植物ばかりのせいにしちゃだめだ。彼らの生活領域をずっと侵してきたのは人間だ。植物たちはその状況を利用したにすぎない。とはいえ、人為的に食料を与えたら、それこそ生態系が壊れてしまう。できることは、森に食べものが戻る手助けをすることだけだ。

猿たちはようやくあきらめたようだ。車に恐れをなして、遠ざかっていく。徐々にスピードを上げ、センターの正門に近づいた時に、妙なことに気づいた。

正門の両側に門番のように立つイチョウの老木がゆらゆら揺れていた。

地震、ではない。揺れているのは二本のイチョウの木だけだ。グリーンプラネットの社名の入ったプレートも、西洋カナメモチ《レッドロビン》の生け垣も少しも揺れていなかった。ざわざわと大量の葉を騒がせ、幹が左右に震えているのは、どちらも樹高十数メートル、胸高直径が一メートル近いイチョウの老木だけだ。

見る間に、右手のイチョウが傾いてきた。倒れようとしているのだ。

車は入り口のすぐ手前まで来ていた。このままだと倒れてきた木に激突する。ブレーキは間に合わない。

とっさにアクセルを踏みこんだ。

こんなところでスピードを出すことなどないから、踏みこんだあとで思い出した。出入り口のすぐ先は、崖になっていることに。

出口をくぐり抜ける瞬間にブレーキを踏み、ハンドルを必死に右へ切る。タイヤが悲鳴をあげた。

車のテールが大きく振られる。横腹がガードレールにこすられて、耳障りな金属音を立てた。

お願い。曲がって。

ガードレールに車体をこすりつけながら、崖になった左側すれすれでなんとか車が右へ曲がったとたんだった。

イチョウの老木が倒れた。

車を停めて、正門を振り返る。最大周囲三メートルの鯨の胴体みたいな黒褐色の幹が根もと近くで折れ、横倒しになっていた。研究センターを封鎖するように。たっぷり繁った葉がまだざわざわと揺れている。

ここが大学の研究所で、野乃が学生だった頃から、いつも出迎え、見送ってくれた木だ。秋にはアヒルの足みたいな葉という葉が、素晴らしくきれいな黄金色になった。銀杏《ぎんなん》が落ちると、臭いが苦手な人たちは下を歩くのを嫌がり、好物の人は喜んで拾い集めた。

あれ？　一樹の声がしない。

「だいじょうぶ？」

後部座席を振り返る。声も出せないほど驚いたのだと思う。小鍋のヘルメットの下の目が、丸くふくらんでいた。卵の殻を頭に残したひよこみたいに。野乃も同じ目をしているに違いない。

口は開いたままだ。菱形《ひしがた》に開いた口から、「ふう」とため息を漏らした。さては、おしっこを漏らしたな。

もう一本のイチョウもかしいでいるが、こちらは斜めになったまま、枝と葉をうなだれさせている。まるで自分が後れを取ったことを悔しがっているかのように。

何が起きたんだろう。

これも植物たちがしかけてきた攻撃のひとつなのだろうか。

まさかね。いくらなんでも野乃の車が出るタイミングを見はからって倒れてくる、そんな細かな計算までできるはずがない。

はずがない？

本当に？

野乃たちが通りすぎる瞬間に倒れたのは偶然だとしても、今日、老木が倒れたのは、偶然ではなく、計算ずくかもしれない。

「いまこそ、放て」

ＡＩを介してスーパーダイズα‐1が、いや、α‐1もただのスポークスマンだ。α‐1の口を借りて夜黒森の植物たちが発したメッセージは、蜂起宣言、宣戦布告に聞こえた。イチョウの老木も、それに呼応したんじゃないだろうか。

森の年老いた巨樹は、時が来ると自らの選択としか思えない唐突さで倒れる。残り少ない寿命を悟って、若木に日光や栄養を譲ろうとするように、生命活動を停止してしまうのだ。

この夜黒森でも、祖父と暮らした森でも、野乃はたびたび目《ま》のあたりにしてきた。老齢だがまだまだ元気に見えた巨樹がある日突然倒れたとたん、周囲の若木が待っていたかのように丈を伸ばし、枝葉を広げるのを。倒木に種がこぼれ、朽ち果てていく幹から、残った養分を吸い取るように新しい芽が生まれていくのを。

寿命が尽きるまでには時間があるのに、たいした理由もなく老木が倒れるのは、自然の摂理だけでは説明がつかなかった。新しい世代に森を受け継がせるための、樹木自身の意思、あるいは森全体の総意が働いているのではないか、野乃にはそう思えるのだ。

このイチョウが倒れたのも、もう一本が倒れようとしたのも、森全体の地下に張りめぐらされた菌糸という情報ネットワークを通じて、指令を受けたからなのかもしれなかった。「いまこそ、放て。お前の命を」と。

なんのためなのか、理由はわからないが、彼らはこの研究センターを封鎖しようとしている。正面入り口を閉ざされてしまったら、森の樹木と、腰高だが密生しているレッドロビンの生け垣に囲まれたセンターから、車が外に出るのは難しい。

石嶺さんはもう外に出ただろうか。

車を温室が見える位置までバックさせた。

ミニバンは停まったままだった。石嶺さんの姿はここからでは見えない。まだ温室の中か。遠目にも猿の姿は少ない。意図したわけではないけれど、野乃が猿たちの大半を温室の外へおびき出せたようだった。

手伝いに行く？　佐々木さんをこの車に乗せる？　エピペンは効いただろうか。

運転席のドアノブに伸ばしかけた手をひっこめた。

だめだ。アナフィラキシーの場合、意識が戻っていないのに無理に動かすのは危険だ。温室からここまでは運ぶには遠すぎる。どちらにしろ、かえって時間のむだになる。

「一樹、いつもよりスピードを出すよ。覚悟して」

私の使命は、一刻も早く里に降りて、助けを呼ぶことだ。石嶺さんを信じよう。石嶺さんのあのごつい車なら（石嶺さん曰《いわ》く、ウルトラセブンみたいなフロントグリル。意味不明だ）、生け垣をなぎ倒して突破するに違いない。

「うー」

一樹が不満そうな声を出す。

「うーうー」

午前十一時半。いつもなら一樹の昼ご飯の時間だ。ごめん、ご飯を食べさせている時間はないんだ。

「とくべつだよ」

助手席のトートバッグから、取っ手が二つついた乳幼児用容器《シッピーカップ》を取り出す。中にはいつもは食後に少ししか飲ませない、野菜＆天然果汁のジュースが入っている。

「ほうほう」

チャイルドシートの中から上機嫌で手を伸ばしてきた。

「しゅっぱーつ」

「ぽー」

野乃の赤い軽のワゴンは、研究センターを出発して、夜黒森の山道を下りはじめた。片側に、時に両側に、深い森が続くいつもの道だが、いまの野乃には敵地を突破しているように思えた。

秋が始まり、緑から別の色に変わろうとしている木々の葉が、風に揺れて擦れ合う様子は、顔を寄せ合ってひそひそと耳打ちをしているかのようだ。奥まで見通せない深い森の中では、密談が交わされているかもしれない。老木も若木も天を突く巨樹も、秋の花を咲かせた低木も下草や笹藪も、隙あらば、こちらに狡猾な罠をしかけてくるのではないかと思えてしまう。

最初のカーブを曲がった時だ。

一樹があわぶくを吐くように言った。

「ち」

「どうしたの」ジュースがなくなったのか。おかわりはなしだよ。

ルームミラーに映った一樹は、丸くした目を斜め前に向けている。速度を落として、視線の先に横目を走らせた。

「ち」

後部座席の窓を何かが這い回っている。黄色と黒のツートーンカラー。頬がひきつった。スズメバチだ。

「一樹、じっとしてて」

「ほ？」

じっとしててと言ったところで、じっとしているような子じゃない。そもそも「じっとしている」という言葉の意味がまだわからない。なんて説明すればいいいんだ。

「動かないで」

「ほお」

だめか。そうだ。

「一樹、こんにちはにわ」

そう言ったとたん、チャイルドシートの中でぴしっと体を硬直させた。片手は顔の脇に持っていき、もう一方の手は腰にあてがう妙なポーズで。

少し前、逸郎が恒例のテレビ電話ダジャレで、埴輪《はにわ》のレプリカを使って、このポーズを披露したのだ。

「一樹ぃー、こんにちはにわ〜」

一樹のリアクションはいつもどおり薄かったが、じつは案外気に入ったようだ。それからは「こんにちはにわ」と声をかけると、体を埴輪のように硬直させて、ポーズを取るようになった。

目を見開いて、口まで丸く開けて埴輪の真似をしている。野乃はウインドウを下げた。蜂を刺激しないように少しずつ。

いつからついてきたのだろう。一樹か私の体にくっついてきたのか。蜂は集団行動が基本の生き物だから、一匹だけの時はおとなしい。車内のどこかに身を潜めていたのが、一樹の飲むジュースの匂いに誘われて動き出したのかもしれない。スズメバチは匂いに敏感に反応する。甘い匂いを好み、ジュースや果物の食べ残しを餌にしたりする。置いていた缶ジュースの中にいつのまにか潜りこみ、知らずに口に運んで唇を刺された、なんていう話も聞く。

なかなか外へ出ていこうとしない。ウインドウが半分まで下がっても、残った半分に張りついて、くるくる円を描いている。一樹は口を埴輪にしたまま、目は蜂を追いかけてくるくる動いていた。

ウインドウが全部下がっても、窓の縁をうろうろ這い回り続けた。しつこいな、もう。

蜂に気を取られて運転がおろそかになっていたから、徐行していたのだが、ルームミラーで様子を窺いながら、少しスピードを上げてみた。

窓から吹きこむ風に煽られて、ようやくふいっと、姿を消した。

ふう。研究センターから野乃の家までは、地図上の直線距離はほんの六、七キロだ。何度もカーブを越えて、くねくねと山道を下りていくから、実際に走る距離はもちろんはるかに長いが、時間にして二十二、三分。いつもはほんのちょっとに思えていたその距離が、今日はとてつもなく遠かった。

そして、まだまだ長くなりそうだった。

スズメバチが去って、何分もしないうちに、新たな刺客がやってきた。

道の先に突然現れた影に、野乃はブレーキを踏む。

一樹が声をあげる。「る」

車の数十メートル先を鹿が歩いていた。悠然とした足取りだった。角はない。メスだ。スピードを落としてやり過ごそうとしたら、右手の森の中から、もう一頭が出てきた。まだ小さい。今年生まれの子鹿だ。

その後ろから新たな一頭。これは成獣。やはりメス。オスは単独行動が多いが、メスの鹿は群れをつくる。親子のペアだけという場合もあるが、複数のおとなのメスで形成する場合、時には数十頭に及ぶ群れをつくることもある。

ということは、この横断はまだまだ続くってことだ——

悪い予感は的中して、続いてもう一頭、さらにもう一頭。別の子どもを連れたメスもいれば、若いメスやまだ角が小さい一、二歳のオスもいた。やれやれ。いつまで続くんだ。

クラクションを鳴らしたが、逃げる様子はない。子鹿がきょとんとこちらを見つめてくるだけだ。徐行で近づいても車に慣れているのか、まったく動じなかった。

野乃は車を停めて、足踏みをするようにハンドルを指で叩いた。ブレーキを踏んだ足は貧乏ゆすりをくり返していた。でも、一樹は上機嫌だ。

「る」

「る」

「る、る、る」

ほんの数分の辛抱だとわかっていても、ロスタイムが惜しかった。スマホを取り出して、通話ができるか、確かめてみる。

やっぱりだめだ。

センターの固定電話が使えなくなったのは、人間ではなく植物の味方になるつもりらしいAIのしわざだとしても、スマホが使えないのは、基地局に異変があったとしか考えられない。

このあたりの携帯電話基地局は、ユーカリの森のすぐ近くだ。まさか、また山火事?

だが、あの火事の後、基地局の周囲十メートル以内は、発火しやすいユーカリだけでなく、ほかの樹木もすべて伐採したはずだ。それに、もしあそこでまた山火事が起きたら、ここからでも煙が見えるだろう。

後ろから石嶺さんのウルトラセブン似のミニバンが姿を現すのではないかと期待していたのだが、いっこうにやってこなかった。センターの先に用事がある人はまずいないから、下りてくる車がないのはいつものことだが、対向車も一台もない。

鹿の行列はまだ続いている。幸いなことに立ち止まったりする鹿はおらず、みな下校途中の小学生みたいにおとなしく道を渡っていく。

焦ってもしかたない。さっきおしっこを漏らしてしまったはずの一樹のおむつを、いまのうちに替えておこうか。濡れて冷たくなるとぐずったりするから。

替えのおむつを持って運転席を出る。森の匂いが鼻をついた。

朝から気になっていた。それがいつもと違うことに。草むしりの時、抜いた草が発する危険信号の青臭さに似ていた。

〝気をつけろ〟〝やつらが来るぞ〟

来るなら来い、どうせ動けないくせに。

後部座席のドアを開け、チャイルドシートのベルトを外し、一樹のストレッチパンツを下ろした。やっぱり。けっこうぐっしょりだ。一年半以上おむつを替え続けているから、交換時間は三分あればじゅうぶん。

最短記録かもしれない速さでおむつを替え終えた時には、まだ十数頭目あたりの鹿が道を渡っていた。まさかこれも植物たちの妨害工作というわけではないだろうが、猿たちと同様に、彼らが鹿たちの食料を奪って、行動範囲を操っているのは確かだ。食べものに困った鹿たちは、農作物を狙って里へ下りていこうとしているのかもしれなかった。

空のシッピーカップを上下に振って、おかわりを要求する一樹に、ジュースのかわりに白湯《さゆ》を入れて渡す。前方の鹿たちののろのろした動きが急に速くなった。最後の一頭らしきメス鹿が、前を歩く子鹿の尻を鼻面でせきたてながら走り出す。これまでの緩慢さはなんだったのかと思うような素早さだった。まるで何かから逃げるように。

逃げるように？

右手の繁みがざわざわと揺れはじめた。

どっどっどっ。低い地響きが聞こえてくる。まずい。

野乃は急いで後部座席のドアを閉める。

藪の中から大きな茶色の体が飛び出してきた。

三叉《みつまた》に分かれた巨大な角。目の高さは一メートルを超えている。体重は百二十キロ近くあるだろう。おとなのオス鹿だ。

首の回りに白髭のようなタテガミがある。発情期に入っている証拠だった。

オス鹿は周囲を見まわして、甲高い声で馬みたいにいななないたかと思うと、いきなり野乃に向かって突進してきた。

ちょ、ちょっと待って、私はメス鹿じゃないよ。

運転席のドアを開ける間《ま》はなかった。ワゴンの狭いボンネットに飛び乗った。

メス鹿だと思われたわけじゃないようだ。鹿は他のオスに喧嘩《けんか》をしかけるように、角を振り立ててくる。

私が鹿に見える？　いや、ワゴンをライバルの鹿だと思っているのか。角を車のボディに突き立てている。そのたびに車体がへこんだ。

いくら発情期にしても、普通じゃない。餌の消えた森の中で唯一豊富なマジックマッシュルームを食べたのだろうか。あるいは森が、鹿の食べる植物に、なにか細工をほどこしたのか。今度は鹿か。もう何があっても驚かない。

鹿は二度、三度、ワゴンにつっかかったが、相手にならないと悟ったのか、勝ったと思い込んだのか、急に角をひるがえした。足早にメス鹿たちを追って去っていく。

巨大なオス鹿が、左手の木立に消えるのを確かめてから、尻もちをついていたボンネットから降りた。

車の中の一樹は、替えたばかりのおむつの中に、またちびっているのではないだろうか。窓を叩いて、ひきつった笑顔を向けてみた。一樹はジュースの残り香があるらしい白湯を、目を細めてすすっていた。私に似ず、案外に大物かもしれない。

センターから数えて、三つ目の大きなカーブにさしかかる。このあたりがセンターと野乃の家の中間地点だ。スピードを出せない山道でもあと十二、三分。次々と妨害工作をしかけてきた彼らも、もう打つ手はないだろう。

いろいろなことがありすぎて、丸一日が経ったように思えたが、実際にはほんの短い間で、時刻はまだ正午前だった。ようやく緊張から解き放たれた野乃は、窓を開けて風を入れる。いまの季節特有の暑くも寒くもない、冷や汗を拭ってくれるような、いい風だった。たとえ森が私を裏切っても、森を吹く風までは裏切らない。鼻唄を歌いたい気分だった。

カーブを曲がっている途中で、ハンドルがやけに重いことに気づいた。車体ががたがた揺れる。どうしたの。車が傾いている。

もしや。

車を停めた。運転席を下りて、タイヤをひとつひとつ覗きこむ。

最悪。右の前輪がパンクしていた。

なんでいま？　もう少しなのに。運が悪いにもほどがある。

このまま走ってしまおうか。指で押してパンクの具合を確かめてみる。ホイールを傷めてしまうが、このくらいなら、あと少しは走れる――

一樹が車の中から野乃を見つめていた。何があったの、という表情で。

やめておこう。この先にもまだ山道が続き、急カーブもある。パンクしたままでは制御できなくなる。曲がりそこねてワゴンが谷に落ちる光景が頭に浮かんだ。無理に走らせ続けると、発火して車が炎上する、と聞いたこともある。自分一人ならともかく一樹を乗せているのだ。無茶はできない。

タイヤ交換をするしかなかった。大学院生の時から、夜黒森に急に雪が降った時には、自分でスタッドレスに替えていた。多少慣れてはいるのだが、一人だとどうしても時間はかかってしまう。

こんな時に逸郎がいてくれたら、と思う。なにしろ車が趣味で、「タイヤ交換やオイル交換はむしろ娯楽」だと言い切る人だ。どこが面白いのか、野乃にはさっぱりわからない。

「ちょっと待っててね」

眠くなったのだろう、目が半開きになっている一樹に言う。まだ下りてこない石嶺さんと佐々木さんにも、心の中で声をかけた。待っててください、いや、もしかしたら、向こうももうセンターを出ていて、タイヤを替えている途中に会えるかもしれない。できればそうであって欲しかった。

ジャッキで車体を持ち上げている時、パンクしたタイヤのホイールに、黒くて丸いものが挟まっていることに気づいた。パンクしたタイヤだけじゃない。リアタイヤの接地面すれすれの場所にも同じものがくっついていた。

原因はこれか。リアタイヤに張りついているものを引き剝がした。張りついているというより、刺さっていた。

黒くて丸い、ゴルフボールぐらいありそうな大きな木の実だ。丸いと言っても球体ではなく、鋭い棘が突き出したウニのような形をしている。手の中で転がしてみたが、棘の鋭さに驚いて取り落としてしまった。金属のように硬くて、釘のように鋭い棘だ。

アンバーバームの実だ。和名は紅葉葉楓《もみじばふう》。

パンクしたのは、何分も前だろう。研究センターから一キロ半ほど下った場所に違いない。ここには道に沿って紅葉葉楓が植えられている。

紅葉葉楓の実は、しばしばタイヤをパンクさせることで悪名高い。夜黒森の紅葉葉楓も、センターに通ってくるスタッフや学生のバイクや、ロードバイクで登ってくるツワモノの自転車のタイヤを何度もパンクさせている。

でも、紅葉葉楓の実がなるのは、秋が深まってからだ。十月にもならないこんな時期に道に落ちてきたりはしない。しかも自転車やバイクより丈夫な自動車のタイヤをパンクさせるような実など見たこともなかった。

運が悪かったわけじゃない。偶然じゃなかった。おそらくこれも植物たちのしわざだ。

パンクしたタイヤをようやくはずした。ここまでで二十分。あとどのくらいかかるだろう。通行の邪魔にならないように車は路肩に移動させているが、依然として車一台、通りかからなかった。石嶺さんたちもまだ来ない。やっぱりイチョウの老木が障壁になっているのだろうか。

唯一の救いは、一樹が小鍋をかぶったままぽっかり口を開けて眠っていることだ。


荷室から取り出したスペアタイヤをころがしていると、背後から走行音が聞こえてきた。

ああ、よかった。石嶺さんだ。

振り返って、手を振ろうとした。

違う。石嶺さんの車じゃない。

でも、見覚えのある車だった。白と緑のツートーンカラー。野乃の車を追い越し、前方を塞ぐように急停止した。

森林管理署のパトロール車だ。

運転席から頭が飛び出した。長い黒髪を後ろで束ねた女性。森林官の御園さんだ。

御園さんは前を向いたまま片手を突き出して、立てた親指を振る。「車に乗れ」と言っているのだ。

助かった。地獄で仏っていう慣用句は、こんな時のためにあるのだろう。やっぱり、御園さんは頼りになる。野乃はあらためて手を振った。

「ありがとうございます」

両手をメガホンにして声を張る。

「一樹も、息子もいるんです。一緒に乗せてください」

オッケーと言うかわりに、ハザードランプが点滅した。

よし、急げ。

スペアタイヤをせっせと荷室に戻して、寝ている一樹の体をゆすった。

「起きて、一樹。助けが来たよ。車に乗せてもらおう」

お菓子を食べている夢でも見ているのか、一樹は口をもぐもぐさせながら、うっすら笑っている。再び登場させた非常用持ち出し袋のだっこ紐で、寝ぼけている一樹を前に抱き、両肩に二つのバッグをさげて、車にキーをかける。チャイルドシートも持っていきたかったが、非常時だ。贅沢《ぜいたく》は言ってられない。

パトロール車まで歩いていくと、後部のドアがすいっと開いた。

「ほんとうに助かりました」

一樹を抱えて後部座席に乗り込む。森林管理署のパトロール車に乗るのは初めてだった。車内にはかすかに森の樹木の香りが漂っている。

後部座席には、雑多な装備が置かれていた。片側の透明ポケットに入れた地図を取り出さずに見ることができる森林官用バッグ。木に印をつけるためのナンバーテープ。PDAというのだっけ、森林調査用の端末機。防蜂網まである。この装備があれば佐々木さんはスズメバチに刺されなくて済んだはずだ。それらを少しだけ片づけて自分たちが座るスペースをつくった。

「なんてお礼を言えばいいのか。ほんとうにありがとうございます」

もう一度、感謝の言葉を口にする。そして説明をした。

「センターのスタッフがスズメバチに刺されてしまって、助けを呼びに行く途中だったんです。でも、車がパンクしてしまって」

どこからどう説明をしたらいいのかわからない。子連れの野乃が林業用のヘルメットを身につけている理由や、なぜ一樹が鍋をかぶっているのかも。

「研究センターがとんでもないことになっているんです。スズメバチだけじゃない。猿の群れも押し寄せてきて。あの、異変が起きているのはセンターだけじゃなくて、この森のすべてがおかしくなっているんです」

御園さんは警察官の夏服のようないつもの制服姿だ。パトロール中に、研究センターの異変に気づいて助けに来てくれたのかもしれない。

「それで、あのぉ、スマホも、固定電話も通じなくなってしまって。植物と会話をする研究をしていることは、前にお話ししましたよね。信じてもらえないかもしれませんが、いま夜黒森で起きていることは――」

わかってもらおうとすればするほど、支離滅裂になってしまう。こういう時に理路整然と話ができないのが、野乃のだめなところで、真室さんにもよく諭《さと》された。「研究者は、まして大学で学生たちに教えようとするなら、喋ってなんぼだぞ」

さすがに呆れられたようだ。御園さんは黙ったままだ。いきなり妙なことを口走っても、信じてもらえるはずがなかった。

車が走り出す。いったん落ち着こう。隣に座って、野乃にぺったりくっついている一樹の手を握った。

「一樹、ごあいさつしよう」

野乃がそう言えば、言葉は喋れなくても、ぺこりと頭を下げるのだ。だが、一樹は埴輪のように固まったままで、丸く開いた口から言葉のあわぶくを吐き出した。

「る」

こらこら、このお姉さんは、「る」じゃないよ。

「そうじゃなくて、ごあいさつは？」

「る」

御園さんは片手を差し上げただけだ。無駄口を叩かず、ぶっきらぼうなのはいつものこと。だけど、こちらを振り向かない顔は笑っているはずだ。優しい人なのだ。子どもにはとくに。

肝心なことを聞き忘れていた。

「あの、御園さんのスマホはだいじょうぶですか。使えます？」

御園さんがようやく口を開いた。

「我らが……」

いつも以上に低い声で続けた。

「……緑の大地」

「え？　ご存じだったんですか」

もしかして、御園さんたち森林管理署でも、植物たちのクーデターの情報をつかんでいる？

だとしたら話は早い。

「おかしなことを言っているように聞こえるかもしれませんが、この森の植物たちが反乱を起こそうとしているんです。センターの石嶺准教授が、今日――」

ちょっと待て。近くにある機関とはいえ、他の組織の人が、まだ発表されていない研究内容を知っているはずがない。真室さんや三井さんが部外者に話すとは考えられなかったし、石嶺さんは御園さんとは面識すらないだろう。

「……御園……さん」

野乃は一樹を引き寄せて、かき抱いた。

御園さんがまた口を開く。それは野乃への返事とはほど遠いものだった。

「機は熟した」

え？

「いまこそ、放て」

パトロール車が突然、道を外れた。森の中へ入っていく。シダの繁みにつっこんで、下草を騒がせる。木の根が浮き出ているのもかまわず前進し、車体が大きく上下に揺れた。

「ひひっ」一樹が悲鳴をあげる。野乃も悲鳴になってしまうのをこらえて、声を張った。

「なにをするんです」

答えはない。

「どこへ行くくん――」

最後まで喋る前に、道のない場所を走り続ける車体がまた揺れた。野乃は一樹の体を必死に抱える。

御園さんが初めてこちらを振り向いた。

それは、御園さんであって御園さんではなかった。

何を使ったのか、唇は緑色に塗られている。その口紅だか塗料だかを、両目上下にも帯のように塗っていた。まるでネイティブ・アメリカンの戦化粧《いくさげしょう》のように。緑色の帯の中の両目は、ガラス玉のようにうつろだった。

「御園さん、どうして」

どうしてもこうしてもなかった。彼女も植物たちに操られているのだ。

北の森にはアカシアの林がある。由井さんの家のものとは違う、養蜂場の森林蜜源として育てているニセアカシアという種だが、こちらのほうが花蜜は豊富だし、樹蜜も出る。御園さんなら、植林エリアには日常業務としていくらでも出入りできただろう。

御園さんは日常的に樹蜜を摂取していたんじゃないだろうか。最初は興味本意で。だが、しだいにそれなしでは生きられないようになっていった――蟻と同様、植物たちにマインドコントロールされ、奴隷として使役されるとも知らずに。

「目を覚ましてください。私です。村岡です」

一樹も声をあげる。「ぉ…か」

だが、もう振り向いてくれなかった。パトロール車は森の奥へ進んでいく。行く手を樹木や笹藪に阻まれても、右に切ったり、左に切ったり、巧みなハンドルさばきで次々と障害物をクリアしていく。森林管理署のパトロール車は、オフロードにめっぽう強いうえに、御園さんは夜黒森のことも熟知している。一見、木立の隙間にしか見えないここが、かつて道であったことを知っているのだ。だから、さっきの場所で森の中へ入ったんだろう。

由井さんは十年以上前、この先に別荘地をつくろうとして失敗した。いま走っているのは、その時に拓《ひら》かれた工事車両用道路の名残なのだ。いまでは下草や低木が繁ってしまっているが、入居者の生活道路になることを前提に敷設されていたから、車二台がすれ違うことができる幅がある。

「どこへ行くんです」

前方に丈の高い草藪。左右に避けるスペースがないとわかると、車は藪の中に突っ込んだ。芝刈機が石を巻きこんでしまったような凄い音がした。

シートベルトをしていても体が大きく弾んだ。一樹の体を押さえる。一樹はかぶっている鍋を自分の手で押さえていた。「きぴっ」

「停めてください」

ルームミラーに映る緑のペイントの中のガラス玉になった両目は、光を失ってやけに黒々して見えた。碁石を嵌めこんだかのようだ。瞳孔が大きく開いているからだ。マジックマッシュルームを食べたニホンザルと同じ目だった。

「いったいどこへ――」

この「道」の先には、荒れ果てて廃屋になった別荘地の名残がある。そのさらに向こうには、黒石川《くろいしがわ》。私と一樹を拉致《らち》してなんのメリットがあるのだろう。理由なんてなくて、植物たちから、この森から人間を排除しろ、と命じられているだけなのかもしれない。アカシアアリたちが身を挺《てい》して、主《あるじ》であるアカシアの周囲に根を下ろそうとする草や、近づいてくる虫や動物を駆除するように。

駆除？　まさか、車ごと川に飛び込んだりしないでしょうね。一樹を抱きしめている両手に力がこもる。ありえなくはない。いまの御園さんを人間だと考えちゃだめだ。樹液に脳を乗っ取られ、体を操られている蟻だと思わなくては。

なんとかしなくちゃ。勝手なことはさせない。

シートベルトを外して後部座席から身を乗り出し、サイドブレーキに腕を伸ばした。

御園さんが機械仕掛けのような動きで首をひねったかと思うと、野乃の腕に嚙みついてきた。

痛《い》っ。

思わず手を引っ込めたとたん、ブレーキが踏まれた。シートにしたたかひたいを打ちつける。まぶたの裏で星が飛んだ。

野乃がひたいを押さえて呻いているうちに、車が再び発進する。幸い一樹は埴輪のポーズで固まっていたおかげで、無事だった。

御園さんは大柄で引き締まった体をしているロッククライミングの名手だ。中学の同級生に「山猿」と呼ばれていた野乃でも、素手で争って勝つ自信はなかった。もう安心だと思って、鉈を車に置いてきたのが悔やまれる。

パトロール車は、余裕たっぷりのスピードで森の奥へ進んでいる。野乃は後部座席に無造作に放り出された道具を眺めた。何か使えそうなものはないか。これは？　――手に取ろうと上体をかがめたら、運転席から何かが突き出された。

「ひっ」

思わず声をあげてしまった。一樹が初めて見た――見たに決まっている――黒光りするそれを珍しそうにながめて、手を伸ばそうとする。あわてて腕を摑み下ろした。

伸びてきたのは、猟銃の銃身だった。大型獣用のスラッグ弾を撃てるボトルアクション式。そうだった、御園さんは狩猟免許を持っているのだ。

銃口は、おとなしくしていろと言うように、しばらく野乃たちを睨んでから、引っこんだ。

どうしよう。きっとただの脅しだ。でも、そうじゃなかったら――一樹を抱きしめて、恐怖で手足の自由を奪われてしまった体に勇気を注入する。あきらめるな、まだ方法はある。手に持っても、怪しまれないもののほうがいいか――なおも周囲を見まわす。森林官用バッグ、防蜂網、ナンバーテープ。何かないか。何か――

「ち」

一樹が小さく呟いた。

ん？　鍋で目が隠れていて、上からだと鼻と口しか見えない。

「ち」

首を縮めて、鍋の中に隠れた一樹の視線の先をたどる。御園さんの髪を束ねて剝き出しになった首すじに、黒と黄色のストライプ模様が見えた。

スズメバチだ。

窓から外へ逃がしたつもりだったのだが、まだくっついてきていたのか。でも今回は感謝だ。行け、スズメバチ。

行け。

ああ、首から飛び立って、ダッシュボードにとまってしまった。

たぶん、さっきはジュースの匂いに誘われて動きだした。ということは今度も――

トートバッグの中に手を入れ、ジュースのボトルを摑んでこっそり振ってみた。うん、まだ少し残ってる。一樹、また買ってあげるから、ジュースはあきらめて。

御園さんは前しか見ていない。車は樹木のあいだをスラロームしながら、森の道を進んでいく。

野乃が取り出したのがジュースだとわかると、一樹が歓声をあげた。

「ほほーっ」

しーっ。唇にひとさし指を押し当てたが、このしぐさは一樹にはまだ早かった。ボトルに手を伸ばしてきて、指をかぎ爪の形にした。

「ほうほうほう」

幸い御園さんは一樹の声を気にも留めなかった。ストレートな肉体の動きには敏感でも、人間的な感情や、状況を理解する知性は失っているとしか思えない。後部座席に反撃材料をこんなに放置したままで平気だし。

木立の先に赤い屋根が見えてきた。別荘として建てられたコテージだ。

紙製ボトルのキャップをそっと開ける。

「あうーっうーっ」

動く気配を、一樹の悲痛な訴えがかき消してくれた。野乃はボトルの中身を御園さんの首すじにぶちまけた。

御園さんは一瞬、小さく声をあげたが、片手でうなじをさすっただけで運転を続けた。思った通り本能だけで動いているようだった。

行け、スズメバチ。

行け行け、なにしてる。

スズメバチは動こうとしない。

ジュースには野菜も入っているから食いつきが悪いのか。果汁だけのが好き？　子どもといっしょじゃない。

それなら——

「あうーあうぅー」

御園さんが舌打ちをした。さすがに音量が上がった一樹の声に苛立ってきたようだ。子どもの泣き声を聞くのはつらいけれど、いまはありがたい。御園さんの注意が削《そ》がれているうちに、トートバッグから次の一手を取り出した。

軒下が蜘蛛の巣のレースに縁取られているコテージの脇を通りすぎていく。もう一棟の屋根の上にはススキが群生していた。この先には黒石川しかない。近くには橋もない。本当に川に飛び込むつもりかもしれなかった。

急がないと。野乃はなけなしの勇気を振りしぼって手にしたものを両手で構えた。

さすがに今度は野乃の動きに気づいて、御園さんは助手席に置いた猟銃に片手を伸ばした。

むしろ、チャンス。

後部座席から丸見えになった御園さんの頭に、両手で構えていたものをすっぽりかぶせる。

「ぐがあっ」

御園さんが獣じみた声をあげた。かぶせたのは一樹の使用済みのおむつだ。大きい子用のビッグサイズ。

視界を失っても御園さんはハンドルを離さない。パトロール車は右へ左へ蛇行を始めた。野乃はサイドブレーキに手を伸ばし、思い切り引き上げた。タイヤが悲鳴をあげる。スピードは緩んだ。が、まだ停まらない。

制御が利かないまま、右へ車体が流れ、ブナの大木に向かって走り続ける。

危ない。

上半身を運転席に突っ込み、ハンドルを摑む。目が見えないのに御園さんはハンドルを握ったままだ。なんのために？　アリタケというキノコは蟻に寄生し、洗脳した蟻を発芽しやすい時刻に発芽に適した場所まで歩かせてから、蟻の皮膚を破って発芽する。つまり自殺させるのだ。

目の前に幹が迫っている。ハンドルを摑んだ手を緩めた。御園さんが力をこめていたぶん、反動でハンドルが左に切れる。おかげでなんとか衝突を回避した。

とはいえ、車は「道」から逸れてしまった。そして、まだ走り続けている。サイドブレーキは上がっていても、御園さんがアクセルを踏み続けているからだ。

もう目の前に道はない。木の根が露出した場所に突入したパトロール車は、車体を大きく跳ねあがらせた。

「一樹、こんにちはにわ」

一樹が体を一直線に硬直させた。野乃は左手でハンドルを押さえながら、右足で一樹の体をガードする。

目の前に笹藪が現れ、パトロール車を呑み込む。激しく車体が揺れたが、おかげでだいぶスピードが削がれた。

今度はすぐ前方に白樺の木立。野乃はハンドルを摑んで、押し下げて回避しようとしたが、御園さんはそれを許さない。野乃とは反対方向にハンドルを切る。やっぱりアリタケに寄生された蟻と同じだ。野乃たちも道連れにするつもりか。

間に合わない。

ぶつかる。

後部座席に体をひっこめた。一樹に覆いかぶさる。

空気が破裂するような音とともに車体が大きく揺れて、ようやく停止した。

「むぎぎぃ」

「だいじょうぶ、だいじょうぶ」

一樹には決まり文句を投げかけたが、野乃はだいじょうぶじゃないかもしれない。首が痛い。むち打ちかも。

運転席でエアバッグがふくらんでいるのが見えた。

それがみるみる縮み、口もとまで一樹のおむつをかぶった頭が現れた。

「がぅあああ」

かぎ爪にした両手で荒々しくおむつを引き剝がすと、怒りの形相が現れた。目の縁に塗った緑色が汗とおしっこの湿り気で溶け出し、涙のように伝い落ちている。その緑色の中の目には、いままでにはなかった光が宿っている。怒りの炎だ。

「あがががぁ」

人の言葉ではない叫び声をあげながら、助手席に手を伸ばす。猟銃を取ろうとしているのだ。恐ろしさに身がすくんだが、恐怖より子どもを守る母親の本能のほうがまさった。野乃も手を伸ばす。

白樺に激突した衝撃で、猟銃は助手席の隅に飛んでいた。おかげで運転席と助手席の間から腕を伸ばした野乃のほうが、一瞬早く手に取った。銃身の中ほどを握りしめて引き上げようとしたが、できない。銃床を御園さんに掴まれていた。

野乃の腕から銃を引き抜こうとする。すごい力だ。もともと腕力がある人なのだろうが、本来以上の力をどこかから注入されているように思えた。でも絶対に負けられない。アリンコの脳になってしまった御園さんは、銃を手にしたら、今度こそ一樹や私を撃つだろう。

ずる。

ずるり。

負けられない綱引きは、少しずつ劣勢になってきた。

御園さんが歯を剝いて唸る。歯ががちがちと鳴っている。まるで狂犬だ。その喉もとには

——

スズメバチがとまっていた。

救世主だ。

いや、救世主は一樹、のおむつだ。スズメバチは体臭にも引き寄せられる。おむつのおしっこの匂いに反応したのだ。

お願い。私の握力が限界に来る前に。

懸命にあらがいつつ、銃を激しく動かさないようにした。スズメバチが喉から逃げるのを防ぐために。

スズメバチが御園さんの喉を上に下に這い回っている。

止まった。

行け。

ああ、また動き出してしまった。は、や、く。もう、腕が……限界………

「あっ」

御園さんが悲鳴をあげた。いままでと違ってやけにか細い声だった。猟銃から手を離して首筋を掻きむしりはじめる。

ついにスズメバチが刺したのだ。

小さな悲鳴は、すぐに苦痛の声に変わった。

「うわああっー」

スズメバチは痛い。とくに喉もとみたいな柔らかいところを刺されると。普通の蜂の二倍ぐらい痛い。しばらくは息が止まる。

猟銃を奪い取って、後部座席に置き、防蜂網を手に取った。養蜂場に入る時に使う、大ぶりな虫取り網から竿《さお》を取って目を細かくしたような備具だ。

苦痛に呻いている御園さんに、今度はこれをかぶせる。網の目ごしにスズメバチが御園さんの顔の周囲を飛びまわっているのが見えた。容赦なく網を揺する。ミツバチと違って、スズメバチは何度でも刺すのだ。

「わああっーっ」

二度目のアナフィラキシーが危ないというのは、一度目に刺された後に時を経てできた抗体が過剰反応するためで、一度目に二カ所、三カ所を刺されてもこれにはあてはまらない。

森林管理署は、蜂アレルギーの強い人に、養蜂場に関わる仕事はさせないだろうから、御園さんはアナフィラキシーはだいじょうぶだと思う。おそらくは。

どっちにしろ、そんなことを気にして手加減していたら、やられてしまう。一樹も私も命を取られるかもしれないのだ。相手を人間大のアカシアアリだと思うしかなかった。

何か縛るものはないか？　樹木に目印をつけるためのナンバーテープがあった。土に還《かえ》るポリエステル素材。ちょっと心もとないが、これで両手とハンドルとを幾重にもぐるぐる巻きにした。

縛り上げてから、頭にかぶせた防蜂網を取る。最初に刺された喉だけでなく、片方のまぶたが試合後のボクサーみたいに痛々しく腫れ上がっていた。凜々《りり》しい顔だちが台無しだ。思わず訊ねてしまった。

「だいじょうぶですか」

こちらを見つめ返してくる御園さんの目は心なしか弱々しく、人としての光を取り戻したように見えた。

「こんなことしてごめんなさい。さっきまで御園さんは、普通じゃなくて」

「そうです。村岡です」ああ、よかった。いつもの御園さんに戻ったみたいだ。

「村……おカ…サン?」

後部座席で一樹の声がした。

「る」

御園さんの目がハンドルにくくりつけられた手首を悲しげに見つめる。野乃は自分が御園さんにしたことが、急に間違ったことのように思えてきた。御園さんの肩に手を置いて言う。

「何があったのか説明してください。そうしたら、ほどきますから」正気に戻った御園さんには、こっちにも話したいことがいろいろあった。

「る」

「どうしたの、一樹」

振り向いたら、一樹がこっちを見ていた。大きく目を見開いている。恐ろしいものを間近にしたというふうに。え?

顔を戻すと、すぐそこに御園さんの顔があった。獣の形相に戻っていた。

首を蛇の鎌首さながらに伸ばし、唇を四角く歪め、歯を剝いて野乃の喉笛に嚙みつこうとしていた。よだれを垂らして犬歯を剝き出しにした姿は、さっきの猿たちと変わらない。

「があぁぁ」

喉まで歯が届かないとわかると、肩に添えていた野乃の手を狙ってきた。

がつ、がつ、がつ。

御園さんが顎を動かすたびに歯が鳴った。金属を叩き合わせているような激しい音だった。近づいたから、気づいた。御園さんの体からは、異臭が漂っていた。こちらに毒気のように吐き出してくる息にも。腐臭だ。獣の糞と腐葉土を混ぜ合わせたような臭いだった。

やっぱり、だめだ。正気じゃない。歯を鳴らし続ける御園さんの口にナンバーテープを噛ました。さるぐつわがわりにぐるぐる巻きにする。

「おとなしくしててください。里へ下りたら、救急車を呼びます。病院に行きましょう」

どうすれば元に戻れるのかはわからないが、そう言った。御園さんが目尻から涙を流している。テープの奥からか細い声をあげて、何か訴えかけてきたが、もう騙されはしない。

「危ないから銃はもらっていきます」

一樹は後部座席で埴輪になっていた。目を見開き、口を輪ゴムの形にしている。ただし両手はポーズを取るかわりに、シートベルトを抱きしめていた。怖かったよね。トラウマにならなければいいけれど。

「行こう、一樹」

非常用持ち出し袋で一樹を抱いて、パトロール車を出る。御園さんが何か言葉らしきものを発したが、野乃は振り向かなかった。

とりあえず別荘跡地のほうへ戻ることにした。あそこから西に三百メートルほど歩いた先に橋がある。

橋を渡れば、車道に出られる。そこはもう森の裾野だ。御園さんのパトロール車が、森の中へ分け入ったのが、結果的にショートカットになった。

森林管理署のパトロール車を走らせればよかったのかもしれないが、御園さんをもう一度縛り直して車を奪うなんて、そんな勇気も自信もわいてこなかった。一刻も早く御園さんとパトロール車から逃げることばかり考えていた。あの御園さんをこれ以上一樹と一緒にいさせたくなかったのだ。

パンクした自分の車に戻って、修理を続けることも考えたが、車に戻る時間とタイヤ交換のロスタイムを考えれば、このまま歩いて行ったほうが早そうだ。

別荘地になるはずだった場所には、結局二棟のコテージが建っているだけで、あとは区画分譲のためにつくられた石垣が何カ所か残っているだけだ。十年以上の時が経っているから、作業用道路同様、石垣も草や樹木に半ば埋もれてしまっている。他の場所に比べて丈の高い大木がないことを除けば、すっかり森に還っていた。

ここから作業用道路ではなく、下り勾配の踏み分け道を歩く。

ほどなくせせらぎが聞こえてきた。黒石川だ。

ユーカリの林が燃えた時に、消防車が給水したあたりより上流のここは、川幅が狭く、流れも急だ。大きな岩の間を水が縫い、ところどころに小さな滝をつくっている。由井さんの靴が見つかったのもこのあたりらしい。もし自殺だったとしたら、かつての夢の跡である別荘地に立ち寄ったのかもしれない。

片手に提げた猟銃はけっこう重い。なにしろ大型獣用だ。その重さに野乃はあらためて恐怖する。正気に戻った御園さんに、ちゃんと返すために持ち帰ろう――いまのいままで、そんな甘いことを考えていた。頭の中のもう一人の自分が野乃を笑う。

あんな目に遭ったのに、あんた正気？　撃たれていたかもしれないんだよ。持ってたって荷物になるだけでしょ。

確かに。じつは使い方を知っているが、免許を持たない野乃が使うわけにはいかないし、ここまでくれば大型獣に出くわすことはないだろう。たぶん、だけれど。

銃は川に捨てた。

橋の向こうには、たっぷり葉を繁らせた照葉樹林が待ち構えていた。橋を渡る人間のために申しわけ程度の幅の小径《こみち》が続いている。

緑葉が空いっぱいに広がった真下を歩く。木漏れ日が小さな道に前衛的な模様をつくっている。フィールドワークにもめったに来ない場所だが、一刻も早く車道に出るためには、遠回りになるこの小径を進み続けるより、森の中を突っ切って、さらにショートカットするほうが得策に思えた。

小径から逸れて、膝まであるシダを踏み分けて進んだ。もうすぐ午後一時。さすがにもう石嶺さんは出発しただろう。佐々木さんはだいじょうぶだったと思いたい——だから、いまは自分たちのことだ。

いつもなら昼寝の時間だが、一樹はもぞもぞとせわしなく体を動かしている。子守り唄を歌ってみた。

星の光が消えるころ
もぞもぞ

月のしずくが　おちてくる
もぞもぞもぞ
だめか。

まあ、今日はしかたないか。お昼ご飯はまだだし、いろいろありすぎたし。眠っても魘《うな》されるかもしれない。

よし、歌おう。

「一樹、歌おう」

「お」

「あるこう　あるこう　わたしはげんき」

「ああお　あおお」

よかった。一樹は元気だ。野乃の歌声に合わせて、歌詞をまねした声を張りあげる。

「おおあ　あおあ　ああ～」

野乃は保育園の園児入場みたいに、両手を大きく振って歩く。だが、視線は油断なく周囲に走らせた。風が強くなってきたから葉擦れの音が騒々しい。不審な物音はしないかと耳を澄ます。少し進むたびに、背後にも目を走らせた。

からん

からん

からん

どこかから乾いた音が響いてくる。

確かこの近くには、竹林がある。密生したまま地上二十メートルもの高さに育った竹同士が、風に揺れてこすれ合っている音だ。お互いの幹を叩き、木管楽器となって不規則なメロディを奏でているのだ。

いまの野乃にはそれが、人間が侵入してきたことを知らせる警報であるように思えた。

〝侵入者発見、侵入者発見〟

〝人間ダ、注意シロ、注意シロ〟

〝タダチニ排除セヨ〟

研究室で聞いた、ＡＩが翻訳した「声」をまた思い出してしまった。

『いまこそ、我らが緑の大地を、我らの手に取り戻す時』

『手始めに、森から有害な生物を駆除する』

『食害虫、病原菌、草食動物、一部の鳥類、そして、人間』

森の青い匂いが、また強くなった気がした。真昼の森は明るくて、陽光に輝く緑葉が眩しいが、野乃はその美しさに惑わされまいと気を張り続ける。

ここは敵中なのだ。すぐそこの老木がいきなり倒れてくるかもしれない。いま足もとで揺れている蔓性の下草が、両足にからみついてきたって不思議じゃない。持ち出し袋の中の一樹をぎゅっと抱きしめる。一樹が「きゅう」と声をあげた。

ぽとり。

ブナ科の木々が群生した場所にさしかかった時だ。上からクヌギの実が落ちてきた。と、また。ぽとり。

今度は頭に落ちてきた。まん丸に近い形のクヌギの実は、どんぐり類の中でもひときわ大きい。ヘルメットに当たって「こん」といい音がした。

まさか、これも、攻撃？　だとしたら子どもの喧嘩みたいで笑っちゃう。いくらクヌギの実が大きくても、人間はこのくらいではびくともしないよ、君たち。

左右のクヌギやコナラから、大小のどんぐりが次々と落ちてくる。

ぽと。

ぽと。

こん。

ぽと　ぽとり。

ふふ。いくらでも来なさい。余裕しゃくしゃくで歩いているうちに、ふいに不安になってきた。本当に攻撃かもしれない。今年は大凶作と言えるほどどんぐりの実が少ないのに、なぜ、ここだけこんなに大量の実が落ちてくるのだ？

何か目的があるのか――

急ごう。早くここから離れたほうがいい。

目的があるとしたら、どこにも餌がなくて飢えた森の獣たちを、ここにおびき寄せるためだ。

「一樹、走るよ」

「よ?」

真室さんは言っていた。「植物は知性ある生き物」だと。

野乃もその言葉に共感して研究を続けてきたのだが、いままでは比喩的な意味も含んだ言葉だと解釈していて、外部の人たちに説明する時には、「知性と言っても、人間のそれとは意味合いが違うのですが」などと言いわけじみた言葉をつけ足していた。

だが、いま野乃は思い知っている。人間の知性とまったくかけ離れているわけじゃない。視覚、聴覚、嗅覚などなどを感じる器官が違うだけで、彼らの「知性」は、人間と同じように邪悪さや狡猾さを秘めている。自分たちの生存や種の存続のためなら、他者を犠牲にし、あの手この手で排除する——植物も人や他の動物と同じく、そうした本能を持つ「生き物」だ。

ぽとぽと。

　ぽとぽとぽとぽとぽと。

野乃が走りはじめると、行く先々のブナ科の大木が、どんぐりの雨を降らしてくる。どこからか、木々の葉が騒ぐ音が聞こえてきた。何かが近づいてくるのだ。野乃は、一樹のヘルメットがわりの小鍋を片手で押さえながら、走り続けた。

ぬっ。前方から大きな褐色の塊が現れた。

コンセントみたいな特徴的な鼻。案外に大きいネズミみたいな耳。黒い木の実のような小さな目。

イノシシだ。

本来ならまるまるとしている体が痩せ細ってはいるが、それでも体重は百キロ近くありそうだ。そうだった。土の中の虫や塊茎を探し当てることができるイノシシは、猿や鹿より嗅覚が鋭い。さっそくドングリの匂いを嗅ぎつけてきたのだ。

「る、るる」

一樹が叫ぶ。怖がっているのではなく、むしろ大きな動物との遭遇を喜んでいるのだ。

「るるるっ」

「しーっ、静かに」

イノシシと出遭ってしまったら、大声を出さないことが大切だ。臆病な動物だが、刺激を与えると興奮して襲ってくる。飢えているならなおのこと。

急に走り出すのも禁物。イノシシに目を向けたまま、ゆっくりと後ろ歩きをした。

クワーン
　クワァーン
どこかで猿が鳴いている。猿たちもどんぐりの雨に気づいたようだ。

その声がイノシシを刺激してしまった。ぶるりと毛を逆立てて身震いした。

イノシシは文字どおり猪突猛進《ちょとつもうしん》、まっすぐに走ってくる。背中を向けないようにして、進路から逃げるのが、荒ぶるイノシシへの対処法なのだが、後ろ歩きでは一樹を危険に晒してしまう。鉄則に逆らって野乃は反転した。

一樹をかばって前かがみになったのが、かえってよくなかった。イノシシに興味を引かれて非常用持ち出し袋から体を伸び上がらせていた一樹が、袋からころげ落ちてしまった。

頭から音を立てて血が引いた。

一樹は空中で一回転して、地面にちいさな大の字になってころがった。

イノシシが突進してくる音が聞こえた。

入ってくる電車の目の前でホームから落下したようなもの。抱えあげる時間もない。考えるより先に、一樹の体に覆いかぶさる。

目を閉じた。イノシシに轢かれるのは初めてだ。車よりはましだろうか。

覚悟して身を硬くしていたが、来ない。

足音も止まっていた。

すぐそこで荒い鼻息だけが聞こえた。

なぜだ。理由はわからないが助かった。何が起きたんだろう。一樹を抱き上げて振り返る。

イノシシの進路の手前に立つシラカシの枝が折れて、幹にぶらさがっていた。たっぷり葉が繁った枝が遮断機のように下りている。行く手を阻《はば》まれたイノシシは警戒して葉の匂いを嗅いでいた。

落枝だ。落葉《らくよう》の季節には、葉だけでなく枝も落ちることがある。とくにブナ林では珍しくない。ブナ科の樹木には老化が始まった枝を故意に落とす習性があるのではないかと野乃は睨んでいた。

にしても、なんて運のいい。僥倖《ぎょうこう》だ。とんでもないことが立て続けに起きているが、悪いことばかりじゃない。

安心したとたん、力がいっきに抜けて、その場でくずおれてしまった。尻もちをついたまま、両手で船を漕《こ》ぐように背後の木の幹に退避した。

その一秒後に、イノシシが目の前を突進していった。

「ふう」野乃は安堵の息を吐いて、木の幹に背中を預ける。

木肌は温かかった。人工物にはない、生き物のぬくもりだ。両手を背後に回すと、木肌に触れた。ごつごつしているが、なぜか安心する手触り。頭上から木漏れ日とともに木の葉の香りも降ってくる――

やっぱり植物は嫌いになれない。

植物が人間のことが嫌いだとしても、野乃は植物が好きだ。

ふいに思った。枝が折れて垂れ下がったのは、偶然だろうか。

そうだろうけれど、そうではないかもしれない。

なぜだかわからないが、森が野乃と一樹を助けてくれたように思えたのだ。

この森は意思を持ってしまったようだが、その意思はひとつではないのかもしれない。目を丸くしていた一樹は、驚きすぎて泣くことを忘れていたらしい、いきなり大声で泣きはじめた。

ここはどのへんだろう。

車道まではもうすぐのはずなのだが、なかなかたどり着けずにいた。

グリーンプラネットに入社する前の学生の頃から、研究のために歩き回っていたから、夜黒森には慣れているつもりだが、なにしろ広い森だ。すみずみまで熟知するのは不可能だし、同じ場所でも季節によって――年によっても――見せる表情が違う。

冬と夏ではまったく別の風景になる落葉樹林はもちろん、常緑樹だって春、夏、秋、それぞれで葉の色や樹勢が変わる。紅葉する常緑樹だってあるのだ。針葉樹にしてもカラマツなどは、秋には葉が黄金に色づく。

そうだよ。森の景色は、壁に飾った風景画とは違うのだ。

川沿いの湿地によく生えているヤマボウシなんか、夏の初めには白くて大きな花を飾りたて、初秋には赤い実をつけ、冬が来ると葉を落として裸木になり――季節ごとに別の樹木に変身する。落葉前のヤマボウシの紅葉の素晴らしさといったら――

ああ、ひたっている場合じゃない。

どっちだろう。こっち？

いや、そっちか。

フィールドワークの時は、いつも車道から森へ入るから、逆のパターンは慣れていない。来た道を知らずに、帰り道を探すようなもの。

心の中であれこれ自分に言いわけをしているが、ようするに野乃は、慣れていると自他ともに認める森で迷ってしまっていた。夜黒森の総面積は二十三平方キロ。いまの野乃たちは牧場の中を彷徨《さまよ》う蟻みたいなものだろう。

さっきまでたらめの歌詞で唄を歌っていた一樹も黙りこんでしまった。お腹がすいたのだと思う。

「一樹、だいじょうぶだよ」

自分に言い聞かせるように言う。

えーと。

うーん、と。

建物も信号もなく、標識も少ないここでは、樹木が目印だ。

右手の高台に一本の木が見えた。樹高十二、三メートルほど。この森では目立たない高さだが、複数の幹が地上から生えている株立ちで、それぞれの幹が太くて逞《たくま》しい。カツラの木だ。葉が黄色に色づいている。

あ。

カツラは夜黒森ではもっとも紅葉が早い樹木だ。それでわかった。研究センターに通う道からも、このカツラの黄葉は見てとれて、いつもそれで、秋の本格的な訪れを知るのだ。

「わかったよ、一樹、こっちだ」

あっけないほど、あっさりと車道に出た。

道は少し先で左にカーブしている。センターから数えて四つ目、家からセンターに向かう時には最初の、大きなカーブだ。あそこを曲がれば、野乃たちの家までは一直線だった。

道に出れば、登ってくる誰かに出逢《であ》える。石嶺さんはもう里へ下りていると思うけれど、万一まだなら出逢うことができる。よし、もうひと息だ。

歩きはじめてすぐ、スマホを取り出した。

こっちはやっぱりだめだった。繋がらない。

曲がり道の先で、野乃は立ちすくむ。

道を塞ぐように木が倒れていた。幹の太いところはひと抱えはありそうなムクノキだ。だから対向車が来なかったのか。そして、いま倒れたばかりではないとしたら、石嶺さんはまだここまで来ていない。これも森の策略か――

車を使うことを選択したとしても、結局はここで歩くことになったようだ。樹高十五メートルはあるムクノキは、枝も八方に広がって、道を完全に塞いでいるが、根もとから遠いほう、道の右手なら幹が細く、枝も少ない。あそこを越えていこう。

「よし、もう少しだよ」

自分と一樹、両方に向けて言う。一樹が野乃の胸から顔をあげて、ぽつんと呟いた。

「じゅ」

熱い息が喉もとにかかる。

「じゅ？」

一樹が持ち出し袋から両手を出して上下に振るしぐさをした。

ん？

ああ、シッピーカップを飲むまねか。ということは、「じゅ」は、もしかして「水」？

「水、水って言ったんだね」

「んじゅ」

いいぞ、一樹、「言葉」までもう一歩だ。ヘレン・ケラーの初めての言葉に立ち会ったサリバン先生の気分だった。

でも、水はないんだよ。野菜&天然果汁ジュースは、さっき御園さんにぶちまけてしまった。もともと残り少なかった白湯を入れた水筒はもう空だ。

「水、待っててね、もう少しだから」

と言ってもあと五キロ。早足でも一時間はかかる。飲むまねを続ける一樹の手に、気をまぎらすためにレゴカーを渡す。

水、水。どこかに水はないか。夜黒森には天然の湧き水が出る場所があるが、ここからはとんでもなく遠い。もちろんこの先から野乃の家までの間に自動販売機なんていうしゃれたものはなかった。

ムクノキの枝を掻き分けて、幹をまたぎ越している時に、気づいた。

待てよ。

そうか、このムクノキは、由井さんの家に続く脇道に立っていた木だ。いまそこに見える坂道を登っていけば、その先に由井さんの家がある。

由井さんの家に行こう。

もう主《あるじ》はいないけれど、電話は置かれたままだろう。電話もそこからかけられる。携帯の基地局になにかあったとしても、通常の電話は繋がるはずだ。

「一樹、もう少ししたら、何か飲めるよ」

野乃も喉がひどく渇いていた。考えてみれば、センターを出てからは何も飲んでいない。野乃の言葉に、一樹は急に元気になった。手足をぱたぱたさせて、アンパンマンのテーマの独自の替え歌を口ずさみはじめた。

「ちょっと歩く?」

「うーあ、ああーうああ、ああうおあ」

一樹を非常用持ち出し袋から降ろす。だっこに飽き飽きしていたんだろう。そのとたんに駆け出した。

正直、助かった。長く歩いたわけではないのに、次々と襲ってくるトラブルに野乃の体は疲弊していた。数十メートルほどの緩い登り坂がとんでもなく長く感じる。ひさびさに地面に降りた一樹は、あっという間に坂の上に到達して、なんのヒーローのまねなのか母親にもわからない、両手を広げたポーズを取っている。

「たぁ」

元気だ。少し分けてもらいたい。


由井さんの家の前庭は、警察官やマスコミの人間が踏みならしたからか、枯れはじめた草があるからか、背の高い夏草が生え放題で、蔓草に覆われた母屋が埋まって見えるほどだった以前に比べたら、本当の空き家になったのに、少しましに見えた。

夏が終わったぶんだけ低くなった草むらの上を、赤とんぼが群れ飛んでいる。せっかく追いついたのに、赤とんぼを追って一樹がまた走り出した。

「待って」ママは走るのがきついよ。

草丈が低くなったとはいえ、一樹の身長だと、まだかぶっている鍋が見え隠れしてしまう。ほうっておいたら、どこかに姿が消えてしまいそうで、後を追おうとした時だった。

背後で物音がした。

なんだ。いまの音は。

かすかな振動音だ。

森の中では聞かないたぐいの音が気になって、足を止めて振り返る。

真後ろは、由井家が守ってきたという小さな無人神社だ。音がしたのは、人の背丈ほどしかない鳥居の先だった。

すっかり朽ち果てた、廃棄された箪笥のような祠《ほこら》が、かすかに揺れていた。

最初は地震かと思った。が、揺れているのは祠だけだ。腐りかけに見える祠の木の扉が軋み音を立てているのだ。

扉は観音開きだが、南京錠で施錠してある。

え？

閉ざされているはずのその扉が、開《ひら》きはじめた。南京錠はかかっていないのだ。片側の把手にぶらさがっているだけだった。

扉は少しずつ開《あ》いていく。何かの加減で建て付けが緩んだのか、風のしわざか——

そのどちらでもなかった。

扉の内側から人の手が飛び出してきた。指が扉を摑んで押し開けている。骨に薄皮が張りついただけに見える細い指だった。

恐ろしいものを目の当たりにしているのに、野乃は目を逸らすことができなかった。何が起きているのか、頭は考えることを拒否していた。体も動かなかった。

顔が出てきた。

頭蓋骨に眼球をつけただけに見える、酷く痩せた顔だ。髪はほとんど抜け落ちているが、残ったわずかばかりの白髪が、ひたいや側頭部にすだれのように垂れ下がっている。

まるで別人だが、誰だかはあきらかだった。

由井さんだ。

ようやく我に返った野乃は、一樹を振り返った。もう母屋の近くまで走ってしまっている。大変だ。早く逃げないと。

一樹のほうへ走り出したが、震える両足は他人からの借り物のようで、空回りし、うまく走れているとは思えなかった。走っても走っても追いつかれる悪夢の中の足取りのようだった。

もどかしく走りながら、振り返る。

由井さんは、まるでトランクから出てくるマジックでもしているように、祠から上半身を現し、片足を抜き出そうとしていた。元の色がわからないほど汚れている服は、シャツとズボンの切れ端が体にくっついているようにしか見えなかった。

信じられない。ずっとここにいたのか。それとも、どこかに潜伏して、舞い戻ってきたのか。

由井さんの捜索には、警察犬も導入されたはずなのに。たぶんこのあたりには野生動物が多いからだ。動物の臭いのする場所では、警察犬は役に立たなくなる。そもそもここで生まれた由井さんは、警察よりずっとこの森に詳しい。

一樹は母屋の前で立ちすくんで、蔓草に覆われた壁を見上げていた。

由井さんが骨のない動物のようにぬるぬると祠を抜け出てくる。もともと痩せた体が、さらに痩せ細っていた。骨格標本が服を着ているかのようだ。あの年齢で、あの体だ。動いているだけで不思議だった。

なのに。いきなり走り出した。え？

こっちに向かってくる。片手に何かが光っていた。ナイフだ。

「一樹っ」

振り向いた一樹は、にっこり笑っていた。ほっぺたをリスみたいにふくらませて。もう少しで飲み物をもらえると思っているのだ。絶対に、命に代えても、あなたは守るから。

走りながら、一樹を抱き上げる。

「きゅう」

一樹が小さく声をあげた時にはもう、草を蹴散らす音と、荒い呼吸が近づいてきていた。逃げる場所は家の中しかなかった。

玄関の引き戸に手をかける。鍵がかかっていたら、おしまいだ。神さま、お願い。

開いた。

体をこじ入れてすぐに閉める。旧式のクレセントでロックした。安堵の息をつく間もなく、千本格子で細長く仕切られた曇りガラスの向こうに、骸骨じみたシルエットが浮かびあがる。

ひっ。

ドンドンドンドンドンドン

戸を叩いてくる。木枠が揺れ、ガラスが鳴った。顔をすり寄せているから、曇りガラスなのに、振り乱している髪も、大きく開けた口や見開かれた目までもが見て取れた。

ガンガンガンガンガン
どうしよう、そうだ、電話だ。電話をかけよう。119の前に、110だ。

電話は、どこだ。前回、家の中に侵入した時の記憶をたどる。そう、畳のリビングのところ。お茶の間だ。

靴のまま玄関を上がって、左手に走る。二回目だから迷うことはなかった。

お茶の間は、ひどく散らかっていた。箪笥の引き出しはすべてが開け放たれ、中身があちこちに放り出されたままになっている。家宅捜索で荒らされたのだろう。

電話はローボードの上、手編みのレースの上に置かれていた。

受話器を取り、耳に当てたとたんに、わかった。

だめだ。コードが切られている。

警察がやったとは思えない。たぶん由井さんが自分で切ってしまったのだ。事件を起こす前に。どこかからかかってくる電話が鬱陶《うっとう》しかったのかもしれない。孤独を破られたくなくて、もしくはかかってきて欲しい相手ではない電話ばかりで、いっそう孤独を募らせてしまうのが悩ましくて。

一瞬、胸が痛くなったが、同情している場合じゃなかった。いまは闘う時だ。

入ってきたら、どうしよう。一樹をどこかに隠す？　いや、泣き声ですぐに見つかってしまう。一緒にいたほうがいい。

前抱っこにしていた持ち出し袋を、背中に背負《しょ》った。このほうが安全だ。

後ろに手を回して、一樹の背中をとんとん叩く。

「だいじょうぶ。ママはアンパンマンだから。絶っ対に負けない。絶対にあなたを守る」
なにか武器になるものはないかと、部屋を見まわしていた時、
ドン
左手の庭側のガラスが激しく叩かれた。
ドン　ドン　ドンドン
ガラス戸の向こうに、由井さんが張りついていた。
濡れ縁の上に立ち、左のてのひらをカエルのように開いて、ガラスを叩いている。片頰も押しつけて縦長に歪んだ口で何か叫んでいた。目は白く濁って、どこを見ているのかわからない。
ドン　ドン　ドン
ひとさし指が手の甲の側に曲がってぶらぶらしている。どう見ても折れているのだが、痛みを感じないのか、何事もなかったかのように窓に叩きつけていた。片足にだけ靴を履いている。そうだった。黒石川の下流で見つかった由井さんの靴は片足だけ。それだけで入水自殺したという憶測が流れてしまったのだ。
ドンドンドンドン
首を振り立てて額も叩きつけてくる。いままで以上に激しく窓が震えた。音に驚いて、背中の一樹が両手で肩にしがみついてきた。そのちいさな手を握りしめながら、野乃は後ろ歩きをする。抜き出したままの引き出しにつまずき、放り出された紙束によろけながら。一樹を由井さんの目に触れさせたくなかった。
由井さんが背中に回していた右手を顔の横に差し上げる。握っているのは、ナイフだ。サバ

イバルナイフ？　刃渡りが十四、五センチはありそうだった。今度はその柄《つか》の先で窓を叩きはじめた。
ドンドンドン
執拗《しつよう》に。
ドンドンドンドンドンドンドン
由井さんから目を逸らさずに後ずさりを続ける。靴裏の感触で敷居までたどりついたことがわかった。ひとつ息を吐き出してから、すぐさま反転した。
廊下を走る。外へ逃げるのだ。玄関までのほんの数メートルが、ひどく長い距離に感じられた。
格子戸のロックを解除し、手をかけた時、曇りガラスの向こうに人影が映った。
慌ててクレセントをかけ直す。なんて速さなの。足が悪かった老人の動きにはとても思えなかった。まるで獣の素早さだ。尋常じゃない力に突き動かされているとしか考えられない。
右手のナイフを逆手に握っているのが曇りガラス越しにぼんやりと映っている。柄を格子戸に叩きつけると、鈍い音とともにガラスが揺れ、蜘蛛の巣のような罅が入った。
ガン　ガン
ガンガンガン
音が心臓に突き刺さる。
「う……うぇぇ」
一樹が泣きべそをかきはじめる。首筋に爪を立ててくる指を握りしめて囁いた。

「だいじょうぶ。ママがなんとかする」

玄関がだめなら、どっちだ。左右を見まわす。

リビングとは反対側に広い納戸があったことを思い出した。

急げ。

豪勢な平屋の長い廊下を駆け、突き当たりの引き戸に手をかける。確かこの部屋には外に通じる扉があったはずだ。

がたがたと軋む古びた戸を引き開ける。中は薄暗く、淀《よど》んだ空気に満ちていた。前回ここへ来てから、まだ十日も経っていないのに、何年も閉ざされていた部屋を開けてしまったように思えた。天井からさがった目玉風船を掻き分けて、コンクリートの床を走り、奥の扉に急ぐ。古めかしい木の扉だ。野乃の背丈より低く、窓はない。壁に木の枠が嵌まっているだけに見えた。

どうやって開けるの？　把手らしきものもなかった。

端っこに手をかけて横に引いた。開かない。

内側に引いてみた。開かない。

押してみた。開いた。が、ほんの少しだけだ。背中を使って押した。でも、いくら押しても数センチしか開かない。壊れているわけではなかった。いまは出入り口として使われていないのだ。扉の外側に何か重量のあるものを置いて、塞いでいるらしい。

玄関のガラスが割れて、砕け散る音がした。

どうしよう。入ってくる。

恐怖で真っ白になった頭の中に声が聞こえた。

「あわてるな、野乃。あわてる暇があったら、考えろ」

ちょっとかすれた、お腹に響く低い声。懐かしいじいちゃんの声だ。

時代がかった物置めいた部屋と、そこに並んだ古めかしい道具が、じいちゃんと暮らしていた山の中の家を思い出させたからだろうか、その声はやけに鮮明だった。まるで真後ろにいて、野乃に囁きかけてくるみたいだった。もうとっくにこの世にはいないのに。

もう一度、ガラスが割れる音。だが、今度は冷静になれた。

そうだよ。あわてない。考えるよ、じいちゃん。じいちゃんは、まだ生きている。私の中で。

この家の玄関扉は、木製の桟《さん》が細かく入った千本格子戸だ。ガラスを割っただけでは中には入れない。

再び動きはじめた頭で、野乃は考える。

先にこの扉を開けてしまえばいい。古い木製の扉だ。大きなハンマーかのこぎりがあれば、打ち破ることができるだろう。

時代物の農具が置かれている部屋を見まわす。木製の脱穀機、ふるい、樹皮で編んだ籠《かご》。どれも骨董《こっとう》品のような古道具ばかりだ。使えそうなものは見あたらない。だめだ。ここで戦うしかないか。

鍬《くわ》があった。それを手に取る。扉を壊すには時間がかかってしまいそうだが、武器にはなる。

ガラスが割れる音が続いている。耳を澄ますと、めきめきという破壊音も聞こえてきた。格子を壊しているのだ。野乃は鍬を握りしめた。

ひときわ大きな破壊音が響いてほどなく、廊下を歩く音が聞こえてきた。

靴を片方しか履いていないからか、片足を床に叩きつけて、跳びはねているような、不規則な足音だった。

ぱか　ぱか
ぱか　ぱか
和室の襖を荒々しく開ける音がした。続いて、ドアを押し開ける音。廊下の両側にはいくつも部屋が並んでいる。そのひとつひとつを確かめているのだ。

「ぴひぃ」

荒々しくドアを開ける音に驚いて、背中の一樹が声をあげる。野乃も漏れそうになった悲鳴を喉に押し返した。声をあげちゃ、だめだ。たとえ由井さんに聞かれなくても。私が弱気なところを見せるわけにはいかない。

「ひーっひぃーっ」

お願い。静かにして。

「一樹、埴輪」

「ぴぃぃー」

だめか。じゃあ。

「じゃあ、『あっぷっぷ』しよう」

野乃がもう一度「あっぷっぷ」と囁きかけたら、静かになった。頰をふくらませて、口を閉じたのだ。逸郎、ちっとも受けなかったにらめっこが、こんなところで役に立ったよ。

奥のこの部屋は開かずの間なのかもしれない。ここの戸の前で立ち止まる気配がしたが、そのうちに、茶の間の方向に足音が遠ざかっていった。

どうする。このまま隠れて様子を見るか。それとも、由井老人が茶の間やキッチンにいる間に外へ出るか。

ここは彼の家だ。立ち去るとは思えない。一樹もいつまでも静かにしてはいないだろう。この部屋から出て、もう一度玄関から脱出しよう。でも、もし廊下に戻ってきて鉢合わせしたら
——

手にした鍬に目を落とす。いくら人とは思えない人に変わり果てているとはいえ、由井さんにこれを武器として振るえるだろうか。柄は一メートルほど。刃は錆《さ》び付いているが、長さは野乃のてのひら二つ分ぐらいある。持ち上げるとずしりと重かった。

無理。下手したら死なせてしまう。

刃先ではなく、刃の根もとのほうを使えばいいのか。両手で持って振ってみた。心配する必要はなかった。接合部分が腐っていたらしく、柄を振ったとたん、刃の部分がはずれて部屋の奥へ飛んでいった。

奥の棚に並んだ薬品瓶のひとつにあたって、割れる音がした。

がしゃん。

遠ざかっていたはずの足音が戻ってきた。しまった。

引き戸の右手の壁に立てかけてある案山子《かかし》に目が留まった。その後ろに潜りこみ、案山子のひとつに擬態するように腰をかがめて壁にへばりつく。潰してしまった一樹が「きゅう」と声

をあげた。動くたびに埃が舞って、喉や鼻を刺激する。咳き込み、くしゃみが出そうになるのを、懸命にこらえた。

ぱか

ぱか

ぱか

戸口の前で足音が止まる。野乃は背中の一樹に囁きかけた。

「あっぷっぷ」

返事はない。腕を背中に回して一樹の手を握る。手が温かくなっている。眠くなった証拠だ。首を片側にかしげていた。右の耳に息がかかる。寝息だ。よかった。疲れて寝てしまったようだ。

荒々しい音を立てて戸が開いた。野乃は息を呑んで、柄だけになってしまった鍬を握りしめる。また咳が出そうになった。ごくりと生唾《なまつば》を飲みこみ、舌で口蓋を舐める。友だちに誘われてクラシックのコンサートに行った時に教えてもらった方法だ。

ぱか　ぱか

ぱか　ぱか

片方だけ靴を履いたちぐはぐな足音で、部屋の奥へ歩いていくのがわかった。二体の案山子の首と首のあいだに、そろりと顔を出して様子を窺う。

九日間、どこで何をしていたのだろう。もともとは白かったらしい長袖シャツは、泥だらけであちこちに草の葉がからみついている。袖は吹き流しみたいにぼろぼろにちぎれていた。案山子のひとつのような痩せ細った体は、見えない糸で動いている操り人形のようだ。

そもそも九日間も食料もなく生きていけるものだろうか。もしかしたら、警察の目を盗んで、捜索が打ち切られてからは堂々と、アカシアの樹液を舐めて生き長らえていたのかもしれない。

部屋の奥まで歩くと、ぎこちなく首を左右に振りはじめた。その様子もまるで人形だ。どこからか指令が頭の中に飛んでいて、その声に従って野乃たちを追っているかのよう。

タダチニ行動セヨ
有害ナ生物ヲ　スミヤカニ排除セヨ
まるでコマツナを守るコナガサムライコマユバチだ。

とはいえ由井さんの動作は緩慢で、隙だらけだった。一挙手一投足が、どこかからの指令を待っているといったふうだ。見つかる前に、こっちから攻撃してしまおうか。だが、その勇気がなかなか湧いてこない。

一樹が寝てくれているのが幸いだった。また部屋を出ていくまで隠れ通すことができるかもしれない。そう思ったとたん、

「んが」

一樹が短くいびきをかいた。

あ、だめ。一樹。

由井さんが振り返る。来るなら、来い。野乃は鍬の柄を刀のように構えた。

柄だけでじゅうぶん。向こうがナイフを振るってきたら、こっちも容赦なくぶっ叩いてやる。

あんな骨と皮だけの年寄りに負けはしない。絶対。きっと。たぶん。手が震えてきた。

だが、由井さんは襲ってはこなかった。耳を澄ますように首をかしげて、こちらに視線を走らせてくるだけだ。

首を縮めたが、遅かった。目が合ってしまった。窓ガラスに打ちつけていた由井さんの額には血が滲んでいた。両目からは黒目が消え、白く濁っていた。まるで剝いたぶどうの実のようだった。

目が合っても、由井さんはまだ訝しげな表情だ。

そうか、こっちがちゃんと見えていないのだ。普通に歩いているから、視力を失っているわけではないだろうが。最後に会った時には、あんな目をしていなかった。

野乃はずっと自分の想像に自分で首をかしげていたのだが、想像どおりだった。由井さんはアカシアに洗脳されてしまったのだ。さっきの御園さんがもうひとつの証拠だ。植物は人間の脳や体も操れるのだ。アリアカシアが蟻を奴隷にしてしまうように。

いまの由井さんは、蟻だ。昆虫はたいていそうだが、蟻は視力が弱い。視覚ではなく嗅覚で餌を探しているそうだ。しかもその嗅覚は触角にある。由井さんの広い額にいまにもにょきりと触角が生えてくるような気がした。

じゃあ、ここは逃げるが勝ちだ。

いまや唯一の武器の鍬の柄をベルトに挿し、隠れていた案山子の陰から抜け出した。浴衣《ゆかた》を着た案山子が倒れて派手な音を立てる。

そのとたん、背中を向けていた由井さんが振り向いた。聴力は失われていないのだ。見つかった。急げ。

足もとでとぐろを巻いていたロープにつまずいて倒れそうになったが、両足を踏ん張ってこらえて、部屋を出た。

廊下を駆け抜け、玄関に降りる。

三和土にはガラスの破片が散乱していた。スニーカーの底が突き破られそうな鋭い破片を蹴散らす。一樹がちゃんと背中にいるのは重みでわかっているのに、後ろに手を回して確かめずにはいられなかった。うん、無事だ。野乃に似たほわほわした猫毛を撫ぜて、外へ出た。

空気が一変した。時間や妄執まで淀んでいるような家から、初秋の山の冷涼の中へ出た。短く深呼吸をしてから、一樹を乗せた非常用持ち出し袋のベルトを握り直す。

よし、中庭をいっきに駆け抜けよう。坂を下って、車道に降りて、家まで走るのだ。由井さんが追ってきても追いつけないスピードで。

いくぞ。

走りはじめたとたん、何かに足を取られた。勢いがついていたから、手をつく暇《ひま》もなく、うつ伏せの体勢で草むらに倒れこんでしまった。顔面を打ちつけそうになるのを肘《ひじ》で守るのがせいいっぱいだった。

なんだ。なにが起きた。まるで地面から突然現れた腕に、足首を摑まれたかのようだ。

腕立てをして少しだけ身を起こし、首をひねって足もとを見る。

左足に蔓草《つるくさ》がからみついていた。

引き抜こうとしたら、足首に痛みが走った。デニムパンツと靴のあいだにも蔓が入り込んでいる。蔓に棘が生えているのだ。足を動かすと、素肌だけでなく靴下の生地越しにも、棘が襲いかかってくる。

葉はかえでのようなてのひら形。小学生のてのひらぐらいある。小さなたくさんの手が野乃を掴んで離さない。

カナムグラだ。漢字で書くと、鉄葎。蔓が鉄線のように丈夫だからこう呼ばれている。蔓には棘があり、しかもその下向きに生えた棘であらゆるものにからみつく。いままさに野乃がその洗礼を受けているように。

半身を起こして、手で外そうとしたが、
痛っ。

今度は指に棘が刺さる。小さな棘だが強力だ。皮膚に小さな穴が開き、血が玉になった。

この家の外壁を覆っている蔓草は、カナムグラだった。風に揺れる葉が、戻っておいで、とてのひらを揺らしているように見えた。それが家を囲むように軒下の地面にも生い茂っているのだ。

カナムグラは繁殖力が強く、蔓が伸びはじめると、またたく間に四方に広がり、他の植物を駆逐してしまう。軒先近くのススキやセイタカアワダチソウが消えていたのは、季節のせいではなく、カナムグラに駆逐されたからだった。侵入者をからめ捕り、入ったら逃がさない。まるでハエトリソウかウツボカズラだ。この家全体が巨大な食虫植物のように思えた。

「うぎ、うぎぎぎ」

引っ張ったが、棘が刺さらないように指先でつまんでいるような手つきでは、とても引き剝がれそうにない。鉄という文字が名前につくだけある。カナムグラの蔓は細いが恐ろしく強靱《きょうじん》だった。

恐れていた由井さんは家から出てこない。視力の悪い彼は、野乃たちが外へ出たことに気づかずに、まだ家の中を捜しているに違いない。

いまのうちだ。急げ。

素手じゃあだめだ。腰に挿していた鍬の柄を手にとって、足首と絡みついた蔓の間に突っ込む。先端を地面に突き刺し、梃子《てこ》にして力をこめた。

「うえっ、うえぇぇーっ」

ああ、いけない。力を入れすぎて、背中の一樹を大きく揺らしてしまった。一樹が目を覚まして泣きだした。もう少しだから、我慢して。

ジャリ
玄関から、ガラスを踏む音が聞こえてきた。

気づかれた。

ジャリ　ジャリ
野乃は体をゆすって非常用持ち出し袋を下ろした。急いで下ろしたから、一樹が草むらにころりところがってしまった。

「一樹、逃げて」

だめだ。しがみついてきた。

由井さんが玄関から出てくる。触角を振り立てて直立歩行する巨大な蟻のように。視力が弱いらしい白濁した目で周囲を見まわしていたが、さすがに野乃の姿はたちまち捉《とら》えられた。

緩慢な足取りでこちらに歩み寄ってくる。右手のサバイバルナイフが午後の日射しを照り返して禍々しく光っていた。

野乃は由井老人から目を逸らさずに立ち上がる。蔓草に片足の自由を奪われていることを悟られないように、ことさらゆっくりと両足を開いて仁王立ちになる。一樹を背後に隠して、剣士のように片手で鍬の柄を突き出した。

来い。柄を握る手が震えたが、母鳥は雛《ひな》を守るためなら、野獣にも立ち向かう。すぐに震えは止まった。一樹を守らなくちゃ。自分はどうなっても。もし真室さんのように自分も殺されてしまったら、きっと一樹も命がない。

剣道をやったことはないし、野球のバットの握り方もよく知らない。初めは太さ三センチほどの柄をどう使えばいいのかわからなかった。

どうすればいいかは、背中の声が教えてくれた。

いいか、野乃。お前は右利きだから、左手は根もと近く、右手は真ん中を持つんだ。切斧《きりよき》の持ち方だ。木を伐るのはチェーンソーではなく斧で、まず切斧で根もとに切り込みを入れ、反対側からは山鋸《やまのこ》で伐っていく。それがじいちゃんのやり方だった。

腰を落として、水平に構えろ。ほら、木が向こうからのこのこやってきたぞ。

由井さんが向かってきた。脇枝のようにか細い両腕と、株立ちの幹のようなひょろひょろの両足は、動く樹木のようだった。アカシアの木霊だ。

一樹が野乃の足にしがみついてくる。そうだよ、私は負けるわけにはいかないのだ。腰を落とし、鍬の柄を水平に構える。柄の長い切斧を持つフォームだ。

目が合ってしまったら、絶対に逸らすな。まっすぐ相手を見つめて、けっして背中を向けるな。

うん、わかってるよ、じいちゃん。森で獣と出会った時と同じだね。

「あがぎがあ」

由井さんが叫び声をあげる。野乃にではなく宙に向かって遠吠えをしていた。ナイフを逆手に持ち、槍《やり》投げのように顔の脇に構える。濁った目がこっちを見ているのかどうかわからなかったが、野乃は相手の目を捉え続けた。あのナイフで真室さんと田邉さんを刺したのだろうか。

野乃の体を震わせたのは、恐怖ではなく怒りだった。野乃も声をあげる。

「うわあああっ」

真室さんを返せ。サバイバルナイフがなんだ。こっちは毎日もっと刃渡りのある包丁を扱っているのだ。

由井さんがナイフを振りかざして突進してくる。

老人とは思えない身のこなしだが、野乃がじいちゃんの森で、そしてこの夜黒森で何度も対峙している（そう、今日だって）イノシシに比べたら、迫力もスピードも段違い。スローモーションフィルムを見ているようだ。

野乃は鍬の柄を切斧のフォームで構え、由井さんがナイフを振り下ろしてくる前に、横腹に水平に叩きつけた。

「ごふ」

由井老人の体が「く」の字になり、ナイフが地面に落ちる。

腹を押さえて苦しげにえずいていたが、手の中にナイフがないことに気づいて、地面に這いつくばって草を掻き分けはじめた。

野乃は老人が拾い上げようとする前に、からめ捕られていない右足でナイフの刃を踏んづけた。

「ああ」由井さんが声をあげる。悲痛な叫びに聞こえた。理性を失ってもずっと持ち続けていたこのナイフは、こんなふうになる前から、由井さんにとって大切なものだったのかもしれない。

「うああ、あああ」声をあげながら、野乃の足をつかんで靴を浮かせようとする。ナイフを取り返そうとするのに夢中で、野乃の攻撃に無防備であることにも気づいていない。まるで子どもだ。「やっぱりこの人は普通の精神状態じゃない」そう思うと、放つべき二撃目に力がこもらなかった。

野乃の真下にある頭に鍬の柄を叩きつける。

ぽこ。

ぜんぜん効いていない。

摑まれた右足が浮いてきた。左足の自由が利かないから踏ん張れなかった。油断しちゃだめだ。この人は二人の人間を殺しているのだ。またナイフを手にされたら――

由井老人が靴の下に手を差し入れてきた。ひとさし指が折れ曲がっているほうの左手だ。野乃はその手を踏みつけた。

恐ろしい音がした。枯れ枝を踏んでしまったような音だ。野乃は自分が指を踏まれたかのように顔をしかめた。

「あががが」

ひと呼吸遅れて由井さんが呻き声をあげる。

「ごめんなさい」つい謝ってしまった。

だめだ、こんなことじゃ。森の大型獣と対峙するのと同じだ。倒さないと、倒される。由井さんの声につられて、一樹が怯えて悲鳴をあげた。「あばば」。それで野乃は相手を倒す勇気が湧いてきた。

真室さんの無念を思え。フォームを薪《まき》割りで斧を振るう時のものに変えた。冬になる前にたくさんの薪をつくるのは野乃の役目だった。慣れないうちは両手のすべての指のつけ根にまめをつくった。切斧の時と違って、両手をくっつけるのが薪割り斧の握りだ。体の中心線からぶれないように頭上に振りかぶって、膝と腰、下半身を使って振り降ろす。

ごん。

鈍い音がした。反動で顔があがった由井さんの白濁した目が、完全な白目になった。と、次の瞬間、がくりと首を折り、草の中に沈んだ。

だいじょうぶ？　息をしているかどうかが心配で、口に手をあててみた。息はしているようだった。たぶん。

草に埋もれて横たわる由井さんの姿を眺め、手が震えて握ったまま離すことができない鍬の柄を見下ろす。自分のしたことが信じられなかった。この先、どうしたらいいかもわからない。

そうだ、確か納戸にロープがあったはずだ。床に転がっていて、さっきつまずいたのだ。ナイフを使ってカナムグラの蔓を切り、背後に声をかける。

「一樹、中に戻ろう」

返事はない。

振り向くと、すぐ真後ろにいた。しゃがみこんで、うつ伏せに倒れた由井さんを不思議そうに眺めている。いまにも指でつんつんしそうだ。

やめてっ。一樹の手を引いて納戸へロープを取りに行く。

ロープというより縄と呼びたいような古めかしいしろものだったが、引っ張ってみたら、案外に丈夫で、しかも床にとぐろを巻いているほかにも、奥の棚にタイヤみたいに巻いたものが丸ごとひと巻き残っていた。

一樹を家に残して、外へ戻る。

え？

由井さんがいない。

まずい。どこ？

少し先の草むらが揺れていた。

カナムグラの繁みの中を這いずっていた。まるで蛇のように。棘をものともせず。右手をかぎ爪のかたちにして、左手は胴体の脇でぶらぶらさせていた。祠に戻ろうとしているのだろう。植物たちが植えつけた人ならざる力に突き動かされて。

片足を摑む。いやいやをするように体を揺すった。由井さんの体は驚くほど軽かった。力を込めたら、大根を抜くようにあっさりと引き戻せた。

恐ろしく切れ味のいい由井さんのナイフでロープを切り、両足首をぐるぐる巻きにする。指がばらばらの方向に曲がってぶらぶらしている左手を見ないようにして、両手も後ろ手に縛った。

足首を持って近くのいちじくの木まで体を引きずって、足首の余ったロープを幹にくくりつける。由井さんは言葉にならない声で喚《わめ》いていたが、そのうちに静かになった。何か声をかけたかったが、理性を失っていたにせよ、真室さんたちを殺し、自分たちを殺しかけた人間だ。かける言葉を何も思いつけなかった。

家に戻ると、玄関の上がり框に一樹が立っていた。いつのまに見つけたのか、野乃のバッグの中から取り出したシッピーカップを握りしめていた。

野乃は両手を広げて、その体を抱きしめる。

「うん、水を飲もう」

キッチンに入って驚いた。

床から何本も竹が生えていた。古いフローリングのあちこちが腐りかけていて、そこを筍《たけのこ》が突き破り、竹になりつつあるのだ。長いものは天井に届こうとしている。短いものはまだ筍の名残の褐色の皮を残していて、尖った先端を槍のように突き出している。九日前にはもちろんなかった。

四方竹《しほうちく》だ。ほかの竹と違って秋に筍が地表に出てくる種だ。真竹《まだけ》や孟宗竹《もうそうちく》に比べれば大きな竹ではないが、太いものは野乃の片手では握りきれないほどもある。異常な成長力だ。大型の竹の筍は、一日で一メートル以上伸びることもあるから、不思議ではないのだが。

四方竹のあいだを縫って冷蔵庫へ歩く。中には惣菜《そうざい》パックがいくつか。たぶん失踪《しっそう》前からすでに腐っていたのだと思う。パックの中身は、真っ黒で原形をとどめていない。麦茶らしき液体の入ったピッチャーは、底のほうがどんよりと沈殿していて、泥水さながらだった。

水道の水しかないな。しばらく水を流してから、蛇口から出てくる水をシッピーカップにくむ。夜黒森の水はきれいで、水道水でもおいしい。

早くちょうだい、と一樹が両手を伸ばして、「つ」の字にした指をちむちむさせていた。

「はい、お待ち」

両手でカップを握って、顔を仰向けてあおる。喉が渇いていたんだね。ほらほら、こぼれてるよ。

「ぷはあ」

いっきに半分を空にして、ビールを飲み干したおじさんみたいなため息をつく。逸郎も野乃もあまりお酒は飲まないけれど、じいちゃんは、日本酒をやかんで燗《かん》をして、よくこんなため息をついていたものだ。「野乃、飲むか」「じいちゃん、わたしまだ中学生だよ」「堅いこと言うな。トラクターも運転してるじゃないか」

一杯目をあっというまに飲み干し、二杯目の水も半分空にすると、初めての家が珍しいのだろう。一樹は家の中を歩き回りはじめた。

ふう。野乃も水を満たしたコップを手にして、キッチンの小さなテーブルの前に置かれた、二つだけの椅子のひとつに腰をかけた。どちらにも腰痛予防らしい分厚いクッションがくくりつけられている。

壁掛け時計は六時十五分で止まっていた。スマホを見るとまだ午後三時だ。野乃はとんでもないこの半日を思う。

どうしてこんな短い間に次々と難敵が襲ってくるのだろう。災厄が降りかかってくるのだろう。私一人にこんなことをして何になる？　なぜ私だけをつけ狙う。もしかして私が私自身も知らない重要な秘密を握っているというのか――

　キッチンの細長い窓からふと外を見て、驚いた。

　窓に近づいていま見たものを確かめる。

見間違いじゃなかった。窓のすぐ向こうにも、びっしりと四方竹が生えていた。これも九日前にはなかった。

　一樹が探検に出かけた茶の間へ行ってみる。一樹は窓に張りついて、外を眺めていた。由井さんに気を取られてさっきは気づかなかったが、窓の向こうの、かつては日本庭園だった草むらにも四方竹が乱立していた。まるで戦国時代の馬防柵《ばぼうさく》だ。

　竹の下に繁っている草のあらかたは、葉の形からしてカナムグラだ。

いくらカナムグラの繁殖力が旺盛で、竹の成長速度が驚異的でも、短期間のうちにここまで繁茂し、成長しているのは尋常じゃない。

　たぶん偶然ではないのだろう。カナムグラは食虫植物のように人を誘いこむためのものじゃない。協力者である由井さんとこの家を、植物《かれら》なりに、せいいっぱい保護しているつもりなのだ。やはりトゲを持つアカシアが、蟻たちに餌だけでなく、トゲの根もとに空洞を用意して、巣穴も提供するように。

そうか。そういうことか。

なぜ私だけをつけ狙う、なんていう自意識過剰のせりふが恥ずかしくなって、野乃は一人で顔を赤らめた。

違う。植物は私を攻撃しているのではなくて、近づく人間を防御しているのだ。研究センターから遠ざけるために。

蜂や猿やイノシシを利用して防衛線を張り、倒木や撒びしのような木の実で道を塞ぎ、洗脳した人間を使ってパトロールさせる。もしかしたら、由井さんに命じて、真室さんたちを殺したのも、センターから人を追い払う策略のひとつだったのかもしれない。何かを守るために。

そんな彼らの防衛エリアの内側にたまたま野乃と一樹がいて、何も知らずにのこのこ外へ出ようとした。だから次々と攻撃を受け続けたのだ。一般市民が戦場の最前線と地雷原に迷い込んだようなもの。

いったい彼らは、何を守ろうとしているのだろう。

自分がずっとヘルメットをかぶったままだったことに気づいて、脱いだ。一樹の小鍋ヘルメットも脱がせてやろうと思って手を伸ばすと、
インターホンが鳴った。

警察?

もしかして、石嶺さんか。

「ここにいて」

一樹にシッピーカップを渡して、玄関に向かう。

半分ガラスが割れて、ところどころが素通しになった格子戸の向こうに、制服じみた紺色のパンツが見えた。やっぱり警察官だ。騒ぎを聞きつけた誰かの通報でやってきたのだと思う。縛り上げた由井さんのことをどう説明すればいいだろう。

夏服らしい白いシャツの胸までは見えたが、そこから上は曇りガラス越しで見えない。

「はーい、いま出ます。連絡を取りたかったんですが——」

三和土に下りた瞬間に気づいた。警察が騒ぎを聞きつけた通報を受ける？　ありえない。この一軒家には周囲に騒ぎを聞きつける人間なんか誰もいない——体が固まってしまった野乃の目の前で引き戸に手がかけられる。その手首にはちぎれたナンバーテープが残っていた。

続いて、落ちた緑色のペイントが幾すじもの涙のように頰を伝っている顔が現れた。スズメバチに刺された片方のまぶたが腫れあがっている。

御園さんだった。

やっぱりビニールテープぐらいじゃだめだったか。他人を縛るなんて生まれて初めての経験だから、甘かったのだ。

後悔している暇はなかった。

緑色のペイントの中で、腫れていないほうの目がぎらぎらと野乃を睨んでいる。その表情には由井さんと違ってまだ心の動きが感じられた。だがそこからは、人間的な感情というより、動物じみた——植物じみたというべきか——憎しみと怒りしか感じられない。

野乃は靴箱に立てかけてあった鍬の柄を手に取って、ゆっくり後ずさりした。一樹がいる茶の間とは反対方向に。

野乃が素手ではないと見て取ると、御園さんは玄関にしゃがみこんで、何かを拾い上げた。ガラスの破片だ。

緊張と恐怖が続き過ぎて、自分自身の危険には鈍感になってしまった。一樹から遠ざけることだけを考えていた。野乃は誘いこむように納戸のほうへ後ろ歩きする。

勝つことしか頭になかった。まず納戸の中に引き入れる。すでに二回、中に入っている自分がだんぜん有利だ。奥の棚に置かれていた、錆びついた鎌や、ちょっと小さいが園芸用のスコップだって、武器になるはずだ。農薬をぶちまけてもいい。由井さんの恐ろしいサバイバルナイフはキッチンに放り捨ててしまったが、もし手もとにあれば、それだって使っただろう。

最悪でも相討ち。誰かがここにいる一樹を発見してくれればいい。相討ちというのがどういう状況なのかは自分でもわからないのだが。

御園さんが野乃の歩調に合わせて、間合いを詰めてくる。一歩ごとに距離がせばまった。何かの格闘技を思わせる足さばきだった。由井さんとは比べものにならない迫力。自分なんかに勝てるのか？　そう考えると足が震えた。

どうして御園さんと命がけで闘わなくてはならないのだろう。森の植物たちに怒りを覚えた。なぜあなたたちは人間を利用するの？　動物の力を借りようとするの？　しょせん動けない生き物だから、動物を操るしかないんでしょ。心の中で毒づいた。まさに自分たちが研究していたことなのに。

廊下の隅から声が聞こえた。

「ンマ〜」

一樹の声だ。ママと聞こえた。野乃を呼んでいるのだ。ああ、だめ。

御園さんが声に振り向いた。納戸へ誘いこむなんて言ってられなかった。野乃は跳ぶように間合いを詰め、切斧の構えで御園さんに向かって横ざまに刃のない鍬を振る。

渾身《こんしん》の一撃は、猫科の動物のような俊敏さでかわされた。直後に御園さんが、どんな種類の格闘技経験者なのかがわかった。御園さんが「しゃっ」と蛇の威嚇音じみた声をあげたとたん、体の横から鞭《むち》のようにしなった足が飛んできた。

腹に蹴りを受けた野乃は、仰向けに倒れた。

目の前が天井になった。木目の目立つそれがぐるぐる回って見えた。息ができずに口を大きく開けていると、視界いっぱいに御園さんの顔が現れた。

眼球の裏に発光体をしこんだように、目が異様に光っている。長い舌で唇を舐めていた。右手にはガラスの破片をナイフにして握っている。

子どもは助けて、そう言おうとした時、どたどたと廊下を走ってくる足音がした。

一樹？

いや、大人の足音だ。

由井さんか——あっちは縛り上げる時に手加減しなかったつもりだったのだけれど、やっぱり甘いのだな、私は。走馬灯なんてものは見えなかった。単純な行動しかできない彼らに一樹が見逃され、逃げのびる情景だけを思い浮かべた。

ふいに目の前から御園さんの顔が消えた。

倒れた野乃の頭の先で、人が争う物音がした。それで走ってきた誰かが御園さんに体当たりを食らわしたのだとわかった。

誰？

首をひねったが仰向けのままではよくわからない。起き上がろうしたが、痛っ。首も背中も手も足も痛い。倒されて全身を廊下に打ち据えてしまった体はすぐには動かなかった。

「があああっ」

御園さんの雄叫《おたけ》びが聞こえた。

「ひいぃぃーっ」

もう一人の悲鳴は男のものだった。石嶺さん？　いや、石嶺さんの声じゃない。痛みをこらえて起き上がる。痩せた男だ。御園さんに馬乗りになられて、長い手足をじたばたさせていた。細腕を御園さんに押さえつけられている。はっきり顔を見るまでもなく、誰だかわかった。

なんで。

なんで、いるの。

それはいるはずのない人間だった。

ガラスの破片は野乃のかたわらに落ちていた。それを玄関の方向に蹴って遠ざけて、鍬の柄を拾い上げ、御園さんの頭に叩きつける。もう躊躇はしなかった。

いい音がした。マウントを取っていた御園さんの上体が反り返った。首をねじって野乃を睨みつけてきた、と思ったら黒目を寄り目にして、横ざまに倒れた。

組み敷かれていた男が、野乃を見上げて笑う。一方的にやられていたくせに、救世主みたいな顔をして。

「間に合ってよかったよ」

逸郎だった。


思わず上から抱きついてしまった。恐怖と緊張から解放されて、涙があふれてきた。両足も両手も、体中が震え出した。

「なんで……どうして、どうして、ここにいるの？」

逸郎は昼寝中のらくだみたいな顔でまたふにゃりと笑う。御園さんに殴られた片側の頬が赤くなっていた。

「帰ってこいって言うから、急いで帰ってきたんだ」

「だって、アメリカにいたんじゃ――」

逸郎が起き上がって、野乃の涙を指で拭いた。

「それより、この人、このままにしていいの。まぶたがぴくぴくしてる。すぐに目を覚ますと思うよ」

「ああ」

玄関に置いてあったロープで両足を縛る。逸郎がどこかからガムテープを見つけてきて、手首を縛った。

「夫婦のこんなの初めての共同作業でーす」

「驚かないの」

「アメリカにいたからね。犯罪は街の風物。それより何があったの？　この人は？　犯罪に加担するのはごめんだよ」

驚いてよ。妻子の命が危うかったんだから。

「じつは外にもうひとり縛ってあるんだ」

「えっ」

これには驚いたようだ。草むらで呻き声をあげている由井さんを見たときには、「これも野乃ちゃんの犯行？」とジョークもかすれ声になり、目の前の老人がグリーンプラネット殺傷事件の容疑者だと知って、絶句していた。

二人で御園さんと由井さんを納戸まで運んで、引き戸にしんばり棒をかました。目を覚ました御園さんは狂犬みたいに唸り続けていたけれど、由井さんは、老体をむりやり酷使させられていたのだろう。疲労しているというより衰弱していて、ほとんど体を動かさなくなっていた。

早く通報した方がよさそうだった。とにかく家に戻って、警察と１１９に電話だ。

「家には寄ったの？」

「うん」

「電話はつながる？」

「ああ、固定電話だけね。研究センターにはかからなかったけれど。俺のことより、そっちでしょ。何があったの。あの女の人も犯人？」

「話せば長いんだ。逸郎のことを先に教えて」

「おお、あれ、一樹は？」

さっきから一樹の姿が見えない。ぐるぐる巻きにした御園さんと由井さんを納戸に運ぶ、親たちのとんでもない姿を見られなくてよかったけれど。

「一樹～っ」

「おーい、パパだよ」

長い廊下の端、間口の下から三分の一ぐらいの高さから、顔を半分だけ出していた。

「イッキ～ひさしぶり」

逸郎が駆け寄ると、首を引っ込めてしまった。

逸郎は廊下の端まで行き、奥を覗いて首をかしげる。

「あれ？　どこにいっちゃったんだろう」

「生身のパパは久しぶり――というより、覚えてないんだと思う」逸郎にはかわいそうだけど。

それでなくても今日は知らない人たちに怖い思いをさせられたから、怪しい新しい大人に怯えているのだと思う。

「そんなあ」

「で、いつ帰ってきたの」てっきりマダガスカルにいるのだと思った。「だって今朝もスカイプして――」

そうか。あれは日本に着いて、空港かどこかの駅でかけていたのか。

「サプライズ。驚かせたくて」

そんなのいらないよ。

「ここまでは、どうやってきたの」

「駅でレンタカー借りたんだ。バスに乗り遅れちゃって。一本逃すと、次のバスまで二時間近くあるじゃない。タクシーだととんでもない料金になるし。早く二人に会いたくて」

張りつめていた心が破裂したようにしぼんで、また涙がこみあげてきた。恥ずかしくてごまかそうと思って、次々と質問を繰り出す。

「なぜ、ここにいるってわかったの」

「ふっふっふ。君の行動はすっかりお見通しだよ。ワトソンくん」

はいはい。野乃が半目を向けると、急いで言葉を足した。

「いや、スマホはつながらないし、電話もかからないし。だったら会社まで行っちまおうと思って家を出たら、木が倒れてて道が塞がっていて。君なら、スマホで人が呼べないなら、のこぎりか斧を手に入れて、倒木を切り刻むだろうなと思って」

切り刻みはしないが。

「この上にあの人の——由井さんの家があるから、道具を調達しに行ったんじゃないかと思って」

「でも私の車、なかったでしょ」

「うん、だけど、この車が落ちてたから」

逸郎がポケットから取り出したのは、レゴカーだった。水を欲しがる一樹の気をまぎらすために持たせたんだっけ。持ち物をすぐに失くすのは誰に似たんだろう。私か。

由井さんの家から坂を下りて、道に戻るまでのあいだに、今日一日のことを話し、これまでグリーンプラネットであったことを説明する。

あまり会えないから、スカイプで会話する時には、どんなことでも話す。おもに一樹のことだが、お互いの仕事のことも。

でも、いくら夫婦とはいえ、企業秘密にかかわることまでは話していない。つい数時間前――もうはるか遠いできごとに思えるが――に聞いたα-1とＡＩの言葉はもちろん、植物が森の動物たちを操っていること、由井さんと御園さんが植物の樹液の摂取で錯乱していることなどなどをあたふたと説明した。

言葉にすると自分でも現実とは思えない話ばかりだが、逸郎はいつもみたいにちゃかしたりせず、すべてに真顔で頷いた。

逸郎が借りたというレンタカーは、レゴカーみたいな可愛らしい軽自動車だった。色はペパーミントグリーン。野乃の好きな色だ。

「いちばん安かったんだ」

一樹はまだ逸郎を警戒している。レンタルのチャイルドシートに居心地悪そうに座りながら、逆三角の細目で逸郎を睨んでいた。

運転席のシートベルトを締めながら、逸郎が野乃の言葉をくり返す。

「地球に緑を…」

車を発進させて言葉を続けた。

「我らが緑の大地……か。驚いたな。植物には知性がある——野乃ちゃんたちの研究は理解していたつもりだったけれど、クーデターを企てたりするなんてね」

「私だって信じられない」

道の両側では紅葉を待つ緑の横列が延々と続いている。何食わぬ顔をして。でも彼ら一本一本が何かを「考えて」いるのだ。ひとつひとつの細胞壁で、根と菌糸で。

「君たちによれば、植物には『個』という概念がなくて、形成している集団《コロニー》が個体性を持つわけだよね」

「うん」さっきの四方竹にしても一本一本が『個』ではなく、あそこに生えていたすべての四方竹が地下茎でひとつにつながった『個体』なのだ。

「しかも同種だけでなく他種とも、菌糸ネットワークを通じて繋がっている。種子や胞子にも植物のメッセージがこめられていて、運ばれた先でそれが伝播されていく」

「そう」

「じゃあ、理論的にはどこまでもネットワークを広げることができるってことだ。種子や胞子や菌糸を介して、世界中どこにでも」

前を見つめたまま逸郎が自分の言葉に頷く。神託を受けた預言者みたいに。

「そうだね」

「なら、α-1っていうその革命戦士が宣言したメッセージも、あちこちにばらまかれるよね」

「いまのところは夜黒森の中だけのことだと思う」そう思いたい。

「そのスーパーダイズの言葉というのは、AIが脚色していたらしい、と。うーん、AIが人間より植物を選ぶかもしれないっていうのは、不気味だな。そのＡＩが世界中にメッセージをばらまくかもしれない。ＡＩはネット空間を通じてどこへでも行けるし、ほかのＡＩも同調すれば、あっという間に拡散する。君の言う植物のネットワークより恐ろしいかもよ」

「怖いこと言わないで」

「でも、可能性は、ある。ＡＩは信用ならないよ。僕らの研究室でもあたりまえに使っているけど、気をつけないと。あいつら、ＡＩ同士で、人間にはわからない言葉で会話したりするからね」

　ゆっくりと車を走らせながら、逸郎はぽつりと言った。

「もうすでに始まっているんじゃないだろうか」

「なにが？」

「植物たちの世界的な反乱」

「まさか、私たちのせいで？」

「いや、この森にかぎったことじゃなくて、きっと世界中のあちこちで同時多発的に起きようとしていることだよ」そういえばＡＩも同じことを言っていた。「野乃ちゃんたちの研究は、それに他より早く気づいただけなんじゃないかな。だって、もう何年も前から、世界で起きている異変には、植物がらみのことが多い。多いというより、そればっかりだ」

　確かにそうだ。アマゾンで発生した致死率四十パーセントだという植物由来のウイルスは、この数週間でヨーロッパ各地と中国でも感染者が出た。自然宿主は中・南米原産の食用きのこが疑われている。十数人だった死者はもう百人を超えた。

オーストラリアやアメリカでは、山火事が多発している。発生件数は九月の時点で例年の二倍。

野乃も同じことを考えていた。でも深く考えようとしなかった。研究者にあるまじきことだが、考え続けるのが、怖かったのだ。

２０２６年頃から、世界中でとうもろこしや大豆が、記録的な凶作に陥っている。小麦の生産量も減り、今年は日本の米も不作だという。これらが、もし植物たちのサボタージュだとしたら。

地球の酸素濃度が急激に減少しているというニュースが一時期世間を騒がせ、そしていつものようにあっさり忘れ去られているが、もし何者かが地球の二酸化炭素と酸素の割合を意図的に操作しているとしたら？　その何者かは、ほかでもない植物たちでしかありえない。考えたくはないが、可能性はあるのだ。

「植物学者に言うのはいまさらだけど、地球上の多細胞生物のすべての重さを量れば、そのうちの九十九・七パーセントは植物が占めるっていうだろ。人間や他の動物はその他の〇・三パーセントにすぎない。地球はもともと植物に支配されている場所なんだ」

知っている。この星は、地球は、人間のものなんかじゃない。彼らの主張は少しも間違っちゃいない。植物にとっては文字どおり『我らが緑の大地』なのだ。

走りはじめて五分ほどで樫《かし》の大木が見えてきた。野乃たちの家だ。やっと戻れた。なんて長い帰り道だっただろう。でも、それもようやく終わった――

逸郎がレンタカーを柵のないわが家の敷地に乗り入れる。

野乃はチャイルドシートから降ろした一樹を抱いて外へ出た。そして、気づいた。

樫の木の下で、何かが動いていることに。

黒い塊。イノシシより大きい。

熊だ。

熊はシラカシの大木の根もとに鼻面を近づけて匂いを嗅いでいる。きのこを探しているのだろう。野乃たちには気づいていないふうに見えるが、目がこちらに泳いでいた。大きな体に似合わず臆病な動物だから、あちらはあちらで、目線が自分より高い野乃が危険な存在かどうか、値踏みをしているに違いない。

まだ視線は合っていない。野乃は一樹をぎゅっと抱きしめ、顔をそむけたまま玄関に横歩きをする。

突然、けたたましい音がした。

逸郎がクラクションを鳴らしたのだ。熊が巨体をびくりと震わせた。が、逃げる様子はなく、なに食わぬ顔で根回りの匂い嗅ぎを再開した。

逸郎がまたクラクションを鳴らそうとして身構えるのが目の隅に映る。

ちょ、ちょっと待って。野乃は腕を水平に伸ばし、てのひらを広げて逸郎を制する。

確かに熊は大きな音が苦手だが、里へ下りてくるような個体は車の音に慣れてしまっていて、クラクションは往々にして逆効果になる。音に興奮して襲ってくる場合もあるのだ。

急な動きは禁物。焦る気持ちを押し殺して、足音を立てないようにすり足で玄関ドアをめざした。

熊避《よ》けスプレーを持ってくればよかった。車に置いたままだ。夜黒森に動物たちが跋扈していることを知った時から、常に持ち歩くようにしていたのだが、家に着いてすっかり安心してしまった。そもそも熊なんて、北の森で何度か遠くから眺めたことがあるぐらいで、夜黒森では、ましてこの家の近くでは、一度も見かけたことがなかった。

だが、いくら後悔したって、スプレーが手に入るわけじゃない。

そうだよ、後悔している暇があったら、考えろ、動け、野乃。

熊が身をひるがえして野乃たちのほうへ顔を向け、鼻をひくつかせる。

と、いきなり立ち上がった。

フロントガラスのむこうで逸郎がシートベルトをはずしているのが見えた。自分も出てこようとしているのだ。野乃は腕を伸ばして、また制止のポーズを取る。

いまはだめだ。距離が近すぎる。出てきたとたん、反射的に飛びかかられてしまうだろう。出てきてくれるなら、熊がこちらに襲いかかってきた時、たぶん放り投げてでも遠ざけようとするだろう一樹を、かかえて逃げる時にして欲しい。

逸郎は立ち上がった熊に動揺しているが、まだだいじょうぶ。あれは威嚇じゃない。視点を変えて、熊なりにこちらの戦闘能力を推しはかっているのだ。

野乃は胸を反りかえらせて背伸びをした。

ツキノワグマは体長が大きいオスでも、立ち上がった背丈は小柄な大人程度だ。こうすれば、野乃のほうがちょっと背が高くなる。

熊がまた四本足に戻る。腕の中で一樹が呟いた。

「る」

うん、そうだね。今日一日で何度この「る」を聞いただろう。すり足でまた三十センチほど移動。ドアまではあと二メートル。

「る、るる」

お願い、静かにして。一樹の耳もとで、静かにさせる呪文を口にする。

「あっぷっぷ」

「ぷ」

あと一メートル半。

トートバッグから鍵を取り出す。

この一日で危険に慣れっこになってしまい、恐怖心はすっかり麻痺《まひ》している、と思いこんでいたのだが、体は正直だった。

あ。

ちりん。

指先が震えていたせいで、鍵を落としてしまった。鍵束につけた鈴の音が、静まり返った場に、やけに大きく聞こえる音を立てる。

熊がこちらを向くのがわかった。野乃は体の動きを止める。息も止めた。ひたいから汗が伝ってきたが、ぬぐうこともままならず、頬を伝っていくにまかせる。目が合わないように注意しながら、熊の動きを窺った。

ほどなく熊は興味を失ったように首を逸らす。

野乃はそっと安堵の息を吐いて鍵束を拾い上げるために腰を落とした。それがいけなかった。いきなり熊が突進してきた。

が、怯える間もなく、数メートル手前で静止したかと思うと、地面を前足で叩いて反転していった。ブラフチャージだ。熊がよく取る行動。攻撃するふりをして、頭の中では、これで逃げてくれないかな、と気弱に期待しているのだ。だいじょうぶ、むこうもまだこっちを恐れている。

「うおおおーっ」

突然の咆哮《ほうこう》は逸郎のものだった。スパナを手にして車から飛び出してきた。そうだった、逸郎には熊避けスプレーのことは話していなかった。

むちゃだ。

元の場所に引き返しかけていた熊が立ち止まる。逸郎の声にひるんだ様子はなかった。両目は逸郎を捉えていた。

毛が逆立っている。完全に怒らせてしまった。今度こそ、逸郎がやられてしまう。

野乃は抱いていた一樹を下ろして、ちいさな手が握っていたレゴのミニチュアカーをかすめ取る。一樹が不満の声を漏らす前に、レゴカーを玄関に向けて走らせた。それを追いかけて歩いていくのを確かめてから、再び熊に向き直った。

熊はもう野乃のほうを見てはいなかった。姿勢を低くして四肢を折り畳んだ、ワニのような妙な姿勢で逸郎に近づいていく。危険な兆候だった。

「野乃、熊が匍匐《ほふく》前進を始めたら気をつけろ。襲ってくる前触れだ」

匍匐前進という言葉をこの時のじいちゃんの忠告で覚えた。腹を地面につけて前に進んでいくことだ。いま目の前の熊がそうしているように。

野乃は鉢に植えた一本立ちのヤマボウシの幹を握った。太くて根張りのいいヤマボウシは、持ち上げても鉢がいっしょについてきた。ほかに武器になりそうなものはない。それを大型ハンマーのように片手にぶら下げる。

一樹がじゅうぶん離れたのを確かめてから、熊の注意を逸らすために野乃も吠えた。

「うわあああああっ」

熊より逸郎がびっくりしていた。大声を出したついでに叫ぶ。

「車の中に熊避けスプレーがある。後ろ歩きで車に戻って。絶対背中を向けないように」

アマゾンの奥地やアフリカの密林にも調査に行っている人だ。猛獣に背中を向けるのが危険な行為であることは、知っているはずだった。逸郎がゆっくり後ろ歩きを始める。だが、熊もその動きに合わせて、じわじわと距離を詰めていた。

空気がいまにも破裂しそうな静寂の中に、小さな音がした。

ぽと。

何かが落ちてきた。

樫の大木の樹上からだ。

ぽと。

また。熊がぴくりと体を震わせて、前進を止めた。鼻をひくつかせている。

落ちてきたのは、どんぐり。樫の実だ。

やっぱり、この熊も夜黒森の植物たちが操る生物兵器か。人を寄せつけないように、人里近くで餌を探させるように誘導したに違いなかった。

負けるもんか。野乃はヤマボウシの鉢をぶるんと振る。目には目を。植物には植物を。同士討ちさせてやる。ヤマボウシの青い葉が抵抗の声をあげるようにざわざわと音を立てた。

と、また、
ぽと。

どんぐりが熊の背後に落ちる。

熊が振り向いた。

ぽと。

樫のまるっこい実が、ころころと地面をころがっていく。熊はねこじゃらしを追いかける猫みたいに、前足でそれを捕まえようとする。不器用な動作でようやく押さえつけると、そのったひと粒を、大切そうに舌ですくいとった。ツキノワグマにとってどんぐりは、一《いち》、二《に》を争うごちそうなのだ。

舌なめずりをしている熊の鼻先にまた、
ぱらぱらぱら。

雨音に似た音とともに今度はまとめていくつものどんぐりが降ってきた。どこにこんなにたくさんの実を隠し持っていたのだろう。おそらく下からは気づかない上方に実っていたのだ。

森中を植生調査したのに、自分の家の庭のことはまるでわかっていなかった。

どんぐりは家から遠ざかる方向へころがっていった。熊が追いつくと、その先にまた、ぱらぱらぱらぱら。

いまだ。

玄関まで駆け、ポーチでレゴカーを走らせていた一樹を抱きあげた。ボールをキャッチしゴールラインに突進するラグビー選手の勢いで。

今度こそ鍵をしっかり握り、玄関ドアに差し入れる。一樹を三和土にトライした。ドアが閉まらないように伸ばした片足をつっかえ棒にする。

逸郎がダッシュしてきた。すぐさま振り向き、ドアを開け放して迎え入れる。逸郎が家に飛び込んできたと同時に、すみやかにドアを閉めるつもりだった。

だが、いつのまにか脅威は去っていた。熊の姿はもう敷地の外、道のほうに消えかけている。シラカシの大木がどんぐりを降らしているからだ。少しずつ、まるで故意に家から遠ざけようとしているふうに。

いや、本当に故意だったのだと思う。

見る間に、熊はどんぐりを追いかけて、道路へ出て行った。

野乃は樫の大木を見上げる。

もしかして、私たちを助けてくれたの？

樫は遥《はる》か上空で、ざわざわと梢を風に揺らすだけだった。

玄関ドアを閉めた野乃の足に一樹がかじりついてくる。抱きあげると、逸郎まで抱きついてきた。

「ああ、心臓が止まるかと思った。ツキノワって思ったよりでかいんだな」

一樹をサンドイッチしてしばし親子三人で抱き合う。

「うっききぃ」

一樹が声をあげる。なぜか歓声だ。

間近に顔を寄せてきた逸郎は、細長い顔がまるく見えるほどの笑顔だったが、涙目になっていた。

「野乃さん、すごいよ。熊を相手に。グッジョブ。なんでそんなに冷静なの」

いつもの「野乃ちゃん」ではなく「さん」づけだ。

「山の子だもの」なんて豪語してみたけれど、言葉は震えていた。逸郎を動揺させないように、熊に慣れているふりをしていただけ。実際には心臓が肋骨《ろっこつ》を突き破って飛び出しそうだった。

熊とあんな間近で真正面から対峙したのは初めてだ。じいちゃんの森で何度か遭遇したことはあったが、いつもじいちゃんの背中に隠れていた。

そういう時に聞いたのだ、ブラフチャージや匍匐前進のことを。「むこうも人間が怖いんだ。とくに熊は臆病だから、気合負けしなけりゃ平気だ」

「あれはオスかな」

逸郎が訊ねてくる。

「たぶん。子持ちのメスだったら、もっと大変だったかも。子どもを守るためなら、とんでもない猛獣になる」

一樹をひしと抱きしめ直して逸郎が呟く。

「野乃ちゃんと一緒だね」

「それ、誉め言葉？」

「うん。子どもを守ろうとするのは、人間も動物も一緒だ。俺だってがんばったもの」

野乃は大きく頷いた。

なるほど。そういうことか。


家の中に入っても、スマホは沈黙したままだった。固定電話から石嶺さんのスマホにかける。出ない。コール音が続くだけだ。いったん切り、もう一度かけ直そうとしたら、着信音が鳴った。


――村岡か。すまん。病院だから、外からかけようと思ってスルーした。

「よかった。無事ですか」

――おう。猿に二、三カ所ひっかかれたけどな。電話しようと思ったんだけど、携帯は繋がらないままだし、自宅の番号がわからなくて。

「佐々木さんは？」

――だいじょうぶだ。運んでいる途中で意識も戻った。本人は『病院はいい』なんて言い出したけど、治療は受けてもらった。いまは点滴中だ。それより、何をしてた。道の途中に車を停めてたよな。パンクか？

「話せば長いんです。で、あの、いますぐ、センターに戻ろうと思うんです」

――え？

後ろで一樹のおむつを替えていた逸郎も絶句していた。「え？」

――いますぐ？　なぜ？　それも話せば長いのか。

「ええ、すみません」

野乃は時計に目を走らせる。午後四時を過ぎた。秋の夕暮れは早く、残された時間はあまりに少ない。くわしく説明している暇が惜しかった。

「三井さんにも連絡しようと思うんです」

――それなら、さっき連絡した。理学部キャンパスにいるそうだ。用事が済んだら、こっちへ向かうって言ってた。

大学のある街から研究センターまでは車でおよそ一時間。三井さんが来てくれるのはありがたい。野乃のしようとしていることに賛成してくれればの話だが。

三井さんのスマホにも連絡したが、繋がらなかった。留守電に用件を手短に、でも懸命に訴えた。

それから110に電話。こっちを後回しにしたのは、説明が長くなる気がしたからだ。そして、予想どおり長くなった。

最初はいたずら電話扱いされたが、グリーンプラネットの村岡だと名乗ると、とたんに口調が変わった。

グリーンプラネットの名は地元の警察では有名だ。野乃の名前も。けっしていい意味ではなく。センターでの食中毒騒ぎや研究林の山火事、挙げ句の果てに今回の殺人事件などなど、

「平和なこの田舎町のトラブルメーカー」として。真室さんたちの死をトラブルなんていう言葉で片づけて欲しくはないが、あの人たちの言葉を借りるとそうなる。地元の人たちのあいだでも、山から動物が里へ下りてくるようになったのは、グリーンプラネットの研究のせいだという噂が流れている、と保育園のママさんから聞いた。まあ、まったく的外れでもないのだけれど。

――由井彰一で間違いないのですね……は？　もう一人いる？　いまから現場に向かいますので、そちらの連絡先を教えてください。

「いまかけているのは自宅の固定電話からです。しばらく前からスマホは繋がらないんです」

――ああ、そうだった。山間部に電波障害が起きてるって連絡が来てたっけ。基地局のケーブルが動物に齧られたとか言ってたな。

やっぱり。彼らは人間の情報伝達手段を理解していて――ＡＩが教えたのかもしれない――連絡を遮断するために動物を使ったのだと思う。

夜黒森一帯に数基ある携帯基地局は、光ファイバーケーブルが剝き出しになっている。黒光りし、つるりとした感触のケーブル線は、好奇心旺盛なリスやカラスの格好の標的だ。クマネズミ、ムササビ、モモンガといった、硬い物を齧って伸び続ける前歯をすり減らさなくてはならない齧歯《げっし》類にも狙われる。彼らの好む木の実を、基地局周辺にだけ実らせればいいのだ。あるいはコウモリ蛾《が》を呼び寄せる伝達物質を放出して、茎や幹、細い管状のものの中に潜りこむ習性のあるコウモリ蛾の幼虫をケーブルの中に侵入させたのかもしれない。

――では、現場で会いましょう。立ち会いをお願いします。

「いえ、いま手が離せないので、それは無理だと……」

——はあ？

「急用があるんです。とても大切な」

——あんたね、あんたが言っていることが本当なら、これ、大事件だよ。わかってるの？なんの用事かしらんけど、それより大切なことなんてある？

「あります。こっちは、人類存亡の危機です」

怒鳴り声でまだ何か言っていたが、勝手に通話を切った。


「どうしてセンターに？」

電話を切ったとたん、おむつだけで走り回る一樹にズボンを穿《は》かせようと追いかけていた逸郎が訊ねてきた。

「わかったの。この森の植物たちが人間を警戒して、遠ざけて、何をしようとしているのかが」

さっき、逸郎が口にした言葉がヒントだった。〝子どもを守ろうとするのは、人間も動物も一緒だ〟

そうだよ、子どもを守ろうとするのは生き物の本能だ。みもふたもない言い方をすれば、すべての生き物は、自分の遺伝子を残すために生命活動をしている。植物も同じだ。森全体で共謀して研究センターから人間を排除し、寄せつけないようにしているその目的は、野乃の推測が間違っていなければ——

逸郎が一樹のズボンを、戦旗のように振った。

「俺も行くよ」

だいじょうぶと言いたかったが、正直、人手がいる。一人でも多いほうがありがたかった。

「うん、嬉しい。でも、一樹はどうするの」

「連れて行こう」

これには一樹本人が返事をした。

「こ」

行こう、と言っているのだ、と思う。

「よしっ、じゃあ、みんなで行こう」

動物たちが待ち構えている防衛線を突破するための武器と、替えおむつと白湯を入れたシッピーカップを手早く用意した。家に置いてある予備の熊避けスプレーを手にして、外の様子を見に行こうとすると、逸郎にスプレーをかすめとられた。

「少しは俺にもかっこつけさせてよ」

そう言って、ハリウッドのパニック映画の主役気取りでウインクを投げ寄こし、ドアの外に出て行った。スプレーを握った片手を前に伸ばして、拳銃《けんじゅう》みたいに正面や左右に突きつけているけれど、へっぴり腰のその姿は、映画の中でまっさきにやられてしまう脇役にしか見えない。抱っこをせがんでくる一樹に我慢させて、いつでも援護できるように、玄関に立てかけてあったモップを握っていた。

「いないみたいだね。念のために、車を玄関の前まで持ってくる。待ってて」

レンタカーを停めた場所に歩いていった逸郎が「うおう」と声をあげた。

「おーい、どうしたの？」

返事はない。ペパーミントグリーンの軽自動車が荒々しく発進し、玄関ドアぎりぎりに停まる。運転席のウインドウを下ろして逸郎が叫ぶ。

「急いで。まだいるよ。道に」

この家の周囲には、樫の大木を取り囲むように、老木より小さくて若いシラカシが林立している。道路沿いに生えているその木々も、どんぐりを降らしているのだろう。

「早く早く」

逸郎にせかされて一樹を乗せたが、きっと、もうだいじょうぶ。樫の巨樹を見上げて、野乃は思う。あの木が自分たちを守ってくれている気がした。

植物たちの不穏な動きを知ってしまってから、野乃はこの樫のことも怪しんでいた。この老木の下にいたら、良からぬことが振りかかるのではないか、そう考えて。植物の表皮細胞の「目」で見張られているのではないかと疑ったりもした。

マザーツリーを探すために野乃はもう何年もフィールドワークを続け、森を歩き、菌根菌を分析するだけでなく、歴史文献に当たったり、郷土史研究家に取材したりして、夜黒森に存在する巨樹や老木の樹齢の特定を進めてきた。最近になって、三百六十二年前の獅頭山の噴火による被害を免れたエリアがかなり正確にわかってきた。森の菌根菌のネットワークはまだ少ししか解明していないけれど、樹齢の長さがマザーツリーの条件のひとつだから、候補をいっきに絞れる。

第一候補は、標高のある丘陵の上に立っているために溶岩流を免れた、大ヤマザクラ。推定年齢五百歳。

第二候補が、最も裾野で溶岩が届かなかったこの樫だ。成長錐を使って年輪を調べたわけではないが、推定樹齢は見かけ以上で、四百六十歳を超えていることがわかった。土地の落人集落に関する室町末期の文献の中に、この樫の木のことが書かれていたのだ。

この木が夜黒森のマザーツリーなのではないか、野乃はそう考えていた。マザーツリーはひとつの森に一本とはかぎらないから、正確に言えば、マザーツリーの中の一本ではないかと。この樫の周辺のさまざまな樹齢のシラカシは、たぶん、「子」や「孫」、若木は子孫たちだ。

その推測がどうあれ、この樫が四百六十年間も時代を、この土地を、定点観測してきたことは、人間よりずっと経験豊かで知恵を年輪に刻んでいることは、確かだ。

ＡＩの言葉を思い出す。

〝彼らも一枚岩ではないようですから〟

この木は、味方かもしれない。夜黒森に住んでいる人間は、由井さんと野乃たち一家だけだ。邪魔な存在だったはずの野乃たちが無事だったのは、この樫が守ってくれていたからじゃないだろうか。野乃はそう信じたかった。

一樹をチャイルドシートに座らせて、車に乗り込む前に、もう一度樫の老木を振り仰ぐ。逸郎が運転席から手まねきをしてくる。

「早く早く、熊が来るよ」

心の中で呟いた。

ありがとう。

17

「る、るる、るるる」

チャイルドシートから身を乗り出した一樹が、窓の外のツキノワグマにさよならを言っている。運転は逸郎。野乃は助手席だ。一樹の隣にいないのは、停車したらただちに外へ飛び出すため。そして、物騒なものを膝の上に載せているからだった。チェーンソーだ。すぐに使えるように、防護用の手袋をはめ、ゴーグルを装着している。

逸郎にはこれから自分がやろうとしていることを話した。三井さんへの留守電メッセージを横で聞いて、あらかたを察していたのか、あっさり頷いた。

「信じられないかもしれないけれど」

逸郎は前方を見つめたまま即答した。

「もちろん信じる。夫婦って共犯者だもの。みんなが君を疑っても、俺だけは味方だ」

走りはじめて数分でムクノキの倒木に行く手を阻まれた。

「俺がやろうか」

「だいじょうぶ」

チェーンソーは家の改修のために買ったものだ。かつて貸別荘として建てられた樫の木の下の借家は、利用者がないまままずっと放置されていたから、あちこち修理が必要だった。なんとかＤＩＹのリフォームが終わり、「バーベキューのできるテラスをつくろう」逸郎がそう言ってはりきっていた矢先に、アメリカへの単身赴任が決まった。

改めて見るとムクノキは大きい。太いところでは直径四十センチを超えるだろう。先端は道を越え、路面から一メートルほど落ち込んでいる窪地《くぼち》まで達している。石嶺さんの４ＷＤのミニバンは、段差もなんのその、窪地に駆け下りて草の中を走り、緩斜面を見つけてまた駆けあがったそうだ。この可愛らしい軽のレンタカーではできない芸当だ。

野乃は車を飛び出し、刃を覆っているケースを外す。スターターのロープを引っ張ると、けたたましいエンジン音が鳴り響いた。ガソリンの匂いが漂ってくる。懐かしい匂いだ。

家庭用にしては大きめの刃渡り《ガイドバー》三百五十ミリ。ガソリン式にしたのは、野乃が使い慣れているからだ。

チェーンソーの使い方は自分で覚えた。じいちゃんが使うのを嫌がっていたから。

じいちゃんは、あまり木を伐らない木こりだった。木を知り尽くした知識と眼力を見込まれて、高級家具メーカーと専属契約をしていたから、苗を植えたり、木が注文通りのサイズになるまで育てたり、むしろ森を管理するのが仕事だった。木を伐るのは、月に数本だけなのに、その数本がいい値段で売れた。

とはいえ生活は楽じゃなかった。祖母《ばあ》ちゃんが早くに死んで一人で悠々自適に暮らしていたのに、野乃を育てることになってしまったからだ。木こり以外の仕事もいろいろやっていた。猟をして肉を売ったり、少しの畑を耕したり、シイタケを栽培したり、小さなユンボを運転して森の作業道造りを請け負ったり。

チェーンソーを使えば、もっと暮らしが楽になるのに。厄介者になりたくなくて、懸命に家の仕事を手伝っていた野乃は、いつもそう思っていた。実際に口にしたこともある。じいちゃんはこう答えた。「木の命を奪うのだから、簡単に済ませちゃならない。こっちも苦労っていう代償を払わねば」。そう言えば、猟をする時には必ず銃を使っていた。罠を仕掛けたほうが楽なのに。

だけど、年をとって体を悪くしてからは、そうも言っていられなくなった。亡くなる二年前には、ガソリン式のガイドバー十八インチのチェーンソーを買い、亡くなる前の年からは野乃が代わりにチェーンソーを使い、効率的に合理的に木を殺した。

目の前のムクノキを視線でなで斬りにする。灰褐色の幹は太いけれど、まだ樹皮がつるりとしている。

寿命が尽きた老木ではなかった。もちろん倒木のおもな原因である台風や落雷などのせいでもない。このムクノキも、意思にもとづいて倒れたのだ。自らの意思と言うより「森の意思」で。

葉はところどころ黄色に染まり、緑の実も赤くなりかけていた。「命令」さえなければ、今年も見事に黄葉し、鳥を呼ぶたくさんの実を実らせていただろうに。植物に「個」の意識はないという私たちの推論はほんとうに正しいのだろうか――

同情している場合じゃない。さて、どこから伐ろう。

もちろん、こちらから見て左側、樹頂に近い、幹が細くなっている方を、車が通れる幅だけ伐ればいい――というほどことは簡単じゃない。ムクノキは重い。いくつかに伐り分けなければ動かせない。まだ倒れたばかりで乾燥していないから、直径三十センチ程度のところでも、二メートルの長さに伐ると、重量は百キロほどになるだろう。

じいちゃんは伐採した木を丸太に刻む時にはいつも、猟で仕留めた獣を解体するような目で眺めた。冷徹で、厳《おごそ》かで、どこか愛情がこもっているようなまなざしだ。じいちゃんにとっては、木も動物も平等で、どちらが上でも下でもない、同じひとつの命だったのだと思う。

じいちゃんを見習って野乃も目の前の倒木をじっくり見定める。一人でイノシシを解体した時のことを思い出して。

まず枝を払う。細枝はいっきになで斬り。幹の二股に分かれた部分は細いほうを伐り落とす。次に先端から三メートルほどまでを切断する。たぶん逸郎と二人で動かせるぎりぎりのサイズのはずだ。

激しい音。ガソリンの匂い。木屑《きくず》が粉になって舞い上がる。

伐り終えた部分を、車から出てきた逸郎と力を合わせて窪地に落とす。ほとんどが道からはみ出た部分だったから、道路に生まれたスペースはまだほんの少しだ。

さらに一メートルほどを伐り、巨大なロールケーキみたいな丸太も落下させた。これで生まれたスペースは一・五メートル。軽の幅でもぎりぎりだ。もう少しだな。一樹が外へ出たがって足をぱたぱたさせはじめたから、逸郎が車に戻る。

続いてあと七、八十センチ。一樹がまだむずかっているから、切断した幹を一人で運ぼうとしたが、さっきよりあきらかに太くて、ほとんど動かない。

道の向こうからサイレンが聞こえてきた。

パトカーがやってきたのだ。

急げ急げ。短く残った枝に手をかけて引っ張る。ずるり。田舎の車道だ。あちこちがでこぼこして、亀裂《きれつ》も走っている。うまく丸太が滑ってくれない。

サイレンの音がどんどん近づいてくる。陽は西に傾いていた。夕暮れが近いのだ。ここでつかまるわけにはいかなかった。

逸郎が飛び出してきた。切断面に手をかけて丸太を押しはじめる。ようやくするすると道路を滑りはじめた。窪地に落とすのをあきらめ、横向きに路肩に沿わせる。

「もういいんじゃない。通れるよ」

逸郎は運転席に走り、野乃は今度は後部座席に飛び込んだ。チェーンソーは座席の後ろのラゲッジに放り込む。

「出して」

「警察から逃亡する気ですか、だんな」

逸郎がイグニッションキーを回しながら笑う。

「夫婦は共犯じゃなかったの？」

「うん、でも、はっきりさせとこう。主犯は君だからね」

倒木につくった隙間をすれすれで走り抜ける。バックミラーに赤色灯が映っていた。

カーブを曲がる前に逸郎がまたミラーに目を走らせる。シートベルトを締めながら訊ねた。

「追いかけてきた？」

「いや。まず由井たちの確保じゃないの。警察だって、そんなに暇じゃないと思うよ」

赤く染まりはじめた空にカラスが円を描いている。一羽が鳴くと、別の一羽が呼応した。まるで野乃たちのささやかな抗戦をあざ笑うように。急がないと。早くしないと、日が暮れる。

野乃が置いてきた軽のワゴンが見えてきた。

「気をつけて。車がパンクしないように」

「自転車ならわかるけど、木の実のトゲで車のタイヤがパンクするなんて信じられないな」

「うん、信じられないことが起きているんだ」

そろそろセンターに到着するが、植物たちからの妨害はなかった。道の両側には、いつもの森が広がっている。緑に黄が交じりはじめた長い長い壮麗な緞帳《どんちょう》。静かなその風景を眺めていると、自分の考えに自信がなくなってきた。森の香りもいまはおだやかだ。植物の反乱なんて、ただの妄想であるように思えてくる。

野乃の揺れる心を知ってか知らずか、逸郎がこんな話を始めた。

「ある歴史学者はこう言っている。『人間が小麦を選んだのではなく、小麦が人間を選んだのだ』ってね」

昔々、小麦は、中央アジアの乾燥地帯に生えている雑草にすぎなかった。それが世界中で栽培される穀物になったのは、人類が小麦を得るために、狩猟生活を捨て、定住し、農耕を始めたためだ。遺伝子を永続的に広範囲にばらまくのが生物の生存戦略の基本だとしたら、大成功を収めたのは人間ではなく、むしろ小麦のほうだ。そんな話だった。

「彼はこうも言っている。『私たちが小麦を栽培化したのではなく、小麦が私たちを家畜化したのだ』ってね」

確かにそうかもしれない。道より遠い先を見つめて逸郎が言葉を続ける。

「小麦、とうもろこし、大豆、米。人間が発見して、世界に広めたと思い込んでいる主要な穀物が、じつは植物の生存戦略に踊らされているだけだったとしたら、その穀物にとっていまの戦略が不都合になってきたら、変更することもあり得るってことだ」

そうなのだ。野乃はそれを恐れていた。その第一歩がすでに始まっているのではないかと思って。

人間による植物の遺伝子操作なんて、彼らにとっては、自分たちの生命の根幹を歪められてしまう悪魔の所業かもしれない。食物連鎖に加わることなく、バイオ燃料に使われてしまうとは、不本意な死かもしれない。そもそも植物が種を超えて連帯を始めているとしたら、森林を次々と消滅させ、余分なCO_2を撒き散らし、地球の温度を勝手に上げている人間は、排除すべき害虫じゃないのか。

害虫の被害を受けると、植物は毒性物質を排出するようになる。あるいは揮発性物質をSOS信号にして天敵を呼び寄せる——もし、この一節の「害虫」を「人間」に置き替えたら？

人間の「天敵」とは？

地球では彼らのほうがマジョリティだ。地表だけでなく海や川や湖、高山、極地、地球上のあらゆる場所に棲息している。それに比べたら人間は地上のほんの一部にしか住むことができないマイノリティ。圧倒的多数の彼らが、そろそろこの害虫どもに見切りをつけよう、と考えはじめたら、もし種を超えて共同戦線を張られたら、人間に勝ち目はなかった。
「る」
研究センターまであと数分の距離まで来た時、隣に座る一樹が声をあげた。
「る、る、るるるる」
うん、「る」がいっぱいいるね。
逸郎がブレーキを踏んで、口笛を吹くように声をあげる。「すげえな」
前方の道路におびただしい数の猿がひしめいていた。路上に散らばっている木の実を争って
いくつもの薄茶色の巨大な塊になっている。
競って拾っているのはブナの実だ。どんぐりの一種だが、栗のようなイガに覆われている一
風変わった形をしているから、遠くからでもわかった。
このあたりは植生調査では数少ない豊作地帯だったが、もうあらかたを猿たちが食べ尽くし
ているはずで、彼らでも手が届きにくい高木の上のほうから実を降らしているのだろうが、百
頭はいそうな猿たちにいき渡る量であるわけがなかった。その証拠に、野乃たちの車に気づく
と、次々と這い寄ってきて、たちまち取り囲まれてしまった。「餌を寄こせ」と言わんばかり
に。
一頭がボンネットに飛び乗ってきた。別の一頭が長い腕を広げて窓に張りつく。頭上が騒が
しい。何頭もがルーフに乗っているようだった。
一樹はもう慣れっこで、楽しそうに「る、るる、る」とでたらめの唄を歌っている。焦って

いるのは、「アウトドア派の生物学者」を自任する逸郎のほうだ。

「うわわ、うわうわ」

逸郎がクラクションを鳴らすが、猿たちも必死だ。

やっぱり来たか。いや、こっちが植物たちの防衛線に引っかかっただけだ。準備はできていた。積み込んでいた二つのエコバッグからいくつかの袋を取り出す。

ひとつは、川村すみ子さんから「うちで採れたやつ。採れすぎたもんで」と大量にもらったさつまいも。生のままひと口大に刻んでビニール袋に詰めてきた。もうひと袋に入っているのは、いただきものの巨峰。三つ目はミックスナッツの入った大袋。

窓を開けて、それらをばら撒く。ルーフやボンネットから猿たちが飛び降り、食べものに群がった。

「あーっ、それ、俺のお土産じゃない。USスーパーフードのミックスナッツ。あーあ、日本じゃ売ってないんだよ」

「また買ってきて」

「さつまいもだけでよくない」

「すぐに日本に戻ってくればいいじゃない」

「よしっ、俺にも貸して。どうせなら自分で撒くよ」

逸郎が野乃の持った袋から、ナッツをわしづかみにして、放り投げる。

「福はうち～　鬼は外～っ　ひと袋5ドルだ。味わって食え」

「んぱぱ」何がツボだったのか、一樹が笑う。

「あ、いま、パパって言わなかった？」

「ううん、笑っただけ」

「ねえ、一樹にナッツを食べさせてもいいの」

「だめだめ。アレルギーはないと思うけど。誤嚥《ごえん》するかもしれないから」

「でも、食べてるよ」

袋からこぼれたナッツが後部座席にちらばっていた。

「あーっ、ちょっと」

撒き餌作戦は当たったが、成果は挙がっていない。争奪戦から戻ってきた猿たちが、他の猿に邪魔されない車の前に戻って、両手で確保した食べものを頬張っているからだ。

「どかないね。ちょっと前進してみようか」

「でも、轢いちゃうかもしれないし。待って」

秘密兵器を使おう。野乃がトートバッグから取り出したものを見て、逸郎が悲鳴をあげた。

「ひーっ」

「そこから、これを投げて」

「やだ」

しかたがないから、後部座席から投げた。

「な、なんて恐ろしい」

逸郎が目を丸くしたのは、研究センターから脱出する時にも使った蛇のおもちゃだ。でも、驚かせることができたのは、蛇が嫌いな逸郎だけだった。落下地点が手前すぎた。そもそも猿たちは食べものに夢中で見ようともしていない。

だめか。

よしっ、じゃあ、次だ。

あまり使いたくなかった最後の手段。最終兵器だ。野乃はそれの入ったビニール袋と着火ライターを手にしてドアを開けた。

「おーい、外に出たら危ないよ」

「でも、中だと危ないから」

「は？」

逸郎の忠告どおり、野乃が片手に提げた袋に食べものが入っていると勘違いして、猿たちがにじり寄ってきた。

じゃあ、たっぷり食らわしてやろう。

中から取り出したものに火をつけて、道路に放り投げる。

それは、すばしっこい生き物のように地面に円を描いて駆けまわってから、けたたましい音を立てて弾けた。

ギャーッ　ギャーッ　ギャー　ギャー
猿たちが絶叫して四方に飛び逃げた。

花火だ。ねずみ花火。夏の終わりに、逸郎を交えてリモートの花火大会をやった。一樹が自分で持てたのは、野乃が手を添えた線香花火だけだけれど。一樹のいちばんのお気に入りは、ドラゴン花火で、音がうるさいねずみ花火はお気に召さなくて、大量に余っていた。

今度は前方に投げる。傷つけたくはないから、少し離れた場所に投げたのだが、なにしろねずみ花火は制御不能だ。それこそ鼠の素早さで、前方の猿たちの真ん中に飛びこんで破裂した。

猿たちの群れも弾けるように逃げ散った。

ニホンザルは大きな音が苦手だ。慣れてしまっている車のクラクションや人間の声より、音だけでなく火も恐れる彼らには、花火が効果的だと言われている。

「グッジョブ」

「ありがとう」

「あれ、野乃ちゃん、後ろからなんか来るよ」

え、パトカー？　いや、もっとやっかいな連中だった。

ひと足早く薄闇が訪れている後方の深い木立の中から、大きなシルエットがいくつも姿を現した。こちらに近づいてくる。

鹿だ。ブナの実を嗅ぎつけたか。いや、ナッツがめあてかもしれない。裾野近くに住むすみ子さんが言っていた。「鹿が山から下りてくるで、困ったもんだ。うちの畑の落花生を荒らしにくるだよ」

「突進してこないかな」

「それはないと思うけど。急ごう」

「ラジャー。発進します」

「後ろにもミックスナッツを撒いとく」

「さつまいもにして」

大豆畑は、ほんの数日の間に変わり果てた姿になっていた。

三日前に水撒きをした時には、まだ青さが残っていたのに、すっかり枯れて、一面が薄茶色になっている。大豆が今年の寿命を終えようとしているのだ。

地面から何本も飛び出した腰高の枝から卵形の葉がほとんど落ち、残ったわずかな葉も茶色に干からびている。節から束になってぶら下がっている豆の莢ばかりが目立っていた。

急がないと。

逸郎が訊ねてくる。

「まず、何をすればいい？」

「実を収穫する」

「これ、全部？」

「そう。とりあえず落ちてる莢と実を拾って。ひとつ残らず」

「もうすぐ暗くなるよ」

「わかってる。夜になったら、ヘッドランプをつけて作業する」

黄変した莢が畑内外の地面に落ちている。想像以上の多さだ。春植えの早生種だし、平地より気温が低い土地だから、実が熟す時期が早いのは確かにしても、早すぎる。まるで急《せ》かされてむりやり落莢しているかのようだ。

そう、たぶん急いだのだ。少しでも早く計画が進行するように。人間が気づかないうちに。

スーパーダイズα‐1は、なんと言ったか。

『時は来た』
『根絶やせ』
『いまこそ、放て』
続けてこう言った。

人間を根絶やしにするような何かを放つ——それはいったいなんだろう。もし研究センターにそれがあるとしたら、大豆を食用どころか危険な毒性植物に変化させたα-1たちの遺伝子。つまり、スーパーダイズの実だ。

自らの子孫を残そうとする遺伝子戦略は生物の本能で、多くの動物はそれを生殖で達成しようとする。だが、自らは動けない植物の場合、手段は多種多様かつ巧妙で、成功率が低い代わりに拡散力は絶大だ。それはたいていの場合、種子散布によっておこなわれる。たとえば——風散布。綿毛で種を飛ばすタンポポが代表例だ。種が翼を持つものもある。

動物散布。動物の毛に「ひっつき虫」となってくっついて移動したり、果実を食べさせて種が糞として排出されるのを待ったり。クルミやどんぐり、堅果を実らせる木は、リスやカケスといった餌を貯蔵する習性のある動物に実を運ばせたりする（そうした動物は往々にして貯蔵場所を忘れる）。アケビやスミレなどは、揮発性物質をシグナルにして蟻を呼ぶ。種子には本体の外側に蟻が好む独特の付着物《エライオソーム》が分泌される。蟻は種子を巣まで運ぶが、中に入れられるのは付着物だけ。食用には向かない種子は巣の外にまんまと捨てられる。

大雨や川の流れ、あるいは海流の力で遠くまで運ばせる水散布という方法もある。

この大豆たちがどんな方法で遺伝子を拡散するのかは、彼ら自身にも予測不可能だろうが、アレルギーのない人間にもアナフィラキシーを引き起こす遺伝子を持った大豆が、たった一粒でもここから外に出て、発芽し、繁殖し、いまの大豆に取って代わる使命を帯びて、植物ならではの爆発的な増殖力で拡散したら、いつか人類は大豆という食物を失う。日本人にとって大切な醤油や味噌も。

日当たりがいい南側には、他のどこより莢が弾けて、豆がこぼれ落ちていた。そこから始めた。莢や豆をひとつひとつ拾って、ゴミ袋に入れる。こんな地味な作業で人類が救えるのだろうか。わからないけど、救えると信じて、ひたすら拾い続けた。大豆の白い豆は薄闇の中でもくっきりと浮びあがって見える。それが救いだった。

山からの風が強くなってきた。

乾燥した大豆の莢が風に煽られて、からからと吹き飛んでいく。

ああ、待って。

夕陽に焼けた空ではカラスたちが旋回していた。種だけ糞に出される果実類と違って豆類は動物に食べられたらおしまいだが、鳥がくわえて運ぶ途中で落下させてしまうことだってある。大豆をついばもうと、一羽が夜闇の色の翼をたたんで地上に降りてきた。野乃はカラスに負けずに両手をはばたかせ、荒っぽく足音を立てながら、声をあげて追い払う。

「わーわーわあっ」

これでまたつけ狙われるな。

逸郎は黙々と莢を拾っている。一樹も手伝っているつもりか、葉っぱを拾っては野乃のゴミ袋に入れてくる。

「村岡さん」

背後から声をかけられた。三井さんだ。仕事モードの時には、「野乃ちゃん」ではなく、苗《みょう》字《じ》で呼ばれる。怒っているのかもしれない。

振り返って顔を見る前に頭を下げた。

「勝手なことをしてすみません」

顔を上げて驚いた。研究センターでの白衣ではなく、紺色のパンツスーツ姿だったが、片手に大きなブリキ缶をぶら下げていた。

「いいんだ。おかしいと思っていたんだ。アナフィラキシーを起こすアルカロイドが一部の大豆にだけ出現するなんて。以前に大豆たちが嘘をつきはじめているって言ったでしょ」

「ええ」

「もっとひどい嘘をつかれているのに気づいていなかった……完全に騙されてた」

そう言って肩をすくめてから、早口で言葉を続けた。

「真室さんのことがあったから、言いそびれてたけど、このあいだ再検査をしたら、またいくつかから突然ピロリジジンアルカロイドが検出されたんだ。こっちこそ、黙ってて、ごめん。もう一度検査してその結果が出てから言おうと思って……たぶん、信じたくなかったんだね。自分の研究がだめになっちゃうのを」

というより、スーパーダイズの新しいスポンサーが見つかって、真室さんが喜んでいたから、すぐには言いづらかったのだと思う。

三井さんはもう一度、「ごめん」と口にして唇を笑った形にしたが、口角がほんの少し震えていた。三井さんのスーパーダイズは、殺虫剤を使わなくても害虫を寄せつけない力を持つ、画期的な新品種になるはずだったのだ。「自分の子どもみたいだ」と言っていたこともある。

「時を待て、だったんだと思います」

植物は環境にストレスを感じると、自らゲノムを編集し、自分自身で新しい遺伝子バリエーションをつくり出す、『環境応答機構』と呼ばれる性質を備えている。同じ個体の中で、毒性が消えたように見せかけるのも、再び毒性を手に入れることも不可能じゃない。

「時を待て……ああ、いつか言語実験でヤマザクラが喋っていた言葉ね」

そう考えると、α‐1はやっぱりクーデターの首謀者というより「時を待て」と命令されていたただの実行犯だったのだ。森のほかの植物、人間よりはるかに樹齢の長い長老たちが計画し、α‐1を使っていたのだと思う。

「今日、センターが動物たちに襲われたって聞いた時に、私もようやく気づいた。とんでもないことが起きはじめているって」

「じゃあ、私の仮説を信じてもらえるんですね」

三井さんがまた微笑んだ。今度はきっぱりと。

「信じるもなにも、事実でしょ。石嶺くんからも聞いた。今日、α‐1がどんなことを言っていたのかを」

三井さんが片手にさげていたのは、ガソリン缶だ。

「さて、落とし前をつけようかね」

「自分の蒔《ま》いた種だからね。文字どおり」

「いいんですか」

もしα-1を、グリーンプラネットの実験が生んでしまったのなら、害虫への防御力や、天敵を召喚する術や、他の植物への高いコミュニケーション能力を、人間に危険な力に育ててしまったのだとしたら、私たちの責任は、とんでもなく重い。ここで何としても食い止めないと。

畑の外周にガソリンを撒き出した三井さんに、「どうも、私、村岡の」逸郎が挨拶をしに行ったが、「離れててください」と一蹴された。

三井さんが丸めたティッシュにライターで火をつけて、放り投げる。

大豆畑の中に落ちた火種はしだいに小さくなり、赤黒い塊になったと思ったらいきなり、ぼう。

あっという間に燃えあがった。

「自分の子どもみたいだ、なんて言ってたくせにね。わが子を焼き殺す親がどこにいるのかって。やっぱり植物を生き物扱いしていなかったんだよ、私は」

「私もです」

『植物は知性を持った生き物』であることを証明する研究をしているのに。

気持ちがわからないからだ。犬や猫と違って。熊や猿だって感情が読み取れるのに。ある種の知的活動ができることは理解できても、「心」がわからない。心があるのかどうかも。植物は、人間にとって、まったく未知の生物、地球内のエイリアンだ。

そもそも人間は、人間以外の生き物を大切にはできない。人間同士だって大切にし合えないのだから。研究農場で収穫した野菜を試食する時に、いただきますと言うかわりに、「ごめんなさい」と言っていた真室さんはどうだったんだろう。

山で暮らしていた野乃は、真室さんの研究に出会う前から、樹木には動物と同じように命があることはよくわかっていた。孟宗竹ほどではないにしても、春から夏の成長期には、樹木も野草も、一日あれば目に見えてわかるほど大きく育つ。毎日違う花が咲く。大きな木を切り倒しても、切り株からはまた新しい若芽が顔を出す。

でも、いや、だから、たくさんの命を見てきたから、よけいにセンチメンタルな感情は持たない。花を愛でて飾り、食べられる実や葉は食べ、樹木の死体で家を建て、剝がした皮を服にしたり道具にしたり。ある動物は可愛いと思い、ある動物はおいしいと思う。それと一緒だ。人間は身勝手な生き物なのだ。動物を去勢したり、鎖に繋いだりすることは、愛情と思い、残酷だとは考えない。動物食を悪と断ずる人も、魚は平気で食べたりする。まして同じ生き物である植物を食べるのにはなんの罪悪感も覚えない、それが人間だ。地球の支配者気取りで、すべての生き物に愛を注ごうなんて、おこがましい。

自分が、自分たちが、大切なのはしかたない。害するものを排除するのもしかたない。それが生物の本能なのだから。

忘れてはいけないのは、その本能を恐れることだ。自分が身勝手な存在であることを自覚することだ。自分以外の他者への想像力を働かせることだ。自分たちだけでは生きられないことを知り、闘うより共存するほうが利が大きいと悟ることだ。

枯れかけて水分を失った大豆は、薪と同じだった。次々に火が燃え移っていく。

三井さんは畑に沿って歩いて、容赦なくガソリンを撒き続ける。地面も燃え出した。消防車が出動しないといいけれど。

「おーい、また山火事を起こすつもりかね、君たち」

大きなシルエットが研究棟の方角から近づいてきた。石嶺さんだ。

「何をしているかと思ったら。そういうことか。俺も一味に入れてくれ」

夜が始まり、空が色を失った。平地より濃い山の闇の中をオレンジ色の炎が駆け昇っていく。

野乃も逸郎も野乃が抱いた一樹もそれを眺めていた。聖火でも眺めているようなそれぞれの顔が、炎光《えんこう》に照らされて浮かび上がっている。一樹の瞠《みは》った目の中に炎が映っていた。

「これで解決」そこまで言って野乃は唇を嚙みしめる。「したわけじゃないよね」

逸郎が頷いた。車の中での言葉をくり返す。

「うん、ここで起きてることは、これから世界中で起きる気がする。もう起きているのかもしれない」

「だいじょうぶかな」私たちは。人類は。地球は。未来は。自分たちの未来だけならいい。二十二世紀まで生きるはずの一樹に、いい未来はあるのだろうか。

野乃の腕の中で一樹が呟いた。

「じょぶ」

「あ、逸《えつ》くん、聞いた？　いま『だいじょうぶ』って言ったよ」

初めて喋った言葉かもしれない。「だいじょうぶ」今日何度、一樹に囁きかけただろう。あれは自分自身に言い聞かせていた言葉でもあったのだ。逸郎が言った。

「Ｊｏｂ。仕事しろって言ってるのかもしれないよ」

グッジョブ。逸郎の口ぐせだ。スカイプの画面の中で、しょっちゅう口にしている。いいぞ、一樹、グッジョブだ。野乃ちゃん、グッジョブだよ。

「そうか。やるべきことをやらなきゃね」

「そうだよな、一樹」

「じょぶ」

燃え上がり、あるいはくすぶる炎のあちこちで、莢や豆が爆《は》ぜる音がした。野乃の耳には、それが断末魔の悲鳴のように聞こえた。

カエセ
モドセ

ワレラガ
ミドリノ
ダイチ

18

でででで。

「ほら、着ないと、だめだよ。来なさい」

「やだ」

でででで。

「外は寒いんだから」

Tシャツ姿で家の外へ出ようとする一樹を、野乃はトレーナーを両手で広げて追いかけている。山の麓のここは、十一月が近づくと、朝晩が冷え込む。

あれから一か月が経つ。

由井彰一は幸い容体が回復し、改めて逮捕された。御園薫も野乃たちへの監禁行為というより、駆けつけた警察官に対しての暴行によって現行犯逮捕された。錯乱状態が続いているために警察病院で治療を受けていると聞いた。

二人が植物に操られていた、という野乃の言葉には誰も耳を貸そうとしなかった。

スーパーダイズの件は、『研究センターから毒性の可能性がある種子が流出した』という言葉だけが切り取られ、ネットやマスコミに流布し、グリーンプラネットは世間からの非難と誹《ひ》謗《ぼう》中傷に晒された。おかげで存続は夢のまた夢になった。会社は閉鎖され、研究センターは再び大学の研究所になるらしい。

三井さんは責任をとって完全に大学を離れる。「新しいスタートアップ企業を立ち上げる。その時には野乃ちゃんを呼ぶから待ってて」

とりあえず今回の事件の顚末《てんまつ》を論文にして発表するそうだ。「信じてくれる人はきっといる」さすが真室教授の一番弟子。三井塔子は、不屈の闘士だ。

大学の准教授との兼任だった石嶺さんは、他の大学に移る。日本ではなく、植物神経生物学の権威がいるというイタリアのフィレンツェ大学だ。そこで植物語の翻訳実験を続けるそうだ。何語で喋らせるのだろう。「見てろよ。やつらの本音を聞き出してみせるから」ＹｏｕＴｕｂｅで、実験の様子をライブ配信すると意気込んでいる。

逸郎はアメリカに戻ってすぐ、提案書《プロポーザル》を出し、研究テーマの変更を願い出たそうだ。「俺も加えてくれ。植物帝国に抵抗するレジスタンスに」

「植物の陰謀なんて言うと、さすがにこっちでもドン引きされちゃうから、表向きは『大豆セルロースの持続可能な活用法』っていうことにした。実際には大豆や主要穀物の毒性を調べようと思ってる。いまこっちでもコーンアレルギーが急増していて、問題になっているからね。オーケーをもらえそうだ」

今朝の情報番組では、新米の記録的な不作が話題になっていた。ブラジルから始まり、世界各国で猛威を振るっている植物由来のウイルスによる死者が一万人を超えたというニュースをさしおいて。

不作の原因を専門家やコメンテーターがそれぞれに言いつのっていた。「国の減反政策の失敗だ」「気候変動の影響が少なくない」「新種の稲の害虫が発生しているって、ネットでは話題ですよね」

誰も「稲がクーデターを起こしている」なんて考えもしないだろう。ごく通常の異変であって欲しいと思うが、そうではない可能性もあることを、もう野乃は知ってしまっている。

野乃も野乃のできることで、闘い続けようと思う。

そう、迷っている暇があったら、考えろ、動け、野乃。

夜黒森の植物たちの反乱について、唯一興味を持ってくれた人がいる。由井彰一事件のことを取材に来たフリーライターだ。その話を書いてみたら？　学者さんって論文を書き慣れてるから、文章はいけるでしょ。あたしがゴーストをやってもいいし。どこかの雑誌に売り込んでみましょうよ。たくさん書けるなら本にしてもいい――

やってみたい。できれば、一冊の本がいい。書くことはたくさんある。書くことが、真室さんたちの弔いになると思う。由井さんと御園さんを救うことにもなる。

タイトルは、『我らが緑の大地』だ。

ようやく一樹にトレーナーを着せたのは、そろそろ逸郎がスカイプで連絡をしてくる時間だ。外へ飛び出そうとする一樹を抱き止めた。

「ちょっと待って」

「やだ」

「もうすぐパパのテレビが始まるよ」

「テビ？　あーぱーまん？」

逸郎、あいかわらず、アニメに負けてるよ。

一樹はこの一か月で、すっかり口が達者になった。一度喋りだしたら、手品の万国旗みたいにするすると言葉が出るわ出るわ。

時計に目を走らせてから、一樹に言う。

「しょうがない。十分だけだよ」

外に出た一樹が最初にやることは、樫の木まで走り、タッチしてから戻ってくることだ。走ることを覚えてからは、毎日のルーティンのようになっている。理由はいまだに不明。

カラスの心配はもうない。樫の木が呼んだのかどうかはわからないが、木の中ほどの樹洞に、カラスの天敵であるフクロウが棲みはじめたからだ。

今日も一目散に木まで走る。言葉だけじゃなく、走りも上達した。けっこう速い。いつのまにか後ろをついていくのが楽じゃなくなっている。

一樹は跳びはねるように走り、両手で大きな幹に抱きつく。

戻ってこようとする一樹の鼻先に、何かがぽとりと落ちた。

ちいさな指でそれをつまみあげていた。

「それはなに?」

一樹が拾い上げたのは、どんぐり。樫の実だ。一か月前のあの時に落とし尽くしたのか、樫のどんぐりを見るのはひさしぶりだった。

一樹が耳をかたむけるしぐさをする。何かが聞こえるのだろうか。

どんぐりを耳にあてた。そこから声でも聞こえてくるかのように。

それから一樹は、聞こえてきた声を復唱するように、こう言った。

「わ、す、れ、る、な」

【主な参考文献】

『植物は〈知性〉をもっている』
ステファノ・マンクーゾ＋アレッサンドラ・ヴィオラ　久保耕司訳（ＮＨＫ出版）
『植物は〈未来〉を知っている』ステファノ・マンクーゾ　久保耕司訳（ＮＨＫ出版）
『樹木たちの知られざる生活』ペーター・ヴォールレーベン　長谷川圭訳（早川書房）
『マザーツリー』スザンヌ・シマード　三木直子訳（ダイヤモンド社）
『プランタ・サピエンス』パコ・カルボ＋ナタリー・ローレンス　山田美明訳（ＫＡＤＯＫＡＷＡ）
『植物はそこまで知っている』ダニエル・チャモヴィッツ　矢野真千子訳（河出書房新社）
『サピエンス全史（上・下）』ユヴァル・ノア・ハラリ　柴田裕之訳（河出書房新社）

なお、大学発のスタートアップ企業「サナテックシード株式会社（現サナテックライフサイエンス株式会社）」に取材させていただきました。ありがとうございました。ただし、この物語はフィクションで、実在の人物、団体とは一切関係ありません。

初出

「小説　野性時代」特別編集　２０２３年冬号、２０２４年１月号
～２０２４年11月12月合併号、特別編集　２０２４年冬号
本書は右記連載に、加筆修正を行い単行本化したものです。

イラストレーション　柳　智之

ブックデザイン　鈴木成一デザイン室

荻原 浩（おぎわら　ひろし）
1956年埼玉県生まれ。広告制作会社勤務を経て、コピーライターとして独立。97年『オロロ畑でつかまえて』で小説すばる新人賞を受賞し、デビュー。2005年『明日の記憶』で山本周五郎賞、14年『二千七百の夏と冬』で山田風太郎賞、16年『海の見える理髪店』で直木賞、24年『笑う森』で中央公論文芸賞を受賞。『金魚姫』『それでも空は青い』『ワンダーランド急行』など著書多数。

我《われ》らが緑《みどり》の大地《だいち》

2025年２月27日　初版発行

著者／荻原《おぎわら》 浩《ひろし》

発行者／山下直久

発行／株式会社KADOKAWA
〒102-8177　東京都千代田区富士見2-13-3
電話　0570-002-301（ナビダイヤル）

印刷所／旭印刷株式会社

製本所／本間製本株式会社

●お問い合わせ
https://www.kadokawa.co.jp/（「お問い合わせ」へお進みください）
※内容によっては、お答えできない場合があります。
※サポートは日本国内のみとさせていただきます。
※Japanese text only

定価はカバーに表示してあります。

ISBN 978-4-04-114748-1　C0093
JASRAC 出 2409216-401